JN097347

# 百年の子

Kazue Furuuchi

古内一絵

小学館

# 百年の子

# 目次

# 令和三年　春

今年は春先から暖かい日が続き、三月の半ば過ぎには桜が満開になった。開花宣言も、例年より一週間以上早かったようだ。

御茶ノ水駅を出た市橋明日花は、降りしきる雨の中、折り畳み傘を広げた。四月に入ってから雨が多い。

これでは、すぐに桜も散ってしまう。

一瞬、残念なような気がしたが、どの道、以前のような花見はできない。もう二年連続で、飲食を伴う会合は自粛が呼びかけられている。

一体、いつまで続くんだろう。この重苦しい生活……。

昨年の春、新型コロナウイルス感染拡大防止のために緊急事態宣言が出てから、ちょうど一年が過ぎた。当初、事態がここまで長引くことになるとは、明日花は思っていなかった。

昨年五月、一旦封じ込まれたように見えた感染者数は、その後、第二波、第三波とリバウンドを繰り返し、年明けすぐに、二度目の緊急事態宣言が発令された。現在、一応宣言は明けたものの、相変わらず感染者は増え続け、専門家の口からは第四波という言葉も聞こえてくる。道行く人たちが全員マスクで顔を覆っている光景も、すっかり日常と化していた。

こんな状態で、この夏、本当にオリンピックをやるのだろうか。

アスファルトの上の水たまりを避けながら、明日花は横断歩道を渡る。

東京オリンピック・パラリンピック競技大会組織委員会の会長が女性に対する〝不適切発言〟で交代したり、開閉会式の演出家が、これまた女性タレントに対する〝侮蔑的演出案〟を出したことで辞任したりと、感染症以外でも、雲行きの怪しい事態が続いている。

先月下旬から聖火リレーはスタートしていたが、多くの著名人が参加を取りやめるなど、こちらも決して順調とは言えなかった。

先が見えない。

向かい風に傘を煽られ、明日花は一瞬、よろけそうになる。

感染症やオリンピックだけではない。先行きが不安定なのは、現在の自分の状況もまた、似たようなものだ。

大手総合出版社、文林館に新卒入社してから五年。今年の春先、明日花は予期せぬ辞令を受けた。この件に関しては、正直、今もって納得ができていない。

自分でも気づかぬうちに、明日花はきつく唇を噛む。

大通りを五分ほど歩いていくと、大正レトロの雰囲気を漂わせる文林館の本社ビルが見えてきた。長い歴史を持つ文林館の本社屋は何度か修復を行っているが、ゴシック建築を思わせる壁面の美しい装飾は、大正時代の西洋建築家のデザインによるファサードを忠実に復元したものだと聞く。

厳しい就活を終えてこの本社屋に通うことが決まったとき、明日花は心の底から嬉しかった。元々マスコミ志望だった明日花は、早い時期から出版社に狙いを定め、たくさんのOBを訪問していたが、これほど美しい外観を保つ出版社は文林館をおいてほかになかった。表面的なことかもしれないが、毎日通う社屋が魅力的であることにこしたことはない。

明日花は正面玄関から社屋に入り、社員ＩＤをかざしてセキュリティゲートを通った。ホールでエレベーターを待つ間、新入社員時代のことを、ぼんやりと思い返す。

当時、明日花の第一志望は出版マーケティング局だったのだが、研修期間を終えた後に配属された先は、女性ファッション誌局だった。

多くの媒体がウェブに移行し、紙の雑誌は売れないと言われて久しいが、総合出版社である文林館には、二十代から五十代まで、それぞれの年代をターゲットにした大判の女性ファッション誌がいくつもある。

明日花と、もう一人の同期女性が二十代の女性をターゲットにしたファッション誌『ブリリアント』の編集に配属になったのは、ターゲット年齢である女性を編集部に迎え入れたいという、男性編集長の単純な思惑があったためらしい。もっとも、デジタルネイティブ世代である明日花は女性ファッション誌を読む習慣がなく、正直最初は戸惑った。未だバブルを引きずっている感のある編集長から、「どうすれば二十代の女性に買ってもらえるページ作りができるか、同じ二十代として考えてほしい」という、無理難題に近いお題を丸投げされたのにも閉口した。

けれど、いざ業務に入ってみると、毎月、色々な業界の人たちと関わりながらページを作っていく女性ファッション誌の仕事は刺激的で面白かった。特にカルチャーページを担当するようになってから、元々本好きだった明日花は大いに張り切った。文芸やコミックスの編集部と共同で企画を立ち上げ、人気作家や漫画家のイベントやサイン会を手掛けることもあった。

元より低空飛行の売上にどれだけ貢献できたかと問われれば心許ないが、率直に言って、自分はかなり頑張ってきたほうだと思う。

少なくとも、同時期に『ブリリアント』に配属された同期と比べれば。

エレベーターに乗り込み、明日花は小さく溜め息をつく。

どうしてこんなことになったのだろう。

考えれば考えるほど腑に落ちない。

なぜ、自分が〝チーム〟とやらにいかされることになったのか。

一時のことだと、現場を仕切っている女性副編集長は言っていたけれど、約一年半は編集部を離れることになるのだ。若手の誰かが〝チーム〟へいかなくてはならないなら、自分よりも、ずっと休んでいた同期のほうがよっぽど……。

無意識のうちに、女性ファッション誌局の編集部がある九階のボタンを押しそうになり、明日花はハッと我に返る。

違う。今の自分が向かわなければいけないのは——。

釈然としない思いのまま指先をさまよわせていると、誰かがエレベーターホールに駆け込んでくる気配がした。

「すみませぇん」

響いた声に、明日花は慌てて「開」ボタンに指を伸ばす。ところが、誤って「閉」ボタンを押してしまった。眼の前で扉を閉められそうになった相手がホールボタンを連打したため、ようやく扉が開いた。

「あ……」

自分よりも、よっぽど〝チーム〟へいくべきだと考えていた相手——同期の岡島里子の顔を認め、明日花は思わず声を漏らした。

エレベーターパネルの前に立っているのが明日花だと気づき、里子も微かに反応したようだった。しかし、マスク越しにその表情はよく読めない。

「ごめん、里子。間違えてボタン押しちゃった」

わざと扉を閉めようとしたわけではないことを説明しようとしたのだが、

「いいよ、いいよ、そんなの。全然気にしてないってぇ」

と大げさに遮られ、却って妙な空気がエレベーターの中に満ちた。

明日花を押しのけるように、里子が真っ直ぐに九階のボタンに指を伸ばす。遅れて明日花も六階のボタンを押した。二人だけで狭い空間にいると、エレベーターの上昇が酷くゆっくりに感じられる。

「最近、どう？」

黙っているのも変なので、明日花は当たり障りのない言葉をかけた。

「順調、順調」

里子がマスクの上の眼を細めてみせる。

「でも、相変わらず、忙しいでしょ。湊くんのお迎えとか、大丈夫？」

「全然問題ないよ」

気を遣ったつもりだったのに、今度も強く遮られた。

「そのために、旦那の両親と同居することにしたんだもの。今はお義母さんの万全のフォローがあるから、まったく問題なし」

「そっか。よかったね」

明るい声で言い切られれば、明日花も納得するしかない。

岡島里子は、同期の中で一番早くに結婚した。所謂〝授かり婚〟で、結婚式のときには既にお腹が大きかった。現在の姓は岩下だが、会社では旧姓の岡島で通している。

〝ごめーん、明日花ぁ……。湊がまた熱出しちゃってぇ〟

以前は、何度となく里子に泣きつかれ、そのたびに同期のよしみで業務を引き受けていた。地方出身の里子は、そう簡単に母親に応援にきてもらうわけにもいかないようだった。

しかし念願の二世帯住宅が完成し、義父母と同居するようになってから、ほかの編集部員に頼る必要もなくなったのだろう。この分では、姑との関係も良好らしい。

加えて、現在はリモートワークが推奨されている。小さな子どものいる人にとっては、そのほうが都合がよいのかもしれない。

「今って、カルチャーも里子が担当してるんだっけ」

「そうだけど」

「コラムとかって、誰にお願いしてるの?」

どうしても、かつての自分の担当ページが気になってしまう。

「着いたよ、明日花」

「あ、うん」

もう少しカルチャーページについて聞いてみたかったのだが、エレベーターが六階に到着した。

里子に促されるように、明日花はエレベーターから降りる。

「じゃあ、またね」

何気なく振り向くと、マスクの上の里子の眼が挑むようにこちらを見ていた。

「カルチャーページなら、引き継いだ私がちゃんとやってる。明日花に心配してもらうようなことはなにもないから。いつまでもこっちのこと気にしてないで、明日花は明日花の仕事をちゃんとやりなよ」

「え」

聞き返す間もなく、「じゃ」と、眼の前で素早く扉を閉められる。

明日花は呆気（あっけ）に取られたまま、里子を乗せて上昇していくエレベーターの表示灯を眺めることしかできなかった。

一体、なんなの——？

しばらくすると、じわじわと不快感が込み上げてきた。

〝明日花は明日花の仕事をちゃんとやりなよ〟

なぜ、そんなことを言われなければならないのか。一年半近く、産休と育休を取っていた里子から。育児休暇が明けても、子どものお迎えやら発熱やらで、遅刻と早退を散々に繰り返し、その尻ぬぐいを全部こちらに押しつけてきたくせに。

里子はずるい。

たいして仕事もしていないうちから、さっさと結婚して出産。

〝ここで異動させたりすると、今の時代はマタハラになっちゃうからなぁ〟

バブル臭の抜けない男性編集長が眉を寄せ、同じくバブル世代の女性副編集長から、〝市橋さん、これからは一層頼りにしてるからね〟と肩をたたかれた。

見方によっては、強気にページを作らせてもらえるチャンスでもあったが、あのとき明日花が踏ん張らなければ、現場が回らなかったというのが実情だ。

もちろん、産休も育休も、正当に認められている権利だ。お互いさまという気持ちがあるから、明日花だってずっとフォローをしてきた。

　でも、本当にお互いさま？

　考えてみれば、助けたのはもっぱら自分のほうばかり。助けてもらった覚えはほとんどない。

　里子が休職している間、毎晩終電間際まで働いていた明日花は、恋愛をする余裕もなかった。結婚や出産どころか、恋人の影すら見えない。

　それなのに、なんなのあの態度。

　無意識のうちに、きつく眉根を寄せる。

「市橋さん、おはよう」

「わ！」

　突然声をかけられて、明日花はびくりと肩を弾ませた。

「ごめん、そんなに驚くと思わなかった」

　隣のエレベーターから降りてきた誉田康介が、申し訳なさそうな顔をしている。お洒落な黒縁眼鏡をかけた康介は、里子同様、明日花の同期の一人だ。

「おはよう。こっちこそ、ごめん。ちょっと、ぼんやりしてた」

　明日花は康介と連れ立ってフロアに足を進める。

　毎朝エレベーターで六階のボタンを押すたびに釈然としない思いを覚えるのは、ずっとこのフロアに勤務している康介に対して失礼なことかもしれないと、内心反省した。

　しかし康介とて、端からここが希望部署だったわけではない。文化や歴史に造詣の深い康介は、元々、熟年層向けのカルチャー誌への配属を希望していた。ところが、実際の配属先は正反対だ。本当は、康介にも思うところがあるのではないだろうか。

明日花はちらりと康介の横顔を窺（うかが）う。

「今日は、誉田さんもリモートワークじゃないんだ」

「うん、午後から大事な来客があるからね」

それが小学生ユーチューバーだと聞き、明日花は一瞬、唖然（あぜん）とした。

「もちろん、お母さんも一緒にくるんだよ。今は私立の小学校はリモート授業が多くてステイホーム時間が長いから、小学生ユーチューバーの活躍の場が広がってるみたいなんだよね」

この日は、小学生ユーチューバーに「新学期特集号」を紹介してもらい、康介も一緒に付録作りをするのだという。

「小学生とはいえ、人気ユーチューバーのチャンネル登録数はバカにできないよ。うちの編集部にとっては、ずばりのターゲットだし」

「そうなんだ」

淡々と説明する康介に、明日花はぎこちなく頷（うなず）くことしかできない。

学年誌児童出版局。

それが、今、明日花たちが歩いている六階フロアを占める部署。そして、熟年層向けのカルチャー誌を希望していた康介が配属されたのは、学年誌『学びの一年生』の編集部だ。

現在では、週刊誌やファッション誌やコミックスのイメージが強い総合出版社の文林館は、その実、創業当初は児童向けの学年別学習雑誌から始まった会社だった。

初代社長、会田辰則（あいだたつのり）氏が起こした学習雑誌の小さな会社を、後（のち）に三代目社長となった息子の文則（ふみのり）氏が、戦後の高度経済成長とベビーブームに乗じて発展させ、現在の文林館の基礎を築き上げた。

もっとも、学年誌が隆盛を誇ったのは、高度経済成長の影響がまだ色濃かった七〇年代までだ。

その後は、五〇年代末に創刊された週刊漫画雑誌に次々と追い抜かれ、少子化の煽りを受けて二〇〇九年に『学びの六年生』が休刊すると、それから毎年のように高学年雑誌から次々と休刊し、ついに二〇一七年には『学びの一年生』を除く、すべての学年誌が姿を消した。

昨今、文林館のエントリーシートをダウンロードする学生に、学年誌への配属を希望する人は滅多にいないと聞く。『学びの一年生』だけがなんとか刊行を続けているのも、四代目である現社長、幸則（ゆきのり）氏の強い意向が反映されてのことらしい。

それにしても、働き盛りのアラサー男性社員が、小学生ユーチューバーと一緒に付録作りとは――。

「大変だねぇ」

明日花は思わずこぼしてしまう。

「まあ、今はどこの編集部も大変でしょう」

康介がなんでもないことのように相槌（あいづち）を打った。

確かに、あらゆる情報がネットで見られてしまうデジタル全盛の今は、週刊誌だろうと、コミックスだろうと、紙媒体は苦戦している。ファッション誌も、頼みの綱の広告収入が激減しているのが大きな問題となっている。

「市橋さんだって、そろそろ忙しくなってきたんじゃないの」

頭一つ背の高い康介に見下ろされ、明日花は「そうだね」と肩を落とす。明日花もまた、他人（ひと）の心配をしていられる立場ではない。

「でも、こっちにきたばっかりだから、正直、まだ勝手がよくつかめないよ」

「なにか協力できることがあったら、いつでも言ってよ」

「ありがとう」

「それじゃ、また」

軽く手を振り、康介は『学びの一年生』編集部の島に向かっていく。明日花も手を振り返し、その後ろ姿を見送った。

長身で爽やかな眼鏡男子。

入社当初、康介は同期女性社員の中で密かな人気を集めていた。特に岡島里子などは、分かりやすく色めき立っていた。

ところが、文化や歴史に造詣が深いと言えば聞こえはよいが、康介の趣味は石碑巡りや古地図蒐集等、爺むさいものばかり。飲み会で、ほろ酔いの康介が、都内に残る石碑について延々語り始めたとき、周囲の女性たちは明らかに引いていた。

〝今では当たり前にあると思っているものにも、当然、調べると起源ってあってさ、そういう脈々と受け継がれているものの背景を調べるのって、そそられない？〟

赤い顔をして同意を求められ、たまたま隣に座った明日花も半笑いで応じるしかなかった。明日花にとってはレトロに見える文林館本社のファサードも、康介によれば「いや、今でこそあれは大正レトロだけど、当時は最先端をいくポストモダンであってね」と、少々面倒な一家言があるらしい。

あっという間に〝うざい残念ハンサム〟認定された康介は、結婚願望がまったくなさそうなところからも、里子のような婚活組からばっさり切り捨てられた。

あの頃から、里子は〝婚活〟とか、積極的だったんだよな……。

当時を思い返し、明日花は肩をすくめる。

そういう意味では、里子は実に計画的だ。明日花自身はようやく乗り越えた就活後に、すぐさま婚活を始める気にはなれなかった。

仕事を覚えるのにも、必死だったし。

女性は三十歳までに第一子を、と、声高に推奨されると不安になるが、現実問題として、社会に出てから三十までの道のりは、男女を問わず、あまりに慌ただしい。

私は、仕事に邁進（まいしん）してきたつもりだったんだけどね——。

入社当初からずっと関わってきた『ブリリアント』のカルチャーページの仕事は、毎日忙しかったけれど、遣（や）り甲斐（がい）があって楽しかった。話題の文芸書の新刊や最新の映画にいち早く触れられることも、カルチャー好きの明日花にはたまらなかった。

苦しい台所事情とはいえ、まだまだ挑戦してみたいことが山のようにあった。

入社以来邁進し続けてきたはずが、どうしたものか、なぜか逸走し始めている。現在明日花の足は、愛着のある『ブリリアント』編集部ではなく、学年誌児童出版局フロアの一番奥の一室に向かっていた。

突き当たりの部屋の前で、明日花は歩みをとめる。

「文林館創業百周年記念　学年誌創刊百年企画チーム」

部屋の扉に、マジックで書きなぐったＡ４用紙が、ぺらりと一枚貼られていた。

せめて印字すればいいものを……。

しかしそういうことに気づくスタッフが、この部屋にはいないのだ。だから、自分が呼ばれたと言えるかもしれない。

この〝チーム〟での広報活動が、春からの明日花の新しい任務だった。

「おはようございます」

ドアをあけながら、声をあげる。

瞬間、埃(ほこり)っぽい匂いが鼻腔(びこう)をくすぐった。古い紙が放つ匂いだ。

狭い部屋中に積まれた、たくさんの段ボール箱。テーブルの上には、これまたところ狭しと学年誌が並べられている。どれも触るのがはばかられる、赤焼けた年代物の雑誌だった。

「おはよう」

部屋の片隅でパソコンに向かっていた、胡麻塩(ごましお)頭の初老の男性が振り返る。

再来年には定年を迎える、学年誌創刊百年企画チームのチーム長、徳永清志(とくながきよし)だ。

この日も、定時に出勤したのは、徳永と明日花の二人だけだった。明日花が密かに〝ロン毛〟と〝パジャマ〟と呼んでいる二人の男性社員は、リモートワーク推進をいいことに、午前中に姿を現したためしがない。もっとも、リモート推進があってもなくても、あの二人の自由出勤ぶりは変わらない気がする。

年代物の学年誌の束に触らないように注意しながら、明日花はテーブルを回り込んだ。

無造作に積んであるように見えるが、これを崩すとロン毛に怪鳥じみた奇声を発せられる事態に陥る。この部屋にある学年誌はすべて、ロン毛とパジャマにしか分からない秩序を元に配置されているらしいのだ。

チーム参加の初日、動線を確保しようと何気なく段ボール箱を動かしたところ、ロン毛から散々奇声を浴びせられ、パジャマからは末代まで祟(たた)られるような陰惨な眼つきでにらまれた。

以来、明日花は極力注意を払って、狭い部屋の中を移動するようにしている。

つま先立ちで自分のデスクにたどり着き、パソコンを立ち上げた。まずはメールソフトを開き、各部署からの返信をチェックする。

またか……。

受信ボックスを眺め、鬱々とした気分になった。明日花から投げかけた提案のメールへの返信は、皆無だ。

会社の百周年記念企画だっていうのに――。思わず、舌打ちしそうになった。

文林館は、来年の夏に創立百周年を迎える。

百年。一世紀。

もっと歴史の長い出版社はほかにもあるが、やっぱり、なかなかたいしたことだと思う。ところが、日々の業務に忙しい各局の編集部は、編集長からして、このことにまったくと言っていいほど関心を持っていなかった。

とりあえず社内的な百年史のほかに、創刊百年となる学年誌の歴史をまとめた記念書籍が出版されることが決定し、かつてほとんどの学年の学年誌を担当していた定年近い徳永が、その編集責任を負うことになった。徳永の下に、元々『懐かしの学年誌』のムック本編集をしていたロン毛とパジャマが配属され、「学年誌創刊百年企画チーム」が結成されたのが、去年の夏頃だと聞いている。

しかし今年になって、「やはりそれだけではまずいだろう」という意見が、突如役員会で出たらしい。急遽、なにか展示会やイベントをやるべきだという案が持ち上がり、「それなら、記念書籍が刊行される学年誌の企画展だろう」と、徳永さえ知らないところで話がまとまってしまったという。

三人の編集部員だけでは企画の渉外を担当する手が足りず、よって、新たにチームに広報担当が配属されることになった。

それが、私……。

明日花は重い息をつきそうになる。

『ブリリアント』の副編集長は〝抜擢(ばってき)〟という言葉を使ったが、実際は――。

各編集部での創業百周年への特集の取り組み、学年誌出身の人気漫画の原画展示、文林館と親交のある著名人からのコメント取り。早速明日花はいくつかの提案と協力要請をまとめ、各局の編集部に送ったが、ゴールデンウイーク進行で頭が一杯の編集長たちからは、一向に色よい返事をもらえなかった。

出版社の創業百周年企画など、正直に言えば、各局編集部のターゲットである読者にとってはたいして関心が高いものではない。

ましてや、今や「一年生」しか残っていない、学年誌の企画展とくれば……。

返信のない受信ボックスを見つめながら、明日花は頰杖(ほおづえ)をつく。

悔しいのは、明日花自身が『ブリリアント』編集部に残っていたら、会社の百周年企画など、やっぱりどうでもいいと考えていたであろうことだ。

〝なにか協力できることがあったら、いつでも言ってよ〟

優しい言葉を口にしてくれるのは、人のいい康介くらいだ。

来年の創刊百年に当たり、なにか誌面で特集することはないのか――。会議で正式に掛け合ったところ、「特に予定はない」と、『学びの一年生』の編集長からさえ、けんもほろろにあしらわれたばかりだが。

〝そういうのは記念書籍が出るそっちでやってよ。そのために、チームがあるんだから〟

蝿(はえ)でも追い払うように、四十代の男性編集長は手を振った。

〝社長は派手なことが好きじゃないから、百周年だって地味にひっそりやるつもりだったのに、役員たちが変に気を利かせて、企画展までやることになっちゃっただけでしょう？　告知くらいは、お知らせコーナーに載せるから。それでいいでしょ〟

完全に他人事(ひとごと)の口ぶりだった。

抜擢だなんてとんでもない。実際は、誰もやりたがらない文化祭の実行委員を押しつけられたようなものだ。

パソコンの画面をにらみ、明日花は口元を引き締める。

正午を過ぎると、朝から降り続いていた冷たい雨がようやくやんだ。

スプリングコートを羽織り、明日花は文林館の社屋を出た。『ブリリアント』編集部にいた頃は、コンビニのおにぎりやサンドイッチをデスクでかじることも多かったのだが、学年誌創刊百年企画チームに参加するようになってからは、できるだけ外で昼を食べるようにしている。古書の匂いがする狭い一室に一日中閉じ込められていると、表の空気が恋しくなるのだ。

正面玄関の階段を下り、春とはいえ、まだ冷たい風を肌に受ける。小高いこの一帯は、かつては神田山(かんだやま)と呼ばれる山だったらしい。江戸時代、ここからは富士山(ふじさん)がよく見えて、故郷の名峰を懐かしむ〝駿河衆(するがしゅう)〟の旗本たちが武家屋敷を構えたことが、現在の地名、駿河台の由来だという。

街路樹越しに、明日花は西の方角に眼をやってみた。立ち並ぶオフィスビル群に阻まれ、現在は富士山の姿はどこにも見えない。

それでも、古くから栄える町には、いくつかの旧跡が残っている。緑青(ろくしょう)を纏(まと)ったドーム型の屋根が美しいニコライ堂。孔子を祀る湯島聖堂。二つの聖堂を結ぶ聖橋を渡って少しいけば、神田祭で知られる神田明神がある。

　この界隈にも食事処は多いのだが、今日は少しだけ足を延ばしてみることにした。

楽器店や雑居ビルの並ぶ大通りに出て、明日花は坂道を下る。明治大学の前を通り、さらに南下していくと、日本有数の古書街、神保町にたどり着いた。

　書店や飲食店が密集した古書街は、気分転換の散歩にもちょうどよく、明日花たち文林館の社員はちょくちょくランチ遠征にきていた。神保町のほとんどの古書店が北向きに建っているのは、店頭で古書が日に焼けないようにするための、昔から伝わるしきたりだと聞く。

　長屋のように軒を連ねている古書店を、明日花は横目で眺めた。ここからも、チームの一室にこもっているのと同じ、古い書物の匂いが漂ってくる。

　江戸時代、この一帯は広大な火除地だったのだそうだ。将軍が狩りをすることもあった巨大な空き地が、日本一の古書店街に成長していく背景には、幕末期の黒船来襲が関係している。ペリーの来航以降、強制的に鎖国を解かれた幕府は、急遽洋学を研究する必要に迫られ、この広大な空き地に洋学研究教育機関として「蕃書調所」を設置した。それが「洋書調所」、次いで「開成所」と名称を変え、明治維新後に東京大学の前身校の一つとなったのだ。

　その後神田には、東京外語大、お茶の水女子大、一橋、法政、専修、中央、明治、共立女子大、日大の前身校が次々に開校し、日本有数の学生街が誕生した。ここに通う学生たちによる教材の売買が、後の古書街の発展へとつながっていった。

　ある文学者が「神田の古書街は明治時代の学校出現と共に始まった」という記述を残しているが、神保町や一ツ橋の界隈を歩くと、今でも植え込みの中に、大学発祥の地の碑がひっそりと残っている。

こうしたことを、明日花は全部、近代史好きの康介から教わった。

たまたま一緒にお昼に出た康介が、スマートフォンで熱心に写真を撮り始めなければ、歩道の植え込みに建っている石碑の存在など、気づくこともなかったと思う。

明治時代から発展した古書街は、太平洋戦争の空襲でも奇跡的に難を逃れ、令和の時代の今もなお、ゆかしい面影を保ち続けている。

米軍の東洋学者が古書街に価値を認め、空爆目標から除外するように軍部に忠告したという説もあるが、「それは都市伝説に近い」というのが、康介の弁だった。

大通りから一歩路地に入ると、香辛料の匂いが鼻腔をくすぐった。

いくつもの大手出版社が本社を構え、書店や古書店が軒を連ねる神保町が、昔も今も「本の街」であることに変わりはないが、「カレーの街」という認識も、すっかり一般的になっている。

現在、神田神保町エリアには、四百店以上のカレー提供店があるらしい。しかし、こうしたカレーの隆盛は実は二〇〇〇年以降のことで、そのずっと以前から神保町に根づいているのが、老舗の中華料理店だった。

焼きチーズカレーの幟にも心を惹かれたが、明日花は店の前を通り過ぎ、更に奥の路地へ入った。狭い路地の長屋風の建物には、数軒の中華料理店が並んでいる。

上海料理、北京料理、寧波料理、四川料理……。中華は中華でも、看板に掲げる地域は様々だ。表通りも含めると、神保町界隈の中華料理店は相当の数になる。この中華料理店の多さもまた、神保町が日本有数の学生街だったことと無関係ではない。

日清戦争後、日本と中国の間の交換留学が盛んになり、多くの中国人留学生たちが日本へやってきた。最盛期には、約一万人の中国人留学生が神保町に滞在していたという。留学生の中には、卒業後、国に帰らず、神保町にとどまる人たちが少なからずいたらしい。そして、彼らのうちの何人かが、出身地域の料理を供する中華料理店を開いたのだ。

孫文や、当時留学生だった周恩来が食べた料理を、看板メニューにする中華料理店もある。そうした名物料理はそれなりに値が張るが、多くの中華料理店は、今も昔ながらの学生価格で昼定食を提供していた。シンプルな定食なら七百円前後で、味、量共に満足な昼食を食べることができる。これらの中華料理店の良心価格もまた、明日花たちがランチ遠征に繰り出す理由の一つだった。

明日花は、長屋の角の小さな上海料理店に入った。

アスパラガスとエビの塩炒め定食を注文し、暫し休憩する。上海料理は中華料理の中でも比較的さっぱりしていて、毎日でも食べられた。激務で胃をやられたとき、明日花はこの店のポタージュのような中華粥に、何度となく助けられた。

チームに参加してからは、食事を受けつけなくなるほどの過密スケジュールに見舞われることはなくなった。

月刊誌の毎月の校了に追われるプレッシャーからは解放されたものの、それとはまた違うストレスが、明日花にのしかかっている。締め切りや、企画が決まらないといった、具体的なことからくるストレスではない。

アスパラガスをしゃくしゃくと咀嚼しながら、現在、己に纏いついている黒雲のような憂鬱の正体を、明日花は探った。

なんだか、自分が本流から外されてしまったような……。

一抹の寂しさを覚え、明日花は慌てて首を横に振る。

こんなこと、いつまでも続くわけではない。自分は、『ブリリアント』編集部から異動になったわけではないのだから。

勢いをつけて定食を平らげ、明日花は上海料理店を後にした。

まだ少し時間があるので、文林館近くのコーヒーショップに立ち寄ることにする。混み合う店内で食後の飲み物を物色していると、ふいに背後から肩をたたかれた。

振り向けば、『ブリリアント』副編集長の小池八重子(こいけやえこ)が、布マスク越しに笑みを浮かべている。

「市橋さんも、これからお昼?」

「いえ、私はもう食べてきたんです」

「それじゃ、ドリンクおごるよ。なにがいい?」

八重子は、パストラミビーフのサンドイッチとアーモンドミルクのラテをてきぱきと注文し始めた。お言葉に甘え、明日花はカフェオレをお願いする。

「雨もやんだし、テラスにいこうか。感染対策にもなるし」

店内の混雑を避けようと、八重子がテラス席を指さした。

八重子の指の先のテラス席に、長毛の大きな犬がいることに気づき、明日花は一瞬言葉に詰まる。

「……あそこ、犬、いますよね」

「あれ?　市橋さんって、犬苦手だっけ」

「苦手ってわけじゃないんですけど」

明日花が説明しようとすると、近くの窓側の席が空いた。

「じゃあ、あっちにしよう。外はまだ少し寒いもんね」

あっさり納得し、八重子が窓側の席に向かっていく。仕事同様、判断が早く、動きに無駄がない。カフェオレを手に、明日花も後に続いた。

「新天地はどう？」

テーブルにトレイを置くなり、八重子が問いかけてくる。

栗色のミディアムボブに、コーラルピンクのカットソー。女性ファッション誌の副編集長らしく、八重子はいつ見ても華やかだ。さすがにもう若くはないが、きびきびとした様子は、五十代半ばの年齢を感じさせない。

スクエアネックの胸元に、貴石と銀細工を組み合わせたお洒落なペンダントが揺れていた。

「どうっていうか……」

八重子のあまりにあっけらかんとした表情を見るうちに、明日花は愚痴の一つもこぼしたくなってきた。

「なんか、虚しいですよ。こちらから色々提案しても、どの編集部も、会社の百周年企画なんて知ったこっちゃないって態度で」

「あー」

身に覚えがあるらしく、八重子はきまり悪げに眉を寄せる。

「『ブリリアント』編集部からも、なしのつぶてですよ」

明日花は頬を膨らませた。

「今はしょうがないよね。ゴールデンウイーク前で、どの編集部も進行が早まってるし」

「そう言いますけど、ゴールデンウイークが終わったら、次はすぐにお盆進行が始まるじゃないですか」

明日花とて、つい最近までバリバリの雑誌編集者だったのだから、八重子のそんな言葉で煙（けむ）に巻かれたりはしない。要するに、年がら年中忙しい編集部にとって、「百周年企画」の優先順位が著しく低いだけのことだ。

「だって、百周年企画って、結局学年誌の企画展でしょう？　『ブリリアント』のカルチャーページじゃ、なかなか記事にもできないわよ」

八重子が開き直ったように、首を振った。

「だったら……」

なぜ『ブリリアント』のカルチャーページ担当である自分をチームに参加させたのか、と言いかけて口をつぐむ。

明日花にチーム参加を言い渡したのは、編集部の現場を仕切っている副編集長の八重子なのだ。ここでそれを言い出したら、恨み節がとまらなくなりそうだ。第一、今更そんなことを蒸し返したところでどうにもならないことくらい、明日花もよく分かっていた。

「もう少し企画が煮詰まってくれれば、ほかの編集部もちゃんと協力はするはずだよ。なんといっても、我が社の百周年企画なんだから」

「本当ですかね」

「そりゃそうよ。企画的には面白いものになりそうなんでしょう？」

マスクをずらしてサンドイッチにかじりつきながら、八重子が明日花を見た。

「まだ、よく分からないです」

明日花は正直に答える。

「チーム長の徳永さんは、学年誌の生え抜き（プロパー）でしょう？　あとの二人も、学年誌ムックのベテランだし。学年誌の歴史なら、あの三人がいれば問題ないはずよ」

「それはそうでしょうけど」

記念書籍の編集は順調に進んでいるようだ。但し、あのチームには、それをイベントに結びつける人材がいない。

チーム長の徳永をはじめ、こつこつ執筆したり、編集したりするのには向いていても、それ以外のことは我関せずといった調子だ。

「なんか、オタクっぽい……っていうか、専門的すぎるんですよ」

「だからこそ、市橋さんみたいに企画力も機動力もある、柔軟な若手の力が必要なんじゃない」

八重子が明日花を指さしてみせる。

「大丈夫よ。これまで、たくさんのタイアップ企画やカルチャーイベントを成功させてきた市橋さんだもの。ここからが、腕の見せどころじゃない」

調子よくそんなことを言われると、ますます釈然としないものが込み上げた。

〝市橋さん、これからは一層頼りにしてるからね〟

人員補充がないまま里子が産休と育休に入るときも、八重子はそう言って、明日花の肩をたたいたのだ。

なんだか、いいように使われているだけのような気がしてくる。

「今って、カルチャーページも岡島さんが担当してるんですよね」

懐疑的な思いをぬぐい切れないまま、明日花は尋ねてみた。

「一応ね。新人君にもヘルプで入ってもらってるけど。彼女、やっぱり、まだあんまり残業はできないから」

「だったら、岡島さんがチームにきたほうがよかったんじゃないですか。こっちは今のところ、そんなに残業とか、ないですよ」

つい本音を漏らしてしまい、明日花はハッとする。

出すぎた口を利くなと怒られるかと思ったが、八重子は気にしたふうもなくアーモンドミルクのラテを啜(すす)った。

「人事から、広報ができる若手を寄こしてほしいって言われたとき、最初はそれも考えたんだよね」

「えっ」

「たださ、そうすると岡島さん、三年近く編集部を離れることになっちゃうんだよ。それは、さすがに可哀(かわい)そうかなって……」

八重子の言葉に、明日花は絶句する。

なぜだ。

なぜ里子は可哀そうで、自分は可哀そうではなかったのか。

明日花はそう考えずにはいられなかった。

約一年半休職していたのは、里子の意志のはずだ。だが、自分がチームにこさせられたのは、そうではない。完全に、あずかり知らぬところだ。

「私もさ、四十代で子ども産んだときは、気が引けたんだよね」

言葉を失っている明日花の前で、八重子が大きく息をつく。

「妊活も長かったし、あきらめかけてたところでのいきなりの妊娠だったから。戻ったとき、席があるのかも不安だったし。まあ、実際、産休と育休の間に、編集長の椅子は埋まっちゃったわけだけど」

マスクを顎までずらした八重子の口元に、苦い笑みが浮かんだ。

言われて初めて気づいたが、同じくバブル世代でも、現編集長は副編集長の八重子より一年後輩だ。編集長と八重子の間にどこで逆転が生じたのか、これまで深く考えたこともなかったが、成程、そういうことだったのか。

でも――。

たいして功績のなさそうな編集長と、多くの企画を立案し、里子の穴埋めにも奔走してきた自分は違う。

それとこれとは、別のはずだ。

「市橋さんなら、絶対、期待以上の仕事をしてくれるって思ったし」

ぐるぐると考え込んでいる明日花に、八重子は曇りのない声をあげた。

「市橋さん、これまで『ブリリアント』のカルチャーページから離れたことなかったじゃない。ちょっと違う空気を吸うのもいいんじゃない？　すぐに戻ってこられるんだし」

すぐって、一年半後ではないか。

「若いうちは、何事も経験だよ」

朗らかに言い放たれて、明日花は内心鼻白んだ。

好景気時代に、歓迎されながら社会に出てきたバブル世代は、自分たちが世界の中心だと信じ込んでいる節がある。だから、所謂きらきら系女性ファッション誌のターゲット年齢も、バブルに合わせてどんどん引き上がる。

八重子に比べれば若いかもしれないが、世間一般的に見れば、アラサーの明日花はたいして若くない。加えて、時代の追い風を受けてきらびやかに活躍してきた八重子の世代ほど、明日花は今後の自分に選択肢があるとは思えなかった。

景気にしろ、年金にしろ、福祉にしろ、どう考えても先細りの未来に、長い妊活の末に四十代で母になるような余裕や余力は、果たして残されているだろうか。

〝何事も経験〟なんていう、悠長且つ優雅なモラトリアムに浸っている場合ではないのだ。

「大きくなって帰ってきてちょうだいよ」

あっという間にサンドイッチを食べ終えると、八重子は指先についたパンくずを払った。窓から差し込んできた光を受け、胸元のペンダントの銀細工がきらりと光を放つ。

「そのペンダント、すてきですね」

何気なく口にすると、

「ああ、これ。いただきものなの」

と答えた後、なぜか八重子はハッとしたように口をつぐんだ。アーモンドラテを一気に飲み干し、そそくさとマスクをつけ直す。

「そろそろ、いこうか」

八重子がトレイを持って立ち上がった。

「え？　あ、はい」

急に会話を打ち切られた気がして明日花は一瞬戸惑ったが、午後から会議でもあるのだろうと、すぐに思い直す。

「ご馳走(ちそう)さまでした」

カフェラテの礼を言い、明日花もトレイを手にして立ち上がった。

九階の編集部に戻る八重子と別れ、明日花が学年誌創刊百年企画チームに戻ってくると、ロン毛とパジャマが出社していた。

新たに部屋に持ち込んだと思われる段ボール箱の中から、触れた瞬間、ばらばらになりそうな変色した学年誌を取り出し、なにやら分類を始めている。

「お疲れさまです」

明日花が声をかけると、ロン毛が「あ」と「う」の中間のような声で一応反応した。パジャマは手元の資料をめくることに夢中だ。徳永は遅い昼に出かけたらしく、姿が見えない。

自分のデスクに向かいがてら、明日花は改めて二人の先輩編集者の様子を眺めてみた。

伸ばしっぱなしの髪を後ろで一つに束ねているロン毛は、学年誌少女漫画を年代順に並べ、いつも着ているチェックのネルシャツがどう見ても寝巻にしか見えないパジャマは、「怪獣」関連の付録を熱心に検めている。

恐らく、そろって独身の四十代。

彼らが独占して使っているテーブルには、コピー用紙を短冊切りにしたものが、あちこちに散らばっていた。これを片付けようとしたときも、明日花はロン毛から超音波のような奇声を浴びせられた。

古い雑誌を扱うとき、糊つきの付箋を使用するのは紙が傷むので厳禁。短冊切りにした紙を付箋代わりに使うのだと、明日花もこのとき学習した。

「それ、すごいですね」

パジャマが矯めつ眇めつしている付録の冊子を、明日花は指さす。

「怖すぎて、今なら保護者から苦情が出そう」

「怪獣大図解」と題された冊子には、おどろおどろしい怪獣の姿だけではなく、すべての怪獣の断面図が詳らかに描写され、その内臓の一つ一つに、「ウランをエネルギーに変える胃」「毒液を出す肺」「放射能を溜める袋」等々、細かな解説がついていた。

詳細な絵柄は子ども向けとは思えないほどリアルで、カラーの色合いも毒々しい。

「なにを言う。怪獣は全男子の永遠の夢」

明日花を一顧だにせず、パジャマがぼそりと呟いた。

「あー、それねー、六〇年代の付録でしょう？　そんときは、文林館も大変だったのよ」

パジャマ同様、明日花のことは視界にも入れず、ロン毛が独り言のように喋り出す。

「空前の怪獣ブームを巻き起こした『グレートマン』の掲載権は、当時、音羽の史乗社に牛耳られちゃっててさ。肝心のグレートマンを前面に押し出せないから、怪獣に寄せるしかなかったんだろうけど、意外に、それが受けたりしてね」

そこで、ロン毛とパジャマは顔を見合わせた。

「まこと、怪獣は全男子の夢と郷愁」

「我ら怪獣チルドレン」

さようでございますか……。

気づかれないように嘆息し、明日花は自分のデスクに座る。

一緒に働く先輩編集者に対して、いつまでもロン毛とパジャマ呼ばわりもないだろうが、この二人とて、ほぼほぼ明日花を認識していない。ロン毛はパジャマに比べれば口数が多いものの、基本、自分の喋りたいことを喋っているだけだ。

無論、ロン毛とパジャマなしに、企画展が成り立たないのも事実だった。

興味があるか否かは別にして、元々『懐かしの学年誌』というムック本を作ってきた二人がストックしているファイルはなかなか見事なものだ。徳永によれば、文林館の資料室に残っていない古い文献まで、二人は古書街を徘徊したり蒐集家を当たったりして買い集めているらしい。

明日花はパソコンを立ち上げると、ロン毛とパジャマがクラウドに放り込んでいるファイルを開き、一つ一つチェックを始めた。

学年誌は、学習記事のほかに、たくさんの人気漫画やカラー図解のコーナーを生み出している。それを年代やジャンル別に系統立てたファイルは、成程興味深い。

今や国民的な大人気アニメーションとなった、文林館を代表するネコ型ロボットの漫画も、実は学年誌から始まっている。

とりあえず、素材としては充分なものがそろいつつあるようだった。

後は広報を担当する明日花が、彼らが類纂したものをいかに企画としてまとめ上げていくかだ。

ただ、まとめるだけ、か。

正直、気乗りのする仕事ではなかった。

〝ここからが、腕の見せどころじゃない〟

先刻の八重子の言葉が甦り、明日花は眉を寄せる。

あれは、プレッシャーをかけられたのだろうか。

同時に、八重子の胸元で揺れていた作家ものらしい銀細工のペンダントのことが、微かに頭に引っかかっていた。

あのタイプのアクセサリー、どこかで見たことがあったような……。

考えていると、部屋の外からにぎやかな笑い声が聞こえてきた。

そこに子どもの声が交じっていることに気づき、明日花は我に返る。今朝がた康介が言っていた、小学生ユーチューバーが来社したらしい。

興味を覚え、明日花は百年企画チームの部屋を出てみた。

隣のブースで、利発そうな男の子がスマートフォンのレンズに向かい、はきはきと喋っている。

あれが小学生ユーチューバーか。

仕切りの隙間から、明日花はブースの中の様子をそっと窺った。

男の子の横に備えつけられたアクリル板の隣では、マスクをつけた康介が「入学おめでとう特別付録」を一緒に作っている。

「これが、プログラミング・ミニカーです」

声変わりのしていない男の子のあどけない声が響く。

現在の小学校では、プログラミング教育が必修化されていると聞く。ゴールへ到達するための道順を想定し、そこへ至る適切な方法を採択することが、すなわちプログラミングであるらしい。

けれど、康介たちが作っているのは、明日花には普通のプラモデルにしか見えなかった。

「前後左右のボタンを押してから、スタートのスイッチを入れると動きます」

スマートフォンに向かい、男の子がミニカーの電動部分を操作している。

「電池を入れて、ボタンを押してから、スタートのスイッチを入れるんですね？」

アシスタントよろしく、康介が男の子に尋ねた。

「はい。それが今回のプログラミングです」

男の子が堂々と答える。

子どもが大人を助手のように扱う様子が、小学生たちには人気なのかもしれない。

アクリル板で仕切られたテーブルで作業する二人を、男の子の母親らしい女性と、数人の編集部員が、遠巻きにぐるりと取り囲んでいた。

やっぱり、大変そうだな――。

明日花は密かに思ったが、男の子と対峙(たいじ)している康介の笑顔に嘘(うそ)はなかった。


その日、明日花は定時で会社を出た。

地下鉄に乗り入れている私鉄に小一時間ほど揺られ、郊外の駅で電車を降りる。そこから十分ほど歩いた住宅街に、明日花が暮らす古い家がある。

「ただいま」

玄関の扉をあけると、微かに消毒液の匂いがした。

「おかえり」

この家の奥から母の待子(まちこ)の声が響くことに、明日花は未だに慣れていない。

洗面所に向かって廊下を歩きながら、今は病室代わりになっている客間を覗(のぞ)くと、待子が祖母のスエに食事をとらせているところだった。

「おばあちゃん、ただいま」

一応声をかけたが、今年で九十四歳になる祖母はほとんど反応しない。介護用のリクライニングベッドに背中をもたせかけて、スプーンで口元に運ばれる玉子粥を、ただ機械的にもぐもぐと咀嚼している。

無表情な祖母の姿は、いつも明日花の胸を苦しくさせた。

「外からきたんだから、さっさと手を洗いなさいよ」

ほんの少し戸口で立ちどまっただけなのに、すぐに待子のとがった声が飛んできた。明日花はマスクの中で一つ息をつき、洗面所に向かう。

「アルコール消毒も忘れないで」

追ってくる待子の声から逃げるように足を速めた。

母の言うことはもっともだ。万一、自分の身体のどこかに新型コロナウイルスが付着していたら、高齢の祖母の命を奪うことになりかねない。

母の言うことは、いつだって正しい。それは、明日花にもよく分かっている。

洗面所で入念に手を洗い、全身に消毒液を吹きかけると、明日花は二階に上がり、自分の部屋に入った。

バッグを下ろし、ベッドに身を投げ出す。スプリングがきしむ音を聞きながら、明日花は眼をつぶった。

この歳になって、また母親と一緒に暮らすことになるとはね……。

目蓋を閉じたまま、改めてそんなことを考える。

郊外に建つ築五十年近いこの家は、七年前に他界した祖父が建てた家だ。

寝返りを打って目蓋をあけると、木目の浮いた天井が見えた。天井に走る太い梁。窓辺には、今では珍しくなった障子張りの戸が立っている。

ベッドの上に身を起こし、明日花は部屋の中を眺めた。

一時、離れていたこともあるが、この部屋は子どもの頃からちっとも変わっていない。

窓辺には勉強机代わりだった炬燵テーブルが、その横には、壁沿いに大きな本棚が設えられている。本棚には、最近買い集めた単行本や文庫本のほか、子ども時代に愛読した児童書や絵本がぎっしりと詰め込まれていた。

子ども時代の本を自分に買い与えてくれたのは、すべて祖母のスエだ。

こと本に関しては、誕生日やクリスマスでなくても、スエは好きなものを好きなだけ買ってくれた。母だったら、こうはいかなかっただろうと明日花は思う。

物心ついた時分から中学を卒業するまで、明日花はこの家で、祖父母と共に暮らしていた。幼い頃、明日花にとって、祖母は、母の待子以上に近しい人だった。

というか……。

よく考えてみると、母が自分にとって近しかったことなど、ついぞなかった気がする。

学校の保護者参観にも、三者面談にも、足を運んでくれたのは祖母だった。

〝どうして明日花ちゃんのおうちは、いつもおばあちゃんがくるの〟

クラスメイトから聞かれるたび、

〝お母さんはお仕事だから〟

と、明日花は条件反射のように答えていた。

実のところ、その〝お仕事〟のために、母が自分と一緒に住んでいないことまでは、クラスメイトたちも知らなかったようだった。

明日花の母、待子は獣医師だ。

大学の獣医学部を卒業した待子は、動物病院に勤めているだけではなく、災害が起こると、ボランティアとして被災地への緊急レスキューに駆けつける。待子は多くの被災地でペットの犬猫から牛馬等の大型動物までの治療を引き受け、土地の人たちから感謝されていた。

明日花は、待子が三十七歳のときに生まれた。

今なら決して珍しくはないが、もうすぐ六十五歳になる母の時代では、相当の高齢出産だったようだ。

やはり当時としては高齢の二十九歳で母を生んだ祖母は、〝待望の子〟という意味で、一人娘を〝待子〟と名づけたのだそうだ。

同じく一人娘の自分は、しかし、母と同様に待ち望まれて生まれたのだろうか。

そう考えると、明日花は途端に心許なくなる。

父の稔(みのる)はともかく、母にとって、自分は想定外の存在だったのではないか。そんな思いが、今もぬぐい切れない。

加えて、幼少期の明日花には、重度の動物アレルギーがあった。動物病院から帰ってきた母が近づいただけで、何度も激しい喘息(ぜんそく)症状を引き起こした。母は随分気をつけて消毒をしていたようだが、明日花の症状は一向に治(おさ)まらなかった。

昼間、カフェで八重子にテラス席に誘われたとき、躊躇(ちゅうちょ)したのはそのためだ。

成長と共に、アレルギー症状は幾分か緩和したけれど、食事どきに動物が傍(そば)にいるのは、やはり少し不安だった。

この明日花のアレルギー症状を考慮し、待子は一つの決断を下した。

獣医師の仕事を続けるために、稔の猛反対を押し切り、二歳になった明日花を自分の実母に預けることにしたのだ。

近所に住んでいるのだから、いつでも会える。

母はそう言っていたそうだが、休日に訪ねてくるのは、もっぱら父ばかりだった。そして、それから数年後、母は父と離婚することになった。

五歳になったとき、明日花の苗字はそれまでの高槻から、現在の市橋に変わった。

〝どうして？〟

幼い明日花が不思議に思って尋ねると、祖母のスエは、

〝高槻はお父さんの苗字だから〟

と、説明してくれた。結婚すると、多くの女性は男性の苗字にならなければいけないことも。

〝じゃあ、おばあちゃんも、前は市橋じゃなかったの？〟

〝おばあちゃんは、ずっと昔は鮫島だったの〟

サメのおじちゃんと呼んでいる親戚と、祖母が昔は同じ苗字だったことを知り、明日花は単純に驚いた。サメのおじちゃんはスエの歳の離れた弟だったが、正月にしか訪ねてこない親戚との関係性は、当時の明日花にはまだよく理解できなかった。

やがて小学校に上がる頃になると、両親の不和の原因が自分にあったことを、明日花は薄々勘づき始めた。

しかし、だからといって、子ども時代の明日花が不幸だったわけではない。

祖母のスエと、今は亡き祖父は、明日花が寂しがる暇がないほど、充分な愛情を注いでくれた。両親が一人娘の自分の処遇を巡って冷戦を繰り広げるのを間近に見ているより、優しい祖父母の下でのびのびと暮らすほうが、幼少期の明日花にとっても健全だったに違いない。

明日花が本好きになったのは、祖母のスエの影響だ。

まだ、自分で本を読むことができない幼い時分から、スエはたくさんの絵本を明日花に読み聞かせてくれた。

これ、好きだったな……。

本棚の一冊に、明日花は眼を留めた。

『ほたるとつきみそう』

大判の表紙には、月見草の葉にとまった蛍の様子が、淡い水彩画で描かれている。明日花はその絵本を開いてみた。

むかし、ほたるはひからないむしでした。

まっくろなほたるは、おひさまのひかりにきらきらとかがやく、てんとうむしやこがねむしのことを、いつもうらやんでいました……。

ページをめくると、穏やかな祖母の声が聞こえてきそうだ。

内容を諳んじるほど、繰り返し、何度も何度も読んでもらった。

ただの黒い虫の蛍は、色鮮やかなてんとう虫や黄金虫や蝶を羨み、なんとかして彼らのようになろうと黒い身体に色を塗ったりするが、ことごとくうまくいかずに却って笑いものになってしまう。すっかり意気消沈した蛍は、昼ではなく、夜に生きようと決意する。

そして、誰にも知られず、ひっそりと夜に咲く月見草と出会うのだ。

祖母のスエは、絵本を読むのがうまかった。ときには声色を変えながら、分かりやすく、臨場感たっぷりに、物語を聞かせてくれた。

いつしか月見草に恋をしてしまう蛍の話に、明日花は毎回胸を躍らせながら聞き入った。

祖母もこの本が好きだったらしく、同じ著者による本が、本棚にはいくつもある。どの物語も、登場人物が生き生きとしていて、わくわくする楽しさに満ちていた。

記憶の中の祖母は、常に優しく温かだ。

絵本同様、祖母は庭の小さな花々を愛(め)でていた。

明日花が子どもの頃からこの家は古かったが、祖母が庭で育てた花を小さなコップに活(い)け、部屋を明るくしてくれた。

菜の花、サクラソウ、コスモス……。玄関や台所には、いつも季節の花があった。夏になると、絵本の挿絵と同じ月見草も夕刻に庭先で花を開かせた。

なぜかこの家には、びっくりするほど立派なひな人形があり、桃の節句の日には、祖母が菜の花と一緒に明日花のために毎年それを飾ってくれた。

祖父母と暮らす日々の中で、明日花は否定されたり、厳しく叱られたりしたことが、ただの一度もない。

恐らく、そのせいだろう。たまにやってくる母のことが、明日花は酷く苦手だった。

箸の上げ下ろし、鉛筆の持ち方、姿勢、歩き方、口の利き方――。

褒められることこそあれ、けなされたり、欠点を指摘されたりしたことのなかった明日花は、厳(いか)めしい表情の待子から辛辣な口調で注意を受けるたびに、大いに怯(おび)えた。

〝お母さんが、いっつも甘やかすからよ〟

叱責(しっせき)を受けた明日花がぐずぐず泣き出すと、待子は大きな溜め息をつき、祖母のスエにまで文句をつけた。そのたび、祖母は口ごもって下を向いた。

〝そんなんじゃ、駄目だから〟

母の待子はなにかと不甲斐なさそうに、明日花とスエを責めるのだった。

仕事や活動が忙しくて、今週はこられない。待子からそう連絡がくるたび、明日花は却ってほっとした。

通常の勤務に加え、休日を返上して地震や台風の被災地で動物治療のボランティアに当たる母は、実際、立派な人なのだろう。

小学校中学年になると、雑誌や新聞でたびたび紹介される待子の活動を、明日花も理解できるようになってきた。待子を紹介する記事には、〝理想〟とか〝信念〟とかいう言葉がよく使われていた。

けれど、その立派な母に親しみが湧くこともまたなかった。

いつの間にか再婚し、それほど頻繁に明日花を訪ねてこなくなった父にせよ、理想と信念に燃えて仕事に邁進する母にせよ、親だからといって、別に無理して顔を合わせる必要はないのだと、明日花は子どもながらに段々達観していった。

それよりも、祖父母の穏やかな愛情に包まれて、気ままに過ごすほうが何倍も快適だった。

中学を卒業するのと同時に、一応は母のマンションに引っ越したものの、不在がちな待子との距離は一向に縮まらなかった。暇さえあれば、明日花は祖父母の家に入り浸っていた。

結局、母と暮らしたのは高校に通っていた三年間だけだ。その間、明日花は、待子が几帳面で、どれだけ忙しくても整理整頓を欠かさず、夕飯はできる限り自炊することを知った。待子が作る料理は薄味で、色合いも栄養バランスもよく考えられたものだった。

〝ばっかり食べしないで〟〝ほら、また迷い箸してる〟

しかし、たまに一緒に食卓を囲むと、待子は相変わらず、食事の間じゅう小言を口にする。そして〝子どもの頃、ちゃんと躾けられてないから〟と、さも残念そうに嘆息した。

明日花は、スエが作る少ししょっぱい煮物や、納豆や、具だくさんの味噌汁等、茶色っぽいおかずばかりが並ぶ、温かな食卓が恋しくて仕方がなかった。

　高校を卒業すると、明日花は都心の大学に通うことを口実に、母のマンションを出ることにした。決して通えない距離ではなかったが、母と二人だけで暮らす空間から、なんとかして逃げ出したかったのだ。

　無論、待子はよい顔をしなかった。けれど、父の稔に援助を頼むと告げると、「そんな必要はない」と血相を変えて、引っ越し費用を用意してくれた。

　大学の近くに安い部屋を借り、明日花はアルバイトと勉強に明け暮れながら、都心での独り暮らしを満喫した。

　明日花がこの家に再び戻ってきたのは、祖母が老人介護施設に入ることになった四年前だ。

　祖父が他界してからも、祖母のスエはずっと元気だったが、九十歳を過ぎた頃から、軽い認知症の症状が出始めた。このまま独り暮らしを続けさせるのは危険だと判断した母が、介護施設への入居を決めた。

　待子はこのとき、古い家を処分してしまおうとしていたようだが、それを察した明日花が急に思い立って、「自分がこの家を管理する」と申し出た。子どもの頃からの思い出が詰まった家が取り壊されてしまうと想像すると、いてもたってもいられなくなったのだ。

　久方ぶりに祖父母と暮らした家に入った明日花は、自分の部屋が以前とまったく変わらない様子を保っていることに、胸を熱くした。祖父母こそが育ての親。ここここそが実家だと、感じ入った。

　ときどき介護施設の祖母を見舞い、好物の品や庭で咲いた花を届けたり、近所のちょっとした状況を知らせたりしながら、明日花は数年を過ごした。その間、スエが段々口数が少なく、表情も乏しくなっていくことが、寂しくてたまらなかった。

元気で優しかった姿を鮮明に覚えているだけに、記憶や感情をはじめ、祖母の中からたくさんのものが失われていくようで、胸が詰まった。

祖母を住み慣れた家に帰してあげたほうがいいのでは――。

何度かそう思ったが、口に出すのははばかられた。毎晩残業続きで、自分のことだけで手一杯の明日花には、高齢のスエの面倒を見る自信を、持つことが到底できなかった。

母の判断は、いつだって正しい。その正しさに、従うほかなかった。

ところが、昨年、思ってもみない事態が起きた。

新型コロナウイルスが猛威を振るい、スエが入居している老人介護施設でも、陽性患者によるクラスターが発生した。幸いスエは濃厚接触者には当たらず、PCR検査の結果も陰性だった。

だが、施設でクラスターが多発している傾向を鑑みた待子が、スエをこの家に引き取り、在宅看取り(みと)を視野に、自分で面倒を見ると言い出したのだ。

この十年近く、待子は大手流通企業が展開する動物病院で院長をしていたのだが、その母が突如退職し、長年暮らしていたマンションを引き払い、ここで祖母の介護を始めたことに、明日花は驚きを隠せなかった。

結果、祖母は住み慣れた家に帰ってくることができた。

しかし、自分が管理を申し出なければ、処分してしまおうとしていた家で、仕事を辞めた母が祖母の面倒を見ていることが、明日花は今でも時折信じられなくなる。

父にこの件を電話で話したとき、「院長とはいえ雇われだし、どの道もう定年だから、実家で開業するつもりなのではないか」と告げられて、明日花は愕然(がくぜん)とした。

〝お母さんが、そう簡単に獣医を辞めるわけないよ〟

皮肉な調子で父は続けた。

〝なんせ、自分の子どもより、仕事を選ぶような人だからな。母親なら、普通は子どもを選ぶはずだよ……〟

父の見越しが正しいなら、まるで母がこの家で、祖母が死ぬのを待っているようではないか。

そう思いついたとき、明日花は自分の考えにぞっとした。

祖母が亡き後の家のことを、一人娘である母がどうするかは母の勝手かもしれないが、それまでなんの愛着もなかったようだった実家に戻ってきたことが、定年後の開業目的であるとすれば、明日花にはやっぱり随分と打算的に感じられる。

母の合理性が、どうしても冷たく見えてしまう。

以前から、近しい人ではなかったが、正しい人だと思っていた。しかし、その正しさの正体が、つかみきれなくなってきた。

「明日花」

階下から声が響き、ぼんやり絵本を眺めていた明日花はびくりとする。

「私たちも夕飯にするから、早く下りてきて」

気まずさが喉元まで込み上げた。この歳になって母に夕食を作ってもらうことも気詰まりだが、二人きりで食卓を囲むことを思うと、一層胸の奥が重くなる。

「明日花、聞こえてる？」

「今、いく」

待子の声に険しさが増すのを遮るように、明日花は返事をした。

『ほたるとつきみそう』の絵本を棚に戻し、部屋を出る。階段を下りて居間に入ると、待子がテーブルに夕飯のおかずを並べていた。

明日花が事前に残業で遅くなると伝えても、待子は必ず二人分の夕食を用意する。祖母の流動食の支度もあるのだから、自分の分は作らなくていい。何度かそう告げたのだが、一人分も二人分も変わらないと、頑なまでにその習慣を変えようとしない。

テーブルの上の電気釜をあけると、待子定番の発芽玄米入りの五穀米が炊けていた。

母と自分の茶碗に五穀米をよそいながら、明日花はテーブルに並べられていくおかずを眺める。鶏ハムとパプリカのサラダ、キャベツとジャガイモの味噌汁、鰆の煮つけ……。

旬の食材を使った、手の込んだ献立だ。

十代の頃は味気なく感じた母の料理は、三十近い年齢になると、成程、理にかなっているように思われた。きちんと出汁を取った味噌汁は余計な塩分が少なく、玄米入りの五穀米は少量でも腹持ちがいい。旬の鰆や、自家製の鶏ハムを添えたカラフルなサラダも洒落ていて美味しそうだ。

「いただきます」

テーブルを挟んで向かい合い、手を合わせる。

その後は、会話もないまま、互いに黙々と料理を口に運んだ。母が嫌がるので、食事中はテレビをつけることもできない。

「最近、いつも早いのね」

ふいに声をかけられ、明日花は一瞬、鰆の咀嚼を中断する。

「前は残業続きだったのに」

味噌汁のお椀と箸を持った待子が返事を待っている様子だったので、明日花は鰆を呑み込んで口を開いた。

「ちょっと、この春から、新しい仕事に就くことになったんだよね」

「新しい仕事？」

「うん、たいした仕事じゃないけど」

何気なくそう言うと、母の眉間に微かなしわが寄った。

「たいした仕事じゃないって、どういうこと？」

「どういうって……」

追及されるとは思わなかったので、暫し口ごもる。

「会社の創立百年企画の広報って感じかな」

「それなら、たいした仕事じゃないの」

「どうかな？　ほかにやる人がいないから、押しつけられただけみたいだけど」

決めつけるように返されて、明日花は首を傾げた。

「別に、やりたいことでもないし」

そう呟いた瞬間、待子が箸を置いた。

「そんなの当たり前じゃない」

「え？」

驚いて顔を上げると、待子が厳しい眼差しでこちらを見ている。

「会社の仕事なんて、やりたいことばかりのわけないでしょう。求められたことをするのが社会人の務めだと、お母さんは思うけれど」

「だから、ちゃんとやってるけど」

「だったら、たいした仕事じゃないなんて、軽々しく口にするもんじゃないでしょう。大体、それを決めるのは、あなたではないから。いい気になるのもいい加減にしなさい」

あまりに一方的な言い草に、なんだか啞然とした。

娘の仕事のことなど、なに一つ知らないくせに、なぜこの人は、平然とこんなことを言うのだろう。

「お母さん、私の仕事のことなんて、知らないでしょう？」

「知らなくったって、こちらは社会人経験が長いんだから、ある程度は分かるよ。大体、あなたは昔からおばあちゃんに甘やかされて育ってるから、自己中心的なところがあるし。調子に乗って、会社でも好き勝手なことやってるんじゃないかって、ときどき心配になる」

待子が苦々しい表情を浮かべる。

「おばあちゃんは、自分ってものがなくて、なんでも他人の言いなりになっちゃう人だし。あなたはそれが分かってて、我儘（わがまま）放題だったし」

またただ。

この人はいつも、なにかと口実を見つけては、自分と祖母を否定しようとする。

なんにも知らないくせに。

祖母が毎晩臨場感たっぷりに読み聞かせてくれた絵本が、母にも父にも顧みられなかった幼少期の自分の心をどれだけ慰めてくれたか。

祖母の影響で本が好きになった自分が出版社に新卒入社することが決まったとき、祖母がどれだけ喜んでくれたか。

〝おばあちゃん、この記事、私が作ったんだよ〟

介護施設を見舞うたび、明日花は自分の担当ページを切り抜いて、祖母のもとへ持っていった。

施設に入居してすぐに、祖母のスエは寝たきりに近い状態になってしまったが、今よりは意識もしっかりとしていて、いつも心から嬉しそうに眼を通してくれた。

そんなことも、なに一つ、知ろうとしなかったくせに……。

「ご馳走さま」

猛烈な勢いでご飯をかき込んで席を立つ。

「まだ食べ始めたばかりじゃない」

「でも、もうお腹一杯」

自分の食器を重ねて、明日花はさっさと台所に向かった。

流しで茶碗を洗いながら、肩で息をつく。

健康的な夕食を毎晩用意してもらえるのはありがたいことなのだろうが、母と二人だけの食卓は息が詰まりそうだった。家が休まらない人にとって、ステイホーム時間が長くなるコロナは二重苦三重苦だ。もし祖母のスエがいなかったら、明日花は再び都心のアパートに逃げ出していたに違いない。社会人になった今なら、自分の稼ぎで引っ越しをすることが可能だ。

だが、母一人に祖母の介護を任せておくのも気がかりだった。ほとんど寝たきりの祖母の寝返りを介助するには、二人がかりのほうが断然楽なことも分かっていた。

母と力を合わせて身体の向きを変えるとき、稀に祖母がなにかを思い出したように微笑むことがある。それは、大抵、明日花と眼が合ったときだ。

そんなとき、明日花は朦朧としていく祖母の意識の中に、まだ孫娘に対する愛情が熾火のように燃えているのを強く感じた。

祖母を置いていくわけにはいかない。

もし母が本当に、開業のためにこの家で祖母の死を待っているなら、なおさらだ。〝サメのおじちゃん〟もとうに亡くなり、今ではスエには待子と明日花しかいない。

二階の自室に戻る前に、明日花は祖母の部屋を覗いてみた。介護ベッドで、スエは目蓋を閉じ、小さくなって眠っている。

「おやすみ、おばあちゃん」

そっと声をかけ、明日花は半開きになっていた扉を静かに閉めた。


先週は雨が多かったが、四月の半ばになると、よく晴れた暖かい日が続いた。

相変わらず新型コロナウイルスの感染者は増え続け、ゴールデンウイークを前に、三回目の緊急事態宣言はどうやら免れそうもなかった。

この日も神保町に遠征し、格安中華を堪能した明日花は、スマートフォンでネットニュースを斜め読みしながら駿河台の社屋へと戻ってきた。

セキュリティゲートを通ろうとして、ふと、ロビーに見知った人影がいることに気づく。カルチャーページを担当していたときに、イラスト入りの映画コラムを書いてもらっていた人気女性漫画家だ。

「先生、ご無沙汰してます」

「ああ、市橋さん。久しぶり」

挨拶に向かうと、漫画家もにこやかに笑ってくれた。

文林館の受付前のロビーは比較的広く、ちょっとした打ち合わせスペースになっている。この日もロビーの隅のほうで、三人のスーツ姿の社員が来客者とテーブルを囲んでいた。

「きちんとご挨拶もできずに、ばたばた引き継ぎしちゃってすみませんでした」

メールでしか連絡できなかったことを詫びれば、

「気にしないで」

と首を横に振られる。

「今日は打ち合わせだったんですか」

「うん、久しぶりにね。試写会も再開したから、ちょっと寄ってみたの。今、タクシー捕まえてもらってるところ」

「こんなんで、本当にオリンピックとか、やるんですかね」

「なんかまた、緊急事態宣言出そうだしねぇ」

ひとしきり雑談した後、ふと、漫画家が真顔になった。

「でも、ちょっと寂しいね。市橋さん、子ども向けの雑誌に異動になったんでしょう？」

「え」

「私も、もしかしたら、今後児童ものに挑戦することがあるかもしれないし、そのときに、また、一緒にやれることがあるといいよね」

「あのぉ……」

誤解を解こうと身を乗り出しかけたとき、

「先生、タクシー、きました」

という岡島里子の声が響いた。

ファイルを手にロビーに入ってきた里子は、明日花と漫画家が一緒にいるのを見て、さっと顔色を変える。

「じゃあ、また」

漫画家が、明日花と里子に会釈してロビーを出ていく。明日花は齟齬を抱えたまま、その後ろ姿を見送ることしかできなかった。事実と異なる情報を彼女に伝えたのが同期の里子であることは、先ほどの反応からも明らかだ。

でも、なぜ、そんなことを——。

できるだけ認めないようにしていた里子への不信感が、ふつふつと胸の奥底から込み上げる。同期のよしみで仲よく接してきたつもりだが、そもそも里子は、いつも明日花を利用するばかりで、友人らしい態度を見せてくれることさえ稀だった。

「ちょっと、里子」

漫画家の姿が見えなくなってから、明日花は里子の腕をつかんだ。

「どうして、私が異動したなんて話したの」

「は？　私、そんなこと、言ってないけど」

「嘘でしょう」

「嘘じゃないってば。先生が勘違いしただけじゃない？　悪いけど、急いでるから」

里子が明日花の手を振りほどく。ブラウスの袖からちらりと覗いた手首で、銀色の繊細なブレスレットがしゃらりと音をたてた。

瞬間、明日花ははたと思い当たる。

〝これ、今、人気の作家さんのものなんです〟

小物のトレンドのページを作るときに、以前、里子が得意そうに紹介してきたアイテムだ。その特徴的な銀細工が、副編集長の八重子の胸元で揺れていたペンダントにぴたりと重なる。

〝ああ、これ。いただきものなの〟

そう告げた後、急にきまり悪そうに口をつぐんだ八重子の様子がよぎった。

まさか、つけ届けだったとか――？

里子が八重子に贈り物をしている様子が、生々しく脳裏に浮かぶ。

婚活にも妊活にも抜け目のなかった里子なら、育休明けの自分の境遇を守るために、それくらいのことは平然とするかもしれない。そして、優遇されることに慣れているバブル世代の八重子は、まんざらでもない気分でそれを受け取ったのだろう。

〝ださ、そうすると岡島さん、三年近く編集部を離れることになっちゃうんだよ。それは、さすがに可哀そうかなって〟

八重子の言葉の裏に贔屓めいたものが隠されていたことを察し、明日花は頭に血が上るのを感じた。

「明日花、痛いってば！」

気づくと、もう一度里子の腕を握り締めていた。

「里子、私のこと、『ブリリアント』編集部から追い出すつもり？」

「はあ？　訳分かんないんだけど」

明らかに揉め始めた明日花と里子の様子に、セキュリティゲート前の警備員や、ロビーの隅で打ち合わせをしていた社員たちが、こちらを見ている気配がする。それでも、明日花は里子の腕を放すことができなかった。

「あんなにフォローしたのに……」

思わず呟くと、ほんの一瞬、マスクの上の里子の瞳の中に気まずそうな色が浮かんだ。

「そんなこと、恩着せがましく言わないでよ」

しかし、すぐさま憎々しげに眉を吊り上げられる。

「第一、最初に私の仕事を奪ったのは明日花でしょ」

「え？」

強い口調で言い放たれて、絶句する。本当に、なにを言われているのか分からなかった。

「ほら、自分のことだと、ちっとも気づいてないいんじゃない」

里子がますます視線をとがらせる。

「私が休んでる間に、どんどん自分のページ増やしちゃって。私を『ブリリアント』編集部から追い出そうとしてたのは、そっちでしょ！」

激しく言い募られて、明日花は言葉を失った。

「明日花って、いっつも自分が一番だと思ってるでしょう。仕事ができるのも、企画力があるのも、自分だって。だから、平気でそんな強気な態度が取れるんだよ」

凍りついたようなロビーに、里子の興奮した声が響く。

思ってもみなかった里子の言葉に、明日花は茫然とした。

人員補充もないまま現場を任されれば、自分の得意なやり方でページを作る以外に方法がなかった。それを、こんなふうに取られていたとは想像もしていなかった。

〝大体、あなたは昔からおばあちゃんに甘やかされて育ってるから、自己中心的なところがあるし〟

先日、母からぶつけられた言葉が甦り、頭の中が真っ白になっていく。

「おい、二人ともなにやってんだよ」

そのとき、ふいに背後から声をかけられた。

ハッとして振り返ると、昼食から戻ってきたらしい誉田康介が、困惑した表情で明日花と里子を見比べている。

「こんなところで、揉めるなよ。会社の玄関口なんだからさ。なにがどうしたっていうの」

改めて問われると、明日花は恥ずかしさと情けなさに襲われた。

「なんでもない」

先に我を取り戻した里子が、ファイルを抱え直して首を横に振る。

「でも、康介君。明日花は康介君の部署が、よっぽど嫌みたいだよ。児童出版局に異動になったって、漫画家さんに勘違いされただけで激怒だもの」

そう言い捨てるなり、里子は首から下げている社員ＩＤをかざし、さっさとセキュリティゲートを通っていった。

取り残された明日花は、康介の前で項垂(うなだ)れることしかできなかった。

「一体、なにがあったの」

給湯室で紙コップにコーヒーを注(つ)ぎ、康介はそれを明日花の前のテーブルに置いた。

「ありがとう」

紙コップを引き寄せ、明日花は小さく礼を言う。マスクをずらしてブラックコーヒーを一口啜ると、ようやく少しだけ気分が落ち着いた。

給湯室脇の休憩スペースに人気(ひとけ)はなく、今は、明日花と康介しかいない。

「別に、なにがあったってわけでもないんだけど……」

本当になにがあったのか、明日花自身、よく分からなくなっていた。里子に不満があるのは自分だけだと思い込んでいた。だけど、本当は里子もまた、明日花に一筋縄ではいかない不信感を抱き続けていたのだと、初めて気づかされた。

「……ねえ、私って、そんなに自己中心的なのかな」

自分を責める里子の様子に、母の待子の姿が重なり、いたたまれなくなる。

「なにがあったのかは知らないけど、いくら遠慮のない同期でも、会社の受付前で喧嘩をするのはどうかと思うよ」

そう言われると、面目がない。明日花はすっかり意気消沈して、視線を伏せた。

「俺は別に、市橋さんを自己中心的だと思ったことは一度もないけど」

黙り込んだ明日花を前に、康介は淡々と続ける。

「ただ、ファッション誌局に早く戻りたいんだろうなとは感じるよ」

康介のいる学年誌児童出版局を否定しているようで、明日花は更に申し訳なくなった。

「まあ、分かるよ。俺だって『学びの一年生』に配属された当初は、正直ショックだったもの」

小学生ユーチューバーと、付録作りをしていた康介の姿が浮かぶ。だが、小学生ユーチューバーをサポートしながら、プログラミング・ミニカーを組み立てていた康介の笑顔に、嘘はないように見受けられた。

「誉田さんは、どうやって折り合いつけたの？」

正直に口にしてしまい、明日花は一瞬「しまった」と思う。これではまるで、康介の妥協を前提にしているみたいだ。だが、康介は別段意に介した様子もなく首を傾げた。

「折り合いっていうより、やってみたら結構興味深かったっていうほうが大きいかな」

「興味深い……」

「そうだね」

　康介が頷く。

「編集していくうちに分かったんだけど、学年誌っていうのは、その歳の子どもであれば、オールカマーなんだよ。誰でも参加できるっていうか、属性を問わないっていうか。まず、少年雑誌や少女雑誌みたいな、男子、女子の区別がないでしょう？　それと、対象が小学生だから、当然理系文系の区別もないし。学習ページのほかに、漫画や流行りのアニメ情報も載っている。ちょっとしたゲームやパズルのページもある」

　一呼吸ついて、康介は正面から明日花を見た。

「要するに、間口がものすごく広いんだ。どんな子どもでも、どこかしらに心惹かれるページを見つけられるんじゃないかって思うし、そうであってほしいという気持ちで編集してる」

　康介の率直な言葉は、明日花の胸にもストレートに響く。

「『学びの一年生』は読者参加のページが多いから、実際、たくさんの小学生たちと会う機会があるんだけど、子どもっていうのは、小さな人だなってつくづく思うようにもなったしね」

「小さな人？」

「うん」

　少し眉を寄せながら、康介はコーヒーを啜った。

「子どもって一口に言うけど、彼らや彼女たちは、既に全部持ってるんだ。今の俺たちにつながるもの、全部」

「それって、個性とか才能とかのこと？」

　明日花が尋ねると「うーん」と、首をひねる。

「多分、もっと、根本的なもの。恥とか、誇りとか、そういう感情が、子どものうちから全部備わってる。個性や得手不得手は、そこから引き出されるっていうか……。なんか、うまく説明できないけど」

暫し口ごもった後、康介は続けた。

「とにかく、彼ら彼女らは、ものすごく貪欲に色々なことを試したり、挑戦したりしながら、自分で自分を引き出そうとしている感じがするんだ。子どものときのことなんて普段は完全に忘れてるけど、小一の子たちを間近に見ていると、ああ、俺もあんなふうにトライアンドエラーを繰り返して、恥をかいたり、誇りに思ったりしながら、今の俺になったのかなとか考えたりするよ」

コーヒーをテーブルの上に置いて、康介が腕を組む。

「間口の広い学年誌が、彼らや彼女らが自分を引き出す手助けやきっかけになれるなら、俺は本気で光栄なことだって思ってる」

その言葉を聞きながら、小学生ユーチューバーと一緒にプログラミング・ミニカーを作っていた康介の笑顔に嘘がなかったわけを、明日花はようやく理解できた気がした。

「それに、学年誌の中でも、やっぱり『学びの一年生』って特別なんじゃないのかな。小学校に入るのって、小さい人にとっては、俺たちが社会に出るのと同じくらいの衝撃があると思うよ」

「『学びの一年生』が、就活生の就活読本みたいな?」

「そうそう。あと、学年誌って、子どもが親にねだるとき、漫画雑誌と比べれば少しハードルが低いっていうのもあるじゃない」

「一応、学習雑誌だもんね」

「一応ね」

康介が苦笑したので、明日花は慌てて「ごめん」と謝った。

こういう余計な一言が、里子や母のような相手の不興を買うのだろうか。たとえば、エレベーターの「開」と「閉」を間違えるような迂闊さだとか、或いは、それ以上に自分では気づいていない粗忽さだとか。

だが、康介の話を聞いていて、明日花にも思い当たる節があった。

学習雑誌である学年誌は、大人にとっても子どもにとっても、ほかの雑誌とは微かに違う特別な気配を纏っている。

これまで明日花は、自分は学年誌にそれほど思い入れもなく生きてきたように思っていたが、よくよく考えると、確かに小学校に入学するとき、祖母のスエから『学びの一年生』をプレゼントしてもらった覚えがあった。そのとき、自分が学校で勉強をする大人になったような誇らしさを抱いた記憶が、おぼろげながら残っている。

学校や勉強なんて、物珍しかったのはほんの一時で、あっという間に、退屈で面倒きわまりないものになってしまったけれど。

「あと、もう一つ、とっておきの面白いことがあるんだよね」

ふと康介が呟くように続けた。

「学年別の学習雑誌って、実は世界中探しても、日本にしかないんだ」

「え、そうなの？」

「意外と知られてないんだけど、そうなんだよ」

思わず食いつくと、康介の瞳に満足そうな色が浮かぶ。

「文林館の創業者……って、今の幸則社長のおじいさんの辰則さんだけど、この人がかなり苦労人で、小学校を卒業した後は進学できずに、ずっと独学で学んできたんだ」

文林館初代社長、会田辰則氏のことは、明日花も名前だけは知っている。

その苦労人の辰則氏が、「児童に興味をもたせる編集をして、読むこと、書くこと、新しく創り出す力を養い、〝一人で学ぶことの楽しさ〟を身につけてもらいたい」という動機で創刊した学年誌が、すなわち、文林館の始まりだったという。

「それまでも、中学入試のための受験雑誌はいくつもあったんだよ。でも、受験用ではなくて、学年別にして、教科書の副読本にしようと考えたところが、独学の苦労人らしい発想だよね」

康介の口調が一層の熱を帯びる。

「その世界でも稀な学年別学習雑誌が、幾世代を超えて俺たちの代まで続いてきたって、やっぱりすごいことなんじゃないかな」

熱弁を聞きながら、明日花は改めて腑に落ちた。近代史好きの康介が妙味を覚えているのは、きっと「学年別学習雑誌」の歴史的希少価値を含めてのことなのだろう。

〝今では当たり前にあると思っているものにも、当然、調べると起源ってあってさ、そういう脈々と受け継がれているものの背景を調べるのって、そそられない？〟

出会った当初の飲み会では半笑いで聞き流していたけれど、今はその言葉を傾聴したい心持ちになっていた。

明日花が黙って見つめていると、突如、康介がハッと我に返ったようになった。

「といっても、今は『学びの一年生』しか残ってないわけだけど……」

饒舌(じょうぜつ)に語ってしまったことが恥ずかしかったらしく、視線が泳いでいる。今風の外見とは裏腹の懐古趣味を、「オタク」とか「うざい」とか、同期女性たちに囁(ささや)かれていることを、薄々感じているらしい。

けれど、明確に「好きなもの」を持っていて、それを当初は本意ではなかった仕事の中にもしっかりと見出している康介のことが、明日花は素直に羨ましかった。

「誉田さんの言ってること、ちょっとは分かったかも」

明日花は、まだ温かいコーヒーの紙コップを両掌で包む。

「きっと、『学びの一年生』は残るべくして残ってるんだね。私も小学校に上がるときに、おばあちゃんから『学びの一年生』を買ってもらったのを思い出したもの」

女子向け、男子向け、国語ドリル、算数ドリル、理科の実験、社会の工場見学、漫画、読み物、アニメ情報、偉人伝、ゲーム、パズル……。一見、ごった煮のようではあるが、初めて手にした〝オールカマー〟の学習雑誌に触れながら、子どもたちは自分の「好き」を探り、既に備わっている根本的なものの中から、個性や可能性や得手不得手を引き出していくのかもしれない。

「それって、やっぱり、結構すごいことだよね」

明日花が言うと、康介は嬉しそうに微笑んだ。

その穏やかな笑顔を見ていると、明日花はあんなに波打っていた胸が、いつしか平静になっていくのを感じた。『ブリリアント』のことは、今は里子に任せるしかない。

つい、貧乏くじによる〝やらされ仕事〟のように感じていたけれど、康介のおかげで、学年誌の面白さや希少さを、多少なりとも学ぶことができた気がする。

もしかしたら、自分も探せるかもしれない。

徳永や、ロン毛やパジャマが編纂したものだけでなく、明日花自身が心惹かれるものを。

「誉田さん、ありがとう。なんか、吹っ切れた」

一息にコーヒーを飲み干して立ち上がる。

「学年誌百年企画、私ももう少し本腰入れて、やってみる」

空になった紙コップを投げると、綺麗な放物線を描いてダストボックスに収まった。

「ストライク!」

康介の掛け声に、明日花は小さくガッツポーズする。

「元気になったみたいでよかったよ。もう、受付で同期と喧嘩はしないようにね」

冗談めかして言いながら、康介もコーヒーを飲み干した。


学年誌創刊百年企画チームの部屋に戻ってくると、徳永が一人で雑誌の分類をしていた。ロン毛とパジャマは今日はリモート勤務らしい。

自分のパソコンに向かおうとしていた明日花は、ふと、徳永がテーブルに並べている雑誌の中に見慣れない表紙を認めて足をとめた。

「お疲れさまです」

「これも学年誌なんですか」

右から『良い子のひかり』と印字された古い雑誌の表紙は、これまで見てきた学年誌とは明らかに趣が違う。ロン毛やパジャマが主に扱っていた、昭和三十年代、四十年代の学年誌は、男子と女子の元気一杯な笑顔に、漫画やアニメや特撮のキャラクターがにぎにぎしくレイアウトされているものが多かった。

『良い子のひかり』の表紙にも、男子と女子が描かれているが、坊主頭の男子は厳粛な表情を浮かべて前方を見据え、傍らのおかっぱ頭の女子は、両手を合わせて頭を垂れている。

その二人の背後に、うっすらと鳥居が描かれていた。

「これは、戦中の学年誌なんだよ」

徳永がプリントアウトしたデータ表をテーブルの上に広げた。

「今、学年誌の名称の変遷をまとめていてね」

大正十一年――一九二二年から始まる学年誌のデータに、明日花も眼を走らせる。戦前の学年誌は、低学年が「マナビ」、中学年が「まなび」、高学年が「學び」と、それぞれ、片仮名、平仮名、旧字が使われている。

「文林館の学年誌は、他社が先行していた中学受験雑誌同様、『學びの五年生』と『學びの六年生』から始まったんだ。すなわち、それが文林館の創業でもあるわけだけど」

「さっき、『学びの一年生』編集部の誉田さんから、文林館の学年誌は、進学できずに独学で学んできた初代社長の辰則さんが、教科書の副読本という位置づけにするために、学年別にしたという話を聞きました」

「へえ。誉田君、社史とかちゃんと読んでるんだね」

徳永の言葉に、明日花は少し恥ずかしくなる。試験を受けるときは、文林館のことをそれなりに調べたつもりだったが、入社以降は、社史などきちんと読んだ覚えがなかった。

「若い社員に会社の歴史に興味を持ってもらえるのは、学年誌百年を編集している身としても嬉しいよ」

徳永が、マスク越しに笑みを浮かべた。

データ表によれば、全学年の学年別学習雑誌が「一年生」から「六年生」までそろったのは、創刊から三年後の一九二五年だった。

当時、学年別にすることに関しては、読者層が割れて売れないのではないかという否定的な声が書店からも多かったのだそうだ。

「でも、辰則さんは屈しなかった。子どもは学年によって、理解力や判断力、読書力も違う。だから、絶対に学年別がいいという姿勢を断固として曲げなかったんだ」

学年別は、教育を助成するためにどうしても必要なこと。売上はそこそこで構わない。これで金儲(かねもう)けをしようとは考えていない。

最後にはそう強く表明して、賛同者を募ったという。

「ところが不思議なものだよ。なにが幸いするか分からない。いや、この場合は、幸いなんて言ったら罰(ばち)が当たるんだけど……」

そう前置きした上で徳永が語ったのは、文林館創業の翌年に起こった関東大震災についてだった。

大正十二年――一九二三年九月一日、午前十一時五十八分。マグニチュード七・九と推定される大地震が、関東地方を襲った。この日は風が強く、また昼時で多くの家が火を使っていたこともあり、東京は瞬く間に火の海と化した。

「当時から出版社の多かった神田一帯も、相当の被害に遭ったらしい」

震災直後、東京雑誌協会は緊急措置として、雑誌の一か月休刊を決めたという。

「だけど、駆け出しの文林館は、まだ東京雑誌協会には入っていなかった。おまけに、幸いなことに、辰則さんが『學びの五年生』と『學びの六年生』の印刷をお願いしていた印刷所には、奇跡的に火の手が回っていなかったんだ」

他誌が休刊する中、辰則氏は「大震火災奮闘号」という特集を引っ提げ、『學びの五年生』を発行する。ほかの雑誌が手に入らない中、この特集号は売れに売れた。そこから一気に弾みがつき、『學びの五年生』と『學びの六年生』はどんどん部数を伸ばし、辰則氏の夢だった全学年別学習雑誌発行の礎となっていったのだそうだ。

「じゃあ、地震がなかったら、全学年別の学習雑誌は実現しなかったかもしれないんですね」

「もちろん、それだけが原因とは言い切れないだろうけれどね。なにせ辰則さんは、筋金入りの信念の人だったらしいから。辰則さんの理想の追求は、表紙のロゴにも表れているんだよ」

　徳永が雑誌の山の中から、文林館躍進のきっかけとなった、一九二三年の『學びの五年生』を慎重に引き抜く。

「市橋さん。これを見て、なにか気づかない？」

　約百年前に出版された『學びの五年生』の表紙を、明日花はじっと見つめた。

「五年生の〝五〟の、上一本線がありません」

「正解」

　満足そうに徳永が首肯する。

「上から押さえ込もうとする蓋を、取り除いたというわけなんだ」

　自由に伸びてゆくものに蓋をするべきでないという信念に基づき、第一画の横棒のない字体を、辰則氏がわざわざ指定したのだという。

「あと、裏表紙にも注目だよ。号によっては、欄外とはいえ、〝お友だちにもすすんでかしてあげませう〟というメッセージが入っている。こんなことの書いてある雑誌にはそうそうお目にかかれない」

　さすがは、苦学の人、辰則氏。

「こんなこと、全然知りませんでした」

貴重な雑誌が傷つかぬようにそっとページをめくると、

震災哀話

地震の話――恐ろしい地震はなぜ起こるか？　地震のときにはどんな心得が必要か？

と、震災関連の目次が並び、最後のページには「猛火の中から愛読者名簿を持って逃げるまで」という編集後記が記されている。編集部員が決死の覚悟で愛読者名簿を持ち出している間に、営業部員が全員逃げてしまったと、恨みがましいことまで書かれていた。

「やれ売れないのは編集のせいだ、営業のせいだって、今も会議でよく衝突するけど、編集部と営業部っていうのは、百年前から色々あったみたいだね」

明日花が記事を眼で追っていると、徳永が苦笑した。

「僕は百年近く前に出版されたこの号を見て、阪神・淡路大震災や東日本大震災のときの学年誌のことを思い出した。やっぱり、地震の仕組みや防災のことを特集したからね」

「そうだったんですね……」

明日花の胸にも感慨が湧く。

今回のコロナ禍もそうだが、子どももまた、あらゆる災害を免れることはできない。

「でも、たとえどんな環境下にあったとしても、子どもたちは皆、分け隔てなく、自由に伸び伸び学んでいくべきだというのが、辰則さんの信念だったんだ。創業以来、全学年誌の編集方針は、辰則さんの信念と理想に則ってきたわけだけど」

徳永がテーブルの上の『良い子のひかり』に手を伸ばす。

「この時期になると、さすがに、自由に伸び伸びとはいかなくなる」

学年誌の名称の変遷をまとめたデータを、明日花はもう一度眺めてみた。

一九二五年に全学年がそろった学年誌は、日中戦争が泥沼化し、太平洋戦争に突入する前年、一九四〇年十一月号より、そろって「〇年生」から「國民〇年生」へと名称を変える。

これは、翌年四月に施行される国民学校令を控えてのことだったそうだ。

一九四一年、明治以降続いてきた尋常小学校教育が、国民学校令によって、挙国一致体制を指針とした大政翼賛政策の下、抜本的に改変されていくことになる。

そして、ミッドウェー海戦で日本海軍が大敗を喫した一九四二年に、学年誌は合併を余儀なくされ、低学年は『良い子のひかり』へ、中学年と高学年は『少國民のひかり』へと統合されていったという。

「戦況悪化と共に、深刻な紙不足とかもあったからね。それでも、戦争末期まで、多くの読み物を掲載した子ども向け雑誌が毎月刊行されていたっていうのは大変なことだよ。今でいう中学生向けに、『青少年のひかり』まであったしね」

徳永は『良い子のひかり』をテーブルに戻し、代わりに『少國民のひかり』を手に取った。

「特に、『少國民のひかり』の執筆陣はすごいもんだ。北原白秋、室生犀星、佐藤春夫……」

国語の教科書で眼にする文豪の名前を、徳永は次々と口にした。

「おまけに、口絵が藤田嗣治ときてる。この辺りの著名文化人たちは、皆、従軍してるからね。その手の報告エッセイが多いけど、女性作家漢口一番乗りで話題になった、林有美子の連載小説なんてのもあったな」

「林有美子」

「そう。彼女は当時、既に大ベストセラー作家だったから、ペン部隊として重宝されたんだろうね。そのおかげで、戦後は国策作家としての謗りも受けるわけだけど」

徳永が分類された雑誌の中からもう一冊を引き抜いて、明日花に渡した。

「国策といえば、文林館の学年誌の国策化の兆候が顕著になったのは、日中戦争が本格化した二年後からだ」

昭和十四年——一九三九年の『學びの六年生』。

「この年から、全学年誌の編集方針が一新されたんだ」

薄紙を破かぬように慎重にページをめくると、徳永が言った通り、巻頭に〝生まれ変わった『學びの六年生』について——新編集方針のお話——〟というページがあった。

活字を大きくしたことや、ふりがなをやめたことに加え、明日花の眼を引いたのは、「立派な第二国民」という項目だった。

〝立派な第二国民となるよう、国民精神を養うお話や、日本内地はもちろん、外国の新しい記事をたくさん載せます〟とある。

「実はこの年、内閣情報局から〝時局認識が不足している〟と、文林館は名指しで批判されたらしいんだ」

徳永の話を聞きながらページをめくっていくうちに、「頼もしいドイツ国防軍」という見出しと共に、双眼鏡を覗くヒットラーの写真が出てきて、明日花はぎょっとした。

外国の新しい記事とはこのことか。

この翌年、一九四〇年に、日本はドイツとイタリアと日独伊三国同盟を結び、大東亜戦争——太平洋戦争に突き進んでいくことになる。

昭和十四年といえば、昭和二年生まれの祖母のスエが、ちょうど小学六年生の歳だったはずだ。

ヒットラーを同盟国の〝立派な頼もしい総統〟として紹介する雑誌を、祖母も眼にしたことがあったのだろうか。

「翌年の昭和十五年になると、巻頭のページを大政翼賛会が書くようになる。そうなると、もう、自由に伸び伸びなんていう編集方針は、遥か昔だよね」

徳永がゆっくりと首を横に振る。

「もっとも、初代社長の辰則さんは、昭和十三年には病気で亡くなられているんだ」

享年四十一。後に三代目社長となる嗣子、文則氏は、まだ十三歳だったという。

深まる戦時色の中で編集方針が変わり、国民学校令と共に雑誌名が変更になることを知らぬまま他界したのは、もしかしたら辰則氏本人のためにはよかったのかもしれないと、徳永は言葉少なく語った。

「なにせ、蓋を取り除くどころか、上からぎゅうぎゅう押さえつけるほうへ、方向転換したわけだからね」

先ほど康介は、間口の広い学年誌が、〝小さな人〟たちが自分で自分を引き出すためのきっかけや手助けになるなら光栄だと話していたが、〝第二国民となれ〟〝国民精神を養え〟と謳う国策色満載の学年誌を手にした子どもたちは、自分自身に出会うことすらなかったのではないかと、明日花は少し怖くなった。

「市橋さんは、昭和館って知ってるかな」

「あの、九段下にある博物館のことですか」

「そう」

入ったことはないが、何度か前を通ったことがある。

「あの昭和館の戦中の展示に、『良い子のひかり』が展示されてるんだよ。児童雑誌の国策化の見本の一冊としてね。まさに、文林館の暗黒史だ」

　徳永が顎に手を当てた。

「前に幸則社長が、展示を外してもらえないかと一瞬考えたと、話していたことがあってね。でも、今では、その事実を胸に刻むことが大切だ、展示されているのは大事なことだと、思い直したんだそうだよ。過去から学ぶことは、まだまだたくさんあるってね」

　過去から学ぶ——。

　明日花は胸の中で、徳永の言葉を繰り返す。

　確かに、学年誌の変遷は、子どもたちを取り巻く時代の流れを映す、鏡の一つかもしれなかった。

　日ノヒカリ、ニッポンヨイクニ、神ノクニ
『良い子のひかり』の表紙に書かれた文字を、明日花はじっと見つめる。

「あの、徳永さん」

「ん？」

「この雑誌を作っていた当時の文林館の人たちは、これが本当に子どものためになると、本気で考えていたんでしょうか」

　改まって切り出すと、「うーん」と、徳永は複雑な表情を浮かべた。

「それは難しい質問だねぇ。ただ、当時、すべての国民は、皇国に尽くすべしと定められていたわけだから。児童を〝少国民〟と呼称することを決めたのも、内閣情報局というご時勢だ。厳しい言論統制もあったしね」

　徳永が眉間のしわを深くする。

「要するに、これが国民の総意だとされていたことになる」

〝五〟の上一本線を取り除き、自由に伸びていく教育を目指した文林館創業時から、たった二十年で軍国主義が日本中にはびこっていく様を思い、明日花はますます恐ろしくなった。

「その当時の編集部って、どんな状況だったんでしょうか」

「そうだねぇ。市橋さんの質問への答えになるかどうかは分からないけど……」

徳永は立ち上がり、自分のデスクから分厚い一冊の本を持ってくる。

「これは以前作られた、文林館の八十年史だ。ここに各年次入社者名簿がある。学年誌の百年を編集するに当たり、僕も読み直してみたところ、ちょっと興味深いことに気づいたんだ」

ページをめくると、そこにおびただしい人名が現れた。

「さっき、編集方針が変わったって言った昭和十四年ね。この年から、急に女性の入社者が多くなる」

「女性が？」

「うん。日中戦争が長引いて、男性が兵隊にとられているせいだと思うんだ」

明日花も徳永と並び、名簿に視線を落とした。

君子、あや、良子、松子、貴美子、敦子、幸恵、テル、登美子、トメ、静子……。

確かに女性の名前がずらりと並んでいる。

「それに、この時期は、国防婦人会がかなり大きくなっていて、家庭内から表へ出ていく女性が増えたこともあるかもしれない」

「国防婦人会……」

「そう。後の大日本婦人会。市橋さんも古い映画や戦中のドキュメンタリーとかで見たことない？　割烹着（かっぽうぎ）にたすきをかけたお母さんたち」

徳永の言葉に、明日花もなんとなく思い当たった。

いかにも庶民的な割烹着姿の女性たちが、出征する兵士を街角で送り出している様子などは、戦中を描いた映画やドラマでたびたび眼にする。

「愛国婦人会は、皇族や華族を会長に掲げた上流階級婦人の集まりだったけど、国防婦人会っていうのは、一般家庭のお母さんたちだったんだよ。国防婦人会が、所謂〝銃後の備え〟を名目に、あらゆるところで活動を始めたおかげで、当時は選挙の投票権もなかった一般女性の社会進出が、大いに進んだという見解もある」

名簿を追っていくと、その傾向は、年々ますます顕著になり、太平洋戦争が激化し、日本軍の劣勢を大本営がひた隠しにする中、『良い子のひかり』や『少國民のひかり』が刊行される昭和十七年以降になると、入社してくるのはほとんど女性ばかりになった。

「この傾向が、編集方針に関係しているのかどうかはともかく、当時の編集部は、創業当初からは考えられないほど、女性の職員が増えていることになる……」

人名をたどっていくうち、明日花は突如、徳永の声が耳に入ってこなくなった。

最初は見間違いかと思った。

しかし改めて見直せば、やはり間違いなくそこにある。同姓同名か。

否。それほど、どこにでもある苗字や名前ではない。

まさか、そんな。だって、こんなこと一言も……。

明日花の中に、激しい混乱が巻き起こる。

鮫島スエ。

昭和十九年——終戦一年前の一九四四年。

祖母の旧姓名が、この年の二十八名の入社者の中に、くっきりと浮かび上がっていた。

その晩、明日花は帰宅するなり、『良い子のひかり』のカラーコピーを手に祖母の介護室へ飛び込もうとした。

「ちょっと、明日花。なにしてるの」

台所から出てきた母の待子に、すかさず呼びとめられる。

「消毒もしてないのに、その部屋に入らないで。表からきたんだから、さっさと手を洗いなさい」

「お母さん！」

明日花は待子に向き直る。

「おばあちゃんが、昔、文林館で働いてたって知ってた？」

勢い込んで尋ねると、待子はぴくりと眉を動かした。じっと見つめられ、明日花は心拍数が上がるのを感じる。

暫しの間、廊下に沈黙が流れた。

やがて、待子がはーっと溜め息をつく。

「なにかと思えば、そんなこと」

待子はつまらなそうにそう言うと、首を横に振った。

「誰から聞いたのか知らないけど、どうでもいいことで大騒ぎしないでよ」

どうでもいいこと――？

母の言葉に、明日花は耳を疑う。

「働いてたっていったって、ほんの一時（いっとき）、しかも、臨時職員……今で言う、アルバイトみたいなものよ。原稿取りのお使いとかはしてたみたいだけどね」

取るに足らないことのように告げると、待子は不機嫌そうに眉を寄せた。

「おばあちゃん、今トイレを済ませて寝たばかりなんだから、起こしたりしないで」

普段なら、気をそがれて自室に引き上げるところだ。

だが、今回ばかりはそうはいかない。

「どうして教えてくれなかったの」

「なにが」

「私が文林館から内定もらったとき、おばあちゃんも、お母さんも、そんなこと一言も教えてくれなかったじゃない」

明日花は自分の声が震えるのを感じた。

母はともかく、祖母のスエは、自分が文林館から内定通知をもらったとき、涙を流さんばかりに喜んでくれた。だけど、それは単に就職が決まったことを喜んでいるのだと思っていた。

一次面接に受かったときから、明日花は逐一報告していたが、スエはそこが縁（ゆかり）の会社であることを、一度も告げてくれなかった。

たとえ臨時職員であったとしても、祖母と同じ会社に孫である自分が入社するなんて、それほどあることではない。

「今日、文林館の昔の入社者名簿を見たんだけど、そこにおばあちゃんの名前があって……」

「もう、分かったって」

明日花が興奮すればするほど、待子は冷めた表情になっていく。

「戦中の臨時雇いなんて、人手不足だから誰だってなれたわけ。おばあちゃんはお使いみたいなものだし、編集者でもなかったし、すぐに辞めて郷里に戻って実家の農家を手伝ってたんだから。おじいちゃんと結婚してまた東京へきてからも、文林館とはなんの関係もなかったし。別にあなたが大騒ぎするようなことじゃないの」

「でも、教えてくれてもいいじゃない！」

気づくと、明日花は大声を出していた。

祖母はもちろん、母だって知っていたのなら、一言くらい告げてくれてもいいはずだ。なぜ、自分だけが、この事実を知らされなかったのだろう。

待子が、困ったように肩をすくめた。

「……口どめされてたから」

「え？」

一瞬、明日花はなにを言われているのか分からなかった。

「あなたが文林館を受けるって聞いたとき、おばあちゃんから、あなたには言うなって口どめされたの」

「なんで」

「さあね」

待子がもう一度大きく肩をすくめる。

「あなたが、また、そうやって大騒ぎして、図に乗ると思ったからじゃないの？」

意地の悪い口調が、明日花の胸をえぐった。

「それは、お母さんの考えでしょう」

明日花は母の傍をすり抜けると、洗面所に向かった。手を洗っていると、ふつふつと怒りが込み上げてくる。

図に乗るって、どういうことだ。

祖母が、そんなふうに自分を思うわけがない。

母はなにも知らないくせに、わざとのように娘の自分を傷つけることばかり口にする。母になんか、邪魔はさせない。

消毒スプレーを全身に吹きかけると、明日花は『良い子のひかり』のコピーを持って、祖母の部屋に向かった。

「明日花！」

待子の制止を振り切って、介護室の扉をあける。

「おばあちゃん」

介護ベッドで眠っている祖母の肩を、明日花は揺すった。

「明日花、やめなさい」

背後から母の声が響く。それでも、明日花は祖母のスエを起こすことをためらわなかった。スエが文林館に勤務していた頃の雑誌を見せれば、きっと、なんらかの反応を見せてくれるはずだ。

そう信じて、肩を揺すり続けた。

やがて、スエがしょぼしょぼと眼をあける。

「おばあちゃん、見て。この雑誌、覚えてる?」

明日花は『良い子のひかり』の表紙のコピーを、祖母の眼の前にかざした。スエは灰色がかった硝子玉（ガラスだま）のような眼を見張り、しばらくの間、そこに描かれた坊主頭の少年とおかっぱ頭の女の子の絵を、じっと見つめていた。

「ねえ、おばあちゃん。この雑誌が出ていたとき、おばあちゃん、文林館で働いていたんでしょう？　今日、入社者名簿で、おばあちゃんの名前を見たよ。どうしてそのこと、私に教えてくれなかったの？」

日ノヒカリ、ニッポンヨイクニ、神ノクニ

そう書かれた表紙を、スエは見つめ続けている。

「今のおばあちゃんに、分かるわけないでしょ」

背後で待子があきれたように呟いた。

そんなことない。きっと、なにか思い出しているはずだ。

明日花が期待を込めて見守っていると、しかし、スエはふいと顔をそむけた。そして、枕に頬を埋め、再び目蓋を閉じてしまった。

結局、スエはなんの反応も見せなかった。

「ほら、見なさい」

待子の勝ち誇ったような声が響く。

「おばあちゃんはね、幼い弟と両親のために、千葉から一人で東京に出稼ぎにきたの。働き口なんて、どこだってよかったはずよ。おばあちゃんは、いつもそう。自分よりも人のため。最初は実家のため、弟さんのため、そのうち、苦学生だったおじいちゃんと知り合って、今度はおじいちゃんを大学に通わせるために、おじいちゃんの家族の面倒まで見て……」

のろのろ振り返ると、待子がドア口で腕を組み、皮肉な笑みを浮かべていた。

「おばあちゃんは、自分ってものがない人なのよ。でも、おばあちゃんのそういうところを、私もいいように利用したってことね」

あなたのことで……。

待子が口の中で呟いた最後の言葉を、明日花は聞き逃さなかった。

自分もまた、祖母の自己犠牲精神を利用した共犯者だと言われた気がした。

「夕飯にするから、あなたも早く居間にきて」

「いらない」

明日花はそう伝えるのがやっとだった。

聞こえているのかいないのか、待子は踵を返し、すたすたと立ち去っていく。母の足音が聞こえなくなるのを、明日花はじっと待っていた。

〝ほら、自分のことだと、ちっとも気づいてないいんじゃない〟

昼間里子からぶつけられた言葉が甦り、胸の奥がずしりと重くなる。

またしてもなにか、自分は大切なことを見過ごしていたのだろうか。

おばあちゃん、どうして——？

一番応えてほしい人は、ベッドの中で丸くなり、固く目蓋を閉じていた。

# 昭和　I

## 昭和十九年（一九四四年）

乾いた北風が吹きつける。

埃っぽい路地を歩きながら、鮫島スエは思わず身を縮こまらせた。空は雲一つなく、きんと音が出そうなほど晴れ渡っているが、薄氷でも通しているかの如く、日差しまでが冷たい。

かじかむ指先に息を吹きかけながら、スエはおさげ髪を揺らして通りを急いだ。

この辺りは、神田祭で知られる神田明神が近いらしい。本来なら、一月半ばの今でも、参拝客でにぎわっているのだろう。だが、通りをいく人々の顔に、正月らしい華やぎはなかった。

昨年の秋、明治神宮外苑競技場で、出陣学徒壮行会が行われた。

降りしきる雨の中、制服にゲートルを巻いた大勢の学生たちが、銃を担いでぬかるみの中を行進していく悲壮な様子を、スエも映画館のニュース映像で見た。あれ以来、日本中で自粛運動が起きている。晴れ着も自粛。天麩羅も自粛。正月は、門松を立てている家も少なかった。

無論、自粛があろうとなかろうと、スエは元より晴れ着など持っていない。数えで十八の身空に、母のお古の着物をほどいて作った綿入りのもんぺ姿だ。

参道に通じる坂を、数人の子どもたちが歓声をあげて走っていく。どんなに寒くても、どれだけ自粛が叫ばれても、子どもたちだけは変わらずに元気だった。

子どもたちについていって、神田明神を一目拝んでみたい気もしたが、今日はそのために市電を乗り継いできたわけではない。

白い息を弾ませて急ぎ足で歩くうちに、スエは段々気分が高揚してくるのを感じた。

あの文林館（ぶんりんかん）が、欠員補充のために臨時職員を募集しているのだ。

昨年、国内必勝勤労対策が決定され、販売店員、改札係、車掌、理髪師などの職場に、四十歳未満の男性が就業することができなくなった。代わって、多くの職種に、欠員補充として女性が登用されることが決まった。その波が、ついにここまでやってきた。

市電の駅で臨時職員募集の張り紙を眼にしたとき、スエは雷に打たれたようになった。

文林館の学年誌は、尋常小学校に通っていた頃から、スエの憧れの雑誌だ。

〝女に学問は必要ない〟

スエが小学校に通うことにすらよい顔をしなかった郷里の父は、学年誌など、ただの一度も買ってくれたことがない。だけど、近所に住んでいた優しい従兄（にい）さんは、ときどき、古い学年誌をスエのためにこっそり持ってきてくれた。巷（ちまた）では少年雑誌や少女雑誌が大人気だったが、スエはほんのりと優等生の香りが漂う学年誌が好きだった。

学習ページに加え、文林館の学年誌には、勇ましい軍事冒険小説のほかに、必ず心優しい少女小説も載っている。スエは父の眼を盗み、むさぼるようにたくさんの物語を楽しんだ。

それに、あのマーク。

文林館の学年誌の表紙には、なんともモダンな「學（まな）びマーク」がついていた。直径二センチほどの二重丸の中、本を手にした男の子と、頭にリボンを結んだ女の子が、チェックのテーブルクロスのかかったテーブルを挟んで、共に勉強に励んでいる。そのモダンなシルエットを見るたび、女子も男子同様に勉強に打ち込んでよいのだと、スエは陶然とした。

もっとも「學びマーク」は、スエにとって、遠い憧れの象徴だ。

房総半島の突端の村の花卉農家に生まれたスエは、小学校を卒業したら、すぐに家業の農作業を手伝うことになっていた。

スエには二人の兄がいたが、二人とも幼い時分に相次いで病死してしまったという。二人の兄の死後に生まれたスエは、子どもが死ぬのはこれで最後にしたいという両親の願いから、長女なのに「スエ」と名づけられた。後に歳の離れた弟の孝蔵が生まれた。幼い弟のためにも、自分が両親を助けるしかないと、スエは早くから覚悟を決めていた。

成績のよかったスエに、高等女学校への進学を勧めてくれる先生もいたけれど、そんなことは夢のまた夢だった。それに正直に言えば、農作業を手伝うことも、決して苦痛ではなかったのだ。

日当たりのいい山の斜面を利用して、スエの家ではたくさんの花卉を育てていた。

赤や白のヒナゲシ、桃色のキンギョソウ、薄紫のアラセイトウ、鮮やかな黄色の菜の花……。色とりどりの花々が一面に咲き誇る麗らかな春の光景は、この世のものとは思えないほどに美しい。毎年眺めていても、決して見飽きることなどなかった。

害虫駆除や、肥料散布等、大変な作業もあるが、スエは幼い頃から、母と一緒に可憐な花々の世話をするのが好きだった。

ところが、スエが尋常小学校を卒業し家業を手伝い始めて二年が経ったとき、突如、花卉の栽培が禁止になった。国家総動員法の下、「臨時農地等管理令」が発令されたためらしい。以来、スエが暮らす地域では、花卉の代わりに、芋を栽培することが強制されるようになった。

美しく咲き溢(こぼ)れる花々が根こそぎ引き抜かれ、「政策を徹底させるため」に、花の苗や種を焼却することまでが課せられた。父は元より、かいがいしく花の世話をしていた母が泣き崩れんばかりに悲しんでいたことを、スエは今でもよく覚えている。

しかも芋の栽培は、供出させられるばかりでまったくと言っていいほど稼ぎにならず、スエの家はあっという間に困窮していった。尋常小学校卒業以来、スエは必死に両親を助けてきたが、幼い孝蔵は靴も買ってもらえず、冬でもいつも藁草履(わらぞうり)をはいていた。弟のかかとがしもやけで真っ赤になっているのを見ると、スエは悔しく、悲しかった。

数えで十六になったとき、スエは自ら上京して働くことを申し出た。

母は猛反対したけれど、口減らしのためにも自分が家を出るのが一番だと、スエは固く心を決めた。わずかでも仕送りができれば、すぐに身体(からだ)が大きくなってしまう弟にだって、まともな服や靴を買ってやることができるだろう。

母は自分にも孝蔵にも惜しみない愛情を注いでくれていたが、父は違った。苦心して改良した花の種を全部焼却させられたせいか、すっかり投げやりになり、せっかく生まれた弟をたいして可愛(かわい)がろうとしない。

どうせ、お国に捧(ささ)げる子だ。

すぐにそんなことを口にする。まるで、情が移るのを恐れているみたいだった。遅くに生まれ、美しい花畑も知らずに育つ孝蔵のことが、スエは不憫(ふびん)で仕方がなかった。

うちは戦争のために大切な花々を犠牲にしたのに、その上、弟まで捧げなくてはいけないのか。口にこそ出せないが、胸の奥底に微(かす)かな憤りも芽生えていた。

せめて、母と弟に、東京からなにか美味(おい)しいものでも送ってやりたい。スエは純粋にそう考えた。

親戚の伝を頼りに、スエは下町の洋裁店に住み込みで働くことになった。洋裁店といっても、この頃は既にお洒落な服の注文は一つもなく、ひたすらカーキ色の国民服を仕立てるばかりだった。仕事が単調な分、元来手先が器用で真面目なスエは、初老の職人さんからも相応に重宝がられた。

二階の女中部屋で、女中さんと一緒に雑魚寝をする生活だったが、スエはここで、文林館の学年誌と再会することになった。洋裁店の坊ちゃんが、『少國民のひかり』と名を変えた学年誌の愛読者だったのだ。

〝お友だちにもすすんでかしてあげませう〟

裏表紙に書かれた標語を律儀に守ってか、坊ちゃんはいつも気前よくスエに雑誌を貸してくれた。憧れの「學びマーク」は西洋的な雰囲気が問題視されたのか、いつの間にか消えていたけれど、男子でも女子でも楽しめる読み物が充実しているのは変わりがなく、スエは夜になると布団の中で、夢中で雑誌を読みふけった。

「戦争通信」を読んでいると、優しかった従兄さんのことを思い出した。スエが上京した年に赤紙がきて、従兄さんはどこかの隊に入営した。ときどき戦地から手紙が届くらしいが、今、どこでどうしているのかは、家族ですら知らされていないという。

綴り方や難しい漢字の学習ページは、高等女学校に進めなかったスエにとって、大いに勉強になった。

しかし、なにより面白かったのが、「宗六の日記帖」という連載小説だ。

〝のびよ大空、まもれよ国土〟と表紙に書かれた『少國民のひかり』九月号から新しく始まった物語は、国民学校四年生の宗六が、京都へ向かうところから始まる。母は出産を控え、父は戦地にいる宗六は、たった一人で「おじいさま」の見舞いにいくことになったのだ。

ページをめくった瞬間、頭の中に、ぱあっと車窓の風景が広がった。

横浜の異国情緒あふれる町並み、真鶴の青い海、やがて見えてくる紫色の富士山――。

京都など一度もいったことのないスエの眼にも、風光明媚な光景が臨場感たっぷりに迫ってくる。

一人旅の宗六を褒めてくれる同席のおじさんやおばさんの笑顔、おばさんがくれたキャラメルの味、汽車の振動までが伝わってくるようだった。公子、忠臣の鑑である「小楠公」等の道徳的な物語も悪くはないけれど、歯切れのいい文体で描かれる鮮やかな情景に、スエは一遍で夢中になった。

作者は、林有美子。

貧しい家に生まれ、幼い頃から行商と放浪を続けながらも、高等女学校を出て小説を書いた人気作家だ。

自ら放浪の体験を書き綴った自伝的小説は、時局にそぐわないとかいう理由で、今では発禁になっているが、ペン部隊として従軍し、女性作家漢口一番乗りを果たした際に書かれた記録文学は、新聞にも大きな広告が載っていた。

貧しい家の生まれから流行作家になった有美子の目覚ましい活躍ぶりは、「學びマーク」同様に、スエの心に遠い憧憬を呼んだ。

職人さんに倣ってミシンを踏みながら、スエは毎月『少國民のひかり』で、有美子の「宗六の日記帖」の続きを読むことを、心待ちにするようになった。

だが、そんな日々にも、突然終わりがやってきた。

洋裁店が、企業整備令で閉店に追い込まれることになったのだ。職人さんは郷里に帰ることになり、スエは職を失った。

すぐに出ていく必要はないと言われているが、いつまでも厚意に甘えているわけにはいかない。「企業整備」を言い渡された洋裁店も大変なのだ。『少國民のひかり』を貸してくれていた坊ちゃんは海軍兵学校に入ると言っていたけれど、店長さんと奥さんが今後どうするのかは、よく分からない。

途方に暮れ、実家に帰ることを考えていた矢先に眼に入ったのが、文林館の「臨時職員募集」の張り紙だった。しかも、住み込み可の文字がある。

まさしく運命。

スエにはそうとしか思えなかった。気がつくと、張り紙に記されていた住所を頼りに、市電に飛び乗っていた。

時折道を尋ねながら、スエは文林館を目指した。

神田川に架かる橋を渡り大通りを進んでいくと、やがて、人伝に聞いていた、文林館らしい建物が見えてきた。

モダンな幾何学模様の装飾が施された外観に、スエはハッと胸が衝かれたようになる。

なんて、すてき……。

それは、これまでスエが眼にしてきた中で、一番美しい建築に見えた。うっとりと眺めているうちに、しかし、突然、心許ない思いに襲われる。

こんなに立派な社屋を持つ会社に、小学校しか出ていない自分のできる仕事が、果たしてあるだろうか。そもそもこの神田という町は、特別優秀な学生たちが集まっている場所ではなかったか。

初めてそのことに思いが至った。

張り紙を見て以来、ずっと熱に浮かされたようになっていたが、冷静に考えれば、出版社の仕事なんて、まったく想像がつかない。ミシンを踏んだり繕い物をしたりするのとは、まるで勝手が違うだろう。

はち切れんばかりに膨らんでいた心が、針で突かれたように萎み出す。ようやく憧れの文林館に到着したのに、スエは足がすくんでしまった。

せっかくここまできたのだ。とりあえず、あの美しい正面玄関まではいってみよう。入るか入らないかは、その場で決めればいい。

そう思うのに、足が前に進まない。

ぐずぐずとためらっていると、ふと、玄関先の大通りで、一人の婦人が自転車に乗った少年たちにぐるりと取り囲まれていることに気がついた。今どき珍しく、袖のある着物を着た婦人だった。髪もひっつめではなく、緩くセットされている。

一人の少年がなにやら甲高い声をあげると、どっと笑い声が起きた。

もしや――。

〝パーマネントはやめましょう　ああ　恥ずかしや　恥ずかしや……〟

昨年、衣料簡素化の新体制要綱が決まり、婦人の長袖の着物と長帯の生産が禁止された。その後、あっという間に「長袖を切りましょう」が合言葉になり、もんぺが婦人の標準服として推奨されるようになった。

郷里の田舎町にも、ほんの少しお洒落をしただけの女性を取り囲んではやし立てる悪ガキどもがいたことを思い出し、スエは口元を引き締める。

ぜいたくは敵だ！　進め一億火の玉だ。撃ちてし止まむ。欲しがりません勝つまでは。

今が国家の一大事であることは重々承知しているつもりだが、巷にあふれる標語に便乗して、悪質な嫌がらせが横行しているのもまた、動かしがたい事実だ。

供出用の芋の栽培の傍ら、母が畔（あぜ）に一株のサクラソウを植えただけで、「非国民」呼ばわりされたこともある。

「こらぁあああっ」

気づくと、スエは大声をあげて駆け出していた。

スエの声が聞こえたのか、少年たちが荷台のついた自転車を漕（こ）いで、ちりぢりに散っていく。

スエがその場にたどり着いたときには、驚いたようにこちらを見ている婦人だけが残されていた。

「大丈夫ですか」

息を弾ませながら、スエは婦人に声をかける。

「え、ええ……」

戸惑いを隠せない表情で、婦人が頷（うなず）いた。母よりは年上だろうか。いかにも悪ガキに絡まれそうな、少しはかなげで、優しそうな女性だった。

「子どもとはいえ、あんなに大勢で女性を取り囲むなんて、卑劣漢のやることです」

スエが憤慨すると、婦人は一瞬きょとんとした。

「え？　ああ……」

それから、ふいにくすりと笑みをこぼす。

「なにか、ご心配してくださったんですね。でも、大丈夫です。あの子たちは、卑劣漢とは違いますよ」

今度はスエがきょとんとする番だった。

「絡まれていたんじゃ……」

「いいえ、違います」

婦人がきっぱりと首を横に振る。己の早とちりを悟り、スエは頬に血が上るのを感じた。

「そ、それは……、た、たた、大変失礼致しました」

しどろもどろになって頭を下げると、婦人は穏やかに微笑んだ。

「こちらこそご心配をおかけしました。この時局に、私がこんな服装ですものね」

「いえ、その、あの……」

これでは、まるでスエが婦人を責めているみたいだ。経済的に余裕のない自分はともかく、スエは女性全員が婦人標準服とされている袖なし服やもんぺを着る必要などないと思っている。咲き誇る花々同様、それぞれに似合う格好をしたほうがよいはずだと。

「近頃は、本当にあちこち窮屈ですものねぇ」

真っ赤になっているスエの耳元で、婦人がそっと呟いた。その声音に、スエを責める響きは微塵もない。思わず顔を上げると、婦人は温かな眼差しで、じっとこちらを見ていた。

郷里の母を思い出し、胸がぎゅっと痛くなる。

「お近くの方ですか」

婦人に尋ねられ、母の面影を探していたスエは我に返った。

「いえ」

神田にきたのが初めてだと告げると、婦人は意外そうな顔になる。

「それじゃ、ご参拝ですか」

婦人が神田明神の方向を見やった。

「いえ、実は」

身なりはずっと高級そうだが、郷里の母を思わせる柔らかさにつられ、スエはつい口を滑らせる。

「文林館が住み込みの臨時職員を募集していると聞いて、夢中でここまできてしまったんです」

「まあ」

婦人が円らな瞳を見張った。

「だけど、急に勇気がなくなりました」

スエは文林館の社屋を振り仰ぐ。

「どうしてですか。文林館なら、もう眼の前ですよ」

「私、尋常小学校しか出ていないんです」

婦人が親身に耳を傾けてくれるので、スエは自分が房総の田舎町の花卉農家の出身であること、花卉栽培が禁止になり、口減らしのために上京したこと、しかし、勤めていた洋裁店が「企業整備」に追い込まれたこと、職を失って困り果てていた矢先に、文林館の臨時職員募集の張り紙を見たこと、子どもの頃からずっと文林館の学習雑誌に憧れていたため、すっかり舞い上がったことなどをつらつらと口にした。

「それで、後先考えずにここまできてしまったんですけど、冷静になってみると、出版社に自分のできるような仕事があるとは思えません。物語を読むのは大好きですが、記事を書くなんて、とてもとても……」

つい最近まで『少國民のひかり』の学習ページを頼りに綴り方や難しい漢字の読み書きを勉強していたと話すと、それまで黙って聞いていた婦人が声をあげた。

「だったら、それを、そのまま文林館の担当者にお話しすればよいではありませんか。学年誌は、独学でも勉強できるように編集された学習雑誌です。それを実践的に使っていたあなたなら、必ずや、文林館でできることがあるはずです」

「そうでしょうか」

「そうですとも」

婦人が頷く。

「出版社の仕事は、なにも記事を書くことだけではありません。ほかにも色々な仕事がありますよ。それに……」

一旦言葉を切り、婦人が少し思わせぶりな笑みを浮かべた。

「文林館の創業者も、小学校しか出ていませんよ」

「えっ」

意外な言葉に、スエは眼を丸くする。

「独学の苦学生だったが故に、副読本としての学年誌の出版に心血を注いだのです」

力強く告げた後、婦人は軽く咳払い(せきばら)いした。

「……と、聞いたことがあります」

「そうだったんですね」

婦人の言葉に、スエはすっかり感嘆する。

「とにかく、せっかくここまでいらしたんですから、担当者にお会いになってはいかがですか。後悔のないようにするのが一番です。私はこの辺でお暇(いとま)しますが」

「あっ、すみません」

婦人を引き留めてしまっていたことに気づき、スエは慌てて頭を下げた。

「それでは、どうか頑張ってくださいね」

にこやかに会釈を返し、婦人が踵（きびす）を返す。遠ざかっていく後ろ姿を、スエは暫（しば）しぼんやりと見送った。

やがて、婦人の姿が角を曲がって見えなくなると、スエは自分に気合を入れた。

後悔のないようにするのが一番。

確かにその通りだ。それに、創業者が小学校しか出ていないというのが本当なら、それほど卑下する必要もない。一応は、東京で二年近く働いてきた身だ。

スエは思い切って、石造りの装飾が施された瀟洒（しょうしゃ）な正面玄関をくぐってみた。

ところが。

「はあ？　面接？　誰かの紹介もなしに？」

市電の駅で張り紙を見たと言ったスエの前に現れた、編集長だという中年男性は、怪訝（けげん）そうに丸眼鏡の奥の眼を眇（すが）めた。

「あなた、また、随分と若いね。履歴書は持ってきたの？」

「履歴書……」

通された広い会議室で、スエは呆然（ぼうぜん）と立ち尽くす。

「そう。これまでの経歴を書いた履歴書」

丸眼鏡の編集長が腕を組んだ。

「えーと、名前は鮫島スエと申します。昭和二年の生まれで、数えで十八になります。郷里は房総半島の……」

「だから、それを、ちゃんと書類にして提出してくれないと。いきなり訪ねてこられても、こっちは、あなたがどこの誰かも分からないでしょう」

思えば、洋裁店は親戚の伝を頼ったので、スエはこれまで、きちんと面接や試験を受けたことが一度もなかった。編集長の迷惑顔に、スエは恥じ入り、うつむく。

とてもではないが、婦人に話したことを口に出せる雰囲気ではなかった。

会議室に、重い沈黙が流れる。

「す……すみません」

スエがおずおずと頭を下げたとき、ノックの音が響いた。

「はい、どうぞ」

編集長が無愛想に答えるや否や、会議室の扉が勢いよく開かれる。現れた人影に、スエはハッと眼を見張った。

扉越しに、背の高い面長の女性が立っている。

黒いもんぺ姿の女性はスエを一瞥すると、すぐに男性に向き直った。

「堀野編集長、ちょっと」

「なにかな」

相変わらず不機嫌そうに答える編集長の耳元で、面長の女性が囁く。

「……さんから、お電話です」

「え」

途端に編集長が意外そうな顔になり、そそくさと会議室を出ていった。残されたスエにもう一度鋭い視線をくれて、黒いもんぺ姿の長身の女性が素早く扉を閉める。

ぱたりと扉が閉ざされると、広い会議室に、スエは一人きりで取り残されてしまった。扉の向こうから、潮騒のように人の話し声がする。

ちらりと覗いた事務所は、比較的整然としていた。大きな机を突き合わせた島で、幾人かの人たちが、辞書のような本を片手に書き物をしていた。どの人の机にも、たくさんの書物が載っている。中には、算盤をはじいている女性の姿もあった。

算盤をはじいていた女性も、黒もんぺの女性も、スエよりずっと年上だった。そして、どちらも相応の教養があるように見えた。

やっぱり、ここに、自分のできるような仕事はなさそうだ。

でも、いいや――。

スエは近くの椅子に手をかけ、ぼんやりと窓の外を眺める。

北風の吹く大通りを、頬かむりをした数人の老齢の男たちが、大八車を引いていく。その彼らを、ダットサンが黒い煙を吐いて追い越していった。

窓から視線を外し、スエは一つ息をつく。

これで、あきらめがついた。

一度は憧れの文林館の中に入り、大好きな雑誌の編集長にも会えたのだ。もう、後悔はない。帰って、もう一度職を探そう。住み込みで働ける仕事の伝がないか、洋裁店のおかみさんに改めて相談してみよう。駄目だったら、郷里に戻るしかないだろう。

そう腹を決めて、スエは椅子から手を放す。会議室から出ようと歩き出すと、ふいに眼の前で扉があいた。

面食らって後じさるスエを、「堀野」と呼ばれていた編集長が、じっと見つめた。

「あなた、房総から出てきたんだったたっけ」

「は、はい」

「名前はなんだっけ」

「鮫島スエです」

「花卉農家の出身だって？」

「はい」

頷きながら、そこまで説明しただろうかと、スエは内心首をひねる。

「ふーん……」

堀野編集長は暫し顎に手を当てて考え込んでいたが、やがて、おもむろに告げた。

「で、いつからこられるの？」


いつからこられるか。

堀野からそう尋ねられたとき、スエは一瞬、なにを言われているのか理解できなかった。スエが会議室に取り残されていた短い時間に、一体なにが起きたのか。

それは未だによく分からない。

なにはともあれ、スエはめでたく、臨時職員として文林館に迎えられることになった。早速住み込みで働くようになってから数週間が過ぎ、少しずつ、仕事にも慣れてきた。

この日は、初めて文林館にきたとき通された編集室の隣の広い会議室で、十数名の少年社員たちと一緒に、大量の応募はがきの仕分けをしていた。『少國民のひかり』には、「読者文藝」というコーナーがあり、「綴り方」「詩」「短歌」の公募を行っている。選者の先生がそれぞれ入選作を選び、三等までには講評もつく人気コーナーだ。

全国の国民学校の文芸好きな生徒たちが、入選を夢見て、毎月、たくさんのはがきを送ってくる。鹿児島、滋賀、山口、青森、福岡、富山、埼玉……。

スエが仕分けているだけでも、本当にたくさんの地域からの応募がある。中には、満州や朝鮮や台湾からのはがきもあった。

できることなら、一つ一つを読んでみたい気がしたが、さすがにそんな時間はない。「綴り方」「詩」「短歌」を間違いのないようしっかり仕分け、次に百枚ずつ束ねて、別室に控えている選者の先生のところへ持っていくのが、スエたちの仕事だ。

スエは時折視線を上げて、いがぐり頭の少年社員たちの様子を窺(うかが)った。

正直、自分よりも若い少年たちが、こんなにたくさん文林館で働いているとは、思ってもみなかった。

編集長の堀野によれば、文林館創業十周年の昭和七年に、少年社員制度が正式に発足したのだそうだ。全国の高等小学校の校長宛に親書を送り、推薦を依頼したという。採用の条件は「成績順位が学年第二位までのもの」。高等小学校を卒業したものの、経済的な事情で進学できない優秀な少年に、編集及び出版の技術を習得させると同時に、「宿舎提供、衣服支給、夜間中学校通学の便宜を与える」というのが、六年前に亡くなった文林館創業社長、会田辰則(あいだたつのり)氏の意向だったという。

〝文林館の創業者も、小学校しか出ていませんよ〟

堀野の話を聞きながら、スエは、自分を励ましてくれた婦人の言葉を思い出した。

独学の苦学生だったが故に、副読本としての学年誌の出版に心血を注いだのだと、婦人は熱い口調で語っていた。

それだけにとどまらず、十年以上の長きに亘り、文林館では苦学の少年たちに職業訓練と教育の機会を与え続けている。文林館には、少年社員上がりの編集者が少なからず在籍しているらしい。なんと立派な志か。できることなら、自分も生前の辰則社長に会ってみたかったと、スエは密かに考えた。

現在スエは、堀野編集長や少年社員たちと同様に、文林館に住み込みで働いている。生まれて初めて眼にした美しい装飾を施された建物で暮らせるなんて、なんだか夢のような話だった。一階には編集室や広い会議室があり、二階には住み込み用のたくさんの部屋がある。スエは一番端の角部屋を、賄いの女性職員と一緒に使わせてもらっていた。

就寝時間に、堀野と一緒に少年社員たちの点呼を取るのも、スエに与えられた仕事の一つだった。堀野が一人一人の名前を呼び、点呼が取れると、それをスエが日誌に記入していく。誰一人、点呼に遅れることはなく、態度も全員すこぶる真面目で、さすがは「学年第二位まで」の選りすぐられた優秀な少年たちだと、スエは内心大いに感嘆した。

ところが――。

堀野が部屋を出た途端、いがぐり頭の少年社員が立ち上がった。日誌の書き込みに手間取り、まごまごしているスエの眼の前で、少年が合図をする。途端に盛大な枕投げが始まった。部屋を出そびれたスエは、あっという間に硬い藁の入った枕の標的にされてしまった。特に数人の少年社員が、まるで眼の敵のようにスエを狙うのだ。

〝こらぁああっ、なにをやっておるのかぁあああっ！〟

結局、寝巻に着替えかけた堀野が戻ってくるまで、大騒ぎは収まらなかった。

枕投げを始めた主犯格の少年社員が、斜め向かいのテーブルで、今は短歌のはがきの仕分けに精を出している。はがきの束をまとめながら、スエは見るともなしに、小さなはげのあるいがぐり頭を眺めていた。

ふと、少年が顔を上げる。まともに視線がぶつかった瞬間、少年は口元ににやりと笑みを浮かべた。

「〽昨日生まれた豚の子が……」

突如少年が立ち上がり、身体を揺すって流行歌「湖畔の宿」の替え歌を唄い出す。途端に、それまで真面目に仕事をしていたほかの少年社員たちの眼の色が変わった。

「〽蜂に刺されて、名誉の戦死ー！」

はがきをそっちのけに、全員が大合唱を始める。

「ちょっと、ちょっと」

堀野から彼らのお目付け役も仰せつかっているスエは慌てた。

「隣で皆さんお仕事されてるんですから、静かに」

しかし、スエがたしなめようとすればするほど、少年たちの声はますます大きくなっていく。

「〽豚の遺骨はいつ帰る？」

最初に歌い始めた少年の問いかけに、周囲の少年社員が次々と立ち上がった。

「〽昨日の夜の朝帰る」

「〽豚の母ちゃん、悲しかろ」

よくよく聞けば惨い歌詞なのに、この替え歌は、なぜだか巷で大人気なのだ。小さな子どもたちまで、眼を輝かせて歌っている。

ひとしきり歌い終えると、少年たちはゲラゲラと笑い合った。

「〽きんのう　うんまれぇたぁ　ぶぅたのこがぁー……」

輿に乗った大合唱が、二周目に入る。

「〽はちぃに　さぁされぇて　めぇいよぉのせっんっしぃー」

歌声に盛大な足踏みが加わったとき、ついに勢いよく会議室の扉があいた。

「あなたたちっ、一体、なにを騒いでいるのっ！」

金切り声が響き渡り、広い会議室がしんとする。

今日も黒いもんぺを穿(は)いた長身面長の松永(まつなが)トメが、ドアノブを手に、立ちはだかっていた。

「真面目に仕事をしないなら、今日のお昼ご飯は抜きですよっ」

切れ長の眼にきっとにらまれて、少年社員たちが別人のように大人しくなる。

「鮫島さん、ちょっと」

トメに手招きされ、スエは思わず首を縮めた。呼び出されるスエの向かいで、いがぐり頭の少年がうつむいたままぺろりと舌を出す。

この十銭はげ……。

にらみつけてやりたい気持ちを抑え、スエはトメのもとへ向かった。

「鮫島さん。あなた、もっとしっかりしてもらわなければ困るじゃないの」

後ろ手に扉を閉めた途端、上背のあるトメから早速お小言が降ってきた。

「ただでさえ、あなたは若くて、ここではまだ新参者なんだから、一層気を引き締めていかないと、あの子たちに舐(な)められるばっかりです。そんなことでは、銃後の婦人は務まりませんよ」

「す、すみません……」

スエは小さくなって頭(こうべ)を垂れる。

事務所の机で算盤をはじいていた経理の内村静子が、手をとめてこちらを振り返った。大丈夫とでもいうように、ふっくらとした頬にえくぼを浮かばせて頷いてくれる。静子の優しさが嬉しくて、スエはつい微笑んだ。

「なに、にやにやしてるのっ！」

すかさず、トメの叱責が響く。静子も急いで計算に戻った。スエが再び恐縮すると、トメは腕組みをして溜め息をついた。

「もう、いいわ。はがきの仕分けは私が見ますから、あなたは賄いの手伝いにいってちょうだい。お昼が終わったら、午後は私と一緒に郵便局にいってもらいます」

トメはそれだけ言うと、スエを追い払うように手を振った。

頭を下げて、スエは廊下へ向かう。ちらりと振り返れば、初めて文林館にきたときにも会議室から覗いた、事務所の様子が眼に入った。今日も机を突き合わせた島で、堀野編集長や、幾人かの社員が仕事をしている。辞書を片手に編集作業をしているのは中高年の男性だが、電話を受けたり、資料を綴じたりしているのは、ほとんどが女性だ。

若い男性たちが皆召集されているせいだろう。昨今は町中にも、老人と女性と子どもしかいない。文林館の臨時職員も、女性ばかりだった。

このほか、別室には〝支配人〟と呼ばれている初老の男性がいた。亡き社長の従弟だという男性は、いつも専用の部屋で仕事をしているので、スエには〝偉い人〟という印象しかない。だがその別室に、時折、学生服姿の若い男性がやってくることがあった。

文林館で若い男性を見たのは、後にも先にも、その人だけだ。小柄で、大人しそうな感じの人だった。もしかしたら、あの学生服の男性は、元少年社員だったのかもしれない。

女性ばかりの臨時職員の中で社歴が長いのが、総務担当の松永トメと、経理担当の内村静子だった。二人とも三十代半ばの既婚者で、住み込みではなく、通いの職員だ。

特に女子専門学校を出ている高学歴の松永トメは、少年社員や、スエのような若い住み込み臨時職員たちの指導者的存在だった。いささか口うるさくはあるものの、トメはとにかく仕事ができる。さすがは高等女学校を出た才媛(さいえん)ばかりが進学する〝女専〟出身者。

弁舌には切れがあり、頭も回るし、料理もうまい。ときには校閲が見逃した誤字に気づき、ときには配給のフスマで見事なパンを焼き、またあるときには、仕事のやり方で、編集長の堀野を遣(や)り込めることさえある。編集部員たちもトメには一目置き、助言を求めることも多いようだ。

いつも真っ黒な服ともんぺを着て、社内で八面六臂(はちめんろっぴ)の活躍をしているトメの姿を見ると、なんだか時代劇の忍者が頭に浮かんできて、ときどきスエは可笑(おか)しくなる。無論、そんなことはおくびにも出せないが。

一階の奥の厨房(ちゅうぼう)に入ると、賄い担当の臨時職員たちが大鍋で雑炊を作っていた。

今日もお雑炊か……。

スエは内心がっかりする。

大鍋にはしなびた白菜が浮かんでいるばかりで、米粒がほとんど見えない。

「どうしたの？　スエちゃん」

同室の佐野稲子(さのいねこ)が声をかけてきた。自分同様、地方出身の住み込み組で、年齢も近い稲子とは、日頃から「スエちゃん」「イネちゃん」と呼び合っている。

「また、松永のおばさんから追い払われた？」

「うん、なにか手伝えることとない？」

スエが尋ねると、

「じゃあ、そこの野菜刻んで」

と、稲子は顎をしゃくった。

スエは通いの賄いさんに交じり、包丁を手に取る。

「あのおばさん、ほんとにがみがみうるさいよね。自分だって欠員補充の臨時職員のくせに、女専を出てるからって、大きな顔しすぎ」

稲子の言葉に、年嵩（としかさ）の通いの賄いさんたちがうんうんと頷いた。先日、トメが賄いの味付けに文句をつけたことに、全員腹を立てているらしい。いくら配給の制限があるからといっても、もう少し調理の方法があるはずだと、トメが昼食のおかずにものを申したのだ。

おまけに、反論した稲子たちの目の前で、あまりもののおからでまんじゅうを作ってみせた。それを少年社員たちが大喜びで食べたのが、一層癪（しゃく）に障ったようだった。

「知ってる？　あのおばさん、元国防婦人会の地区会長上がりで、今は、大日本婦人会でも副会長を務めてるんだよ」

スエが十歳になったとき、郷里の村でも、国防婦人会の支部発会式があった。

昔からある愛国婦人会は上流階級婦人の集まりだったが、後進の国防婦人会の活動は、「献金」ではなく、誰でもできる「労力奉仕」だった。「国防は台所から」という合言葉の下、制服は割烹着（かっぽうぎ）という団体だ。後に、二つの団体は大日本婦人会に統合されるが、その内訳は、農村の婦人たちまでを取り込んだ国防婦人会のほうが圧倒的に多かったという。

発会式で真っ白な割烹着にたすきをかけた母がとても綺麗（きれい）に見えたことを、スエもよく覚えている。普段、野良仕事をしている母は、いつもつぎあてだらけの古い着物を着ていて、調理をするときにも割烹着など着たことがなかった。

母の割烹着姿を見たのは、結局あの一度きりだ。

「だから、どこへいっても、偉そうな態度が抜けないんだよ」

憤懣やるかたない様子で、稲子が鼻を鳴らした。

「スエちゃんも気をつけたほうがいいよ。あのおばさん、お給金が出ると、すぐに〝貯蓄報国〟とか言って、貯金させようとするからね」

軍需産業への融資を円滑にするために、ここ数年、政府はずっと、国民に貯蓄を呼びかけている。洋裁店近くの公園にも、貯蓄報国を説く移動講演隊がたまにきていた。

トラックの荷台の部分が開くと、そこに舞台が現れて、講談や紙芝居が始まるのだ。物珍しさに、坊ちゃんや女中さんと一緒に、スエも勇んで見物にいった。

〝貯蓄なしに勝利なし〟

舞台には、標語が書かれた大きな垂れ幕がかかっていた。

「自分は持ち家の通いだから、そんな悠長なことを言っていられるんだろうけど、住み込みのこっちの身になってみろっていうのよ。仕送りだってしなきゃいけないのに」

それは、確かに稲子の言う通りだ。

文林館の待遇は決して悪いものではなかったが、スエも給金を貯蓄に回すような余裕はない。

「本当に、嫌みなおばさんだよね」

しかし、そう同意を求められると、強く頷くこともできなかった。正直なところ、スエはトメのことを、それほど嫌いではない。

〝スエってことは、あなたも女きょうだいが多いの？〟

休憩時間に『少國民のひかり』を読みふけっていると、ふいに尋ねられたことがある。スエが自分の名前の由来を説明すると、トメは成程と腕を組んだ。

トメ自身は五女で、「もう女はいらない」という意味で、「トメ」と名づけられたのだという。どの道、娘を「スエ」だの「トメ」だのと名づけるのは感心できないと、トメはますます気難しい顔をしてみせた。

それから、スエが開いていたページに視線を落とし、

〝あなた、林有美子が好きなの？〟

と、再び問いかけてきた。

スエが読みふけっていたのは、「宗六の日記帖」だった。有美子が南洋に従軍している間休載していた「宗六の日記帖」は、再び連載を開始していた。

スエは素直に頷き、貧しい家庭に生まれながら、高等女学校を卒業して作家になった有美子に憧れていると話した。

〝女が勉強しようと思ったら、それは大変ですからね。私だって、どれだけ反対されたか……〟

トメはそう言いかけて、口をつぐんだ。そのときはそれで話は終わったが、数日後、トメは今では発禁になっている有美子の自伝的放浪小説をこっそり持ってきてくれた。

その晩、スエは夢中になってそれを読んだ。あまりに没頭し、気づくと夜が明けてしまっていた。

貧しかった有美子の自伝的小説の筆致は軽快にして鮮やかで、相変わらず情景が胸に迫る。

住み込み女給をしたり、セルロイドのキュウピーさんに色を塗ったりしながら、若き日の有美子は世知辛い世の中を逞(たくま)しく生き抜いている。あまりの貧乏に耐え切れず、〝うじうじ生きているよりも、いっそ早く真っ二つになって死んでしまいたい〟と嘆いたかと思えば、熱いご飯にサ

ンマを載せてむしゃりと頬張った途端、〝生きていることもまんざらではない〟と思い直す有美子に、スエはいたく共感した。

快活な少年の日々を描く「宗六の日記帖」とはまた違う、切実にして鮮烈な、一庶民の女性の日常がそこにあった。

翌朝、本を返しにいくと、徹夜明けであることを見抜かれたのか、トメは珍しく、くすりと忍び笑いを漏らした。その日は仕事中にうっかり居眠りをしても、大目に見てくれていた気がする。

「あら、イネちゃん。住み込みでなくても、あたしたちだって、下町の長屋の貸し間を借りてるだけだからね。貯蓄報国なんて、冗談じゃないよ」

恰幅(かっぷく)のいい賄いのおばさんが、大根を刻みながら腹を揺すった。

「それに、あの人が報国、報国言うのはね」

隣のおばさんと顔を見合わせる。

「一番の報国を、自分がしてないからでしょうよ」

二人の顔に、少々意地の悪そうな笑みが浮かんだ。

「貯蓄報国ができるのは、あの人に子どもがいないからだよ。子どもがいたら、貯蓄する余裕なんて、どこにもありゃしないよ。でも、あたしんとこは、長男も次男も兵隊にしたんだ。これ以上の報国があるかってんだ」

「うちだって、下に男の子がいるからね。ここで出してる雑誌を持って帰ってやったら、絶対自分も陸軍少年戦車兵学校にいくんだって、今から張り切ってるよ」

「いくら教養があったたって、仕事ができたって、料理がうまくったって、女にとって一番肝心なことができてないいんじゃ、仕方がないよねぇ」

「大日本婦人会の地区副会長も形無しだよ」

「報国で言ったら、あたしらのほうが断然勝ちだよねぇ」

二人の賄いのおばさんは、得意そうに声を張り上げている。

「勝った、勝った」と繰り返すおばさんたちの勝ち鬨(かちどき)を聞くともなしに聞きながら、米英との戦争以外にも勝ち負けがあるのかと、スエはぼんやり考えた。

「あーあ、私も早く結婚して子ども産まなくっちゃ。でないと、松永さんみたいなおばさんに、いつまでも大きな顔されちゃう」

稲子が冗談ともつかぬ口調で言う。

「会計の静子さんとこみたいに、女の子じゃ意味ないよ。男の子を産まないと」

「あら、女の子だって、挺身(ていしん)隊に入れるでしょう?」

「戦車隊には負けるわよ」

やっぱり、ここでも勝ち負けか。

大根の葉っぱを刻みながら、スエは黙って稲子たちの言い合いを聞いていた。

『少國民のひかり』の裏表紙には、毎月、陸軍少年戦車兵、通信兵、砲兵の生徒募集の広告が載っている。戦車に乗る凜々(りり)しい少年の絵の上に、「撃ちてし止(や)まむ」「君こそ次の若獅子(わかじし)だ」と、勇ましい標語が書いてある。

そこに、「どうせお国に捧げる子だ」という、父の投げやりな呟きが重なった。

今月の「宗六の日記帖」にも、自分たちが大きくなるまでに戦争が済んでしまったら、手柄を立てることができないと心配する宗六たちの姿が描かれていた。

だけど——。

スエの胸に、釈然としないものが込み上げる。

弟の孝蔵は、本当に国に捧げられるためだけに生まれてきたのか。兵隊になる以外に、道はないのか。

文林館の少年社員出身の編集部員たちも、ほとんど、出征したのだと聞く。現在、一緒に働いている少年社員たちも、いずれは全員戦争にいってしまうのか。せっかく少年社員として経験を積んでも、編集部員になったり、出版界に残ったりする者は誰もいないのか。

稲子とおばさんたちは、「女の子は兵隊になれないから意味がない」「戦車隊に入れないから負けだ」と言っている。

私たちだって、元は〝女の子〟なのに。

戦時下に意味がないと、根こそぎ引き抜かれてしまった、色とりどりの花々が脳裏をよぎる。

戦争の世の中においては、子どももまた、供出品なのだろうか。

それでは、そもそも、なんのために学習誌があるのだろう。

毎月、あんなにたくさんのはがきを送ってくる、文芸愛好家の少年少女の思いは、一体どこへいきつくのだろう。

〝生等（せいら）もとより生還を期せず〟

そう答辞を読み上げ、ぬかるみの中を行進していった大勢の学生たちの姿が浮かぶ。その最後尾に、いがぐり頭の少年社員たちや、弟の孝蔵がついていく。

自分の想像に、スエはぶるりと身を震わせる。

手柄や勝ち負けなんてどうでもいいから、早いところ、この戦争が終わってほしいと心から思った。

「スエちゃん、大根の葉っぱ、こっちに入れて」

稲子に声をかけられ、スエはハッとする。

「どうしたの。ぼんやりして」

「なんでもない」

慌てて首を横に振った。こんなことを考えているのがばれたら、「非国民」と呼ばれてしまう。

スエは刻んだ大根の葉を、大鍋に移した。稲子がそこに代用醤油を垂らして、味を調えていく。

やがて、正午の鐘が鳴り、厨房の隣の食堂に、どやどやと人が集まってくる気配がした。

「ちぇー、また雑炊だ」

「たまには濡れてないご飯を食べたいよ」

スエたちが鍋を持っていくと、すかさず少年社員たちから不満の声があがる。

「静かにしなさい」

引率してきたトメが、彼らを叱りつけた。

「早く丼を持って、一列に並びなさい」

きびきびと少年社員を並ばせているトメの横で、先ほどまで散々彼女を腐していた稲子たち賄い班が、黙々と丼に雑炊を入れていく。白菜と大根の葉の浮いた雑炊は、スープのようにさらさらだが、一応、温かな湯気を立てていた。

職員全員が食堂のテーブルに着く様子に、スエはかつての洋裁店での昼食時間を思い出す。こんなに大きな食堂はなかったけれど、洋裁店でも、スエは職人さんや女中さんたちと一緒に昼食を食べていた。

大きな出版社の印象がある文林館だが、実際に入社してみると、住み込み制度があったり、賄いがあったりと、意外に家庭的なところがある。堀野に聞いたところ、文林館は元々創業者の辰則社長が親戚たちと起こした家族経営の会社なのだそうだ。

「味がしねー」

「葉っぱしか入ってない」

一口食べた少年社員たちから、またしても不平が飛ぶ。スエも啜ってみたが、醤油粕を加工した代用醤油は、まったく風味がなかった。

「仕方ないじゃない。本物の醤油の配給がないんだから」

一緒のテーブルに着いた稲子が、文句を言った少年社員ではなく、トメをにらむようにして呟いた。

今回ばかりは、トメも黙って雑炊を食べている。じっと見つめていると、ふいに視線がぶつかった。

「鮫島さん、なんですか」

不機嫌そうに問いかけられ、スエは「いえ」と言葉を濁して下を向いた。


それから数日後、大変なことが起きた。

市電を乗り継ぎ、淀橋区の下落合へとやってきたスエは、自らを落ち着かせようと大きく深呼吸する。

〝午後からお使いを頼みたいんだけど〟

トメからそう呼び出されたとき、また郵便局か、印刷所にいくものだとばかり思っていた。まさか、あの林有美子のところへ「宗六の日記帖」の原稿を取りにいくことになるとは、夢にも思っていなかった。

いくのは玄関まで。原稿をもらうのは秘書さんから。本人に会えるわけではない。

動揺を隠せないスエに、トメは厳しい表情で説明した。

担当の編集部員が流行性感冒にかかってしまったため、使いの者をいかせると、既に連絡済みであることも。

〝だから、あなたは大人しく玄関先で原稿をもらって帰ってくる。ただ、それだけのことです〟

きわめて冷静な口調でトメはそう釘を刺したが、スエにとってはやはり一大事だ。

〝ありがとうございます！〟

トメに飛びつかんばかりの勢いで叫び、近くの机で伝票を整理していた静子を噴き出させた。

さすがはトメさん。

稲子たちはいつも陰口を言うけれど、トメは本当は優しい人なのではないかと思う。

スエが「宗六の日記帖」の熱心な読者で、作者の林有美子に憧れていることを知った上で、今回の仕事を言いつけてくれたのだろう。

トメから本を借りた後、スエは文林館近くの神田古書街にある貸本屋から、もう一つのベストセラーである従軍記録文学を借りて読んでみた。漢口を目指し、有美子は兵隊たちと共に、中国の大地を行軍する。唯一の女性であるが故に〝ご不浄〟の確保に悩まされ、毎晩気味の悪い熱に脅かされながら、有美子は戦場をいく。そこには、泥にまみれて最前線で戦う兵隊や、黙々と軍に従う軍馬への限りない親愛と同情の念がある。

米英相手の現在の戦争とは状況は違うだろうと思いつつ、最前線で戦う兵隊たちの情景がまざまざと浮かんでくる筆致に、スエはやっぱり夢中になった。

そうした数々のベストセラーを生んだ有美子が住まう家に向かうことを思うと、どうにも興奮を禁じ得ない。この日は、できるだけつぎあての目立たない服ともんぺを選び、おさげ髪もしっかりと結ってきた。

立春を過ぎ、暦の上では春になったが、相変わらず北風が強い。せっかく整えた髪が乱されないよう、鬢を押さえる。

大通りを北上し、町中を流れる妙正寺川に架かる橋を渡り、一の坂、二の坂、三の坂……。吹きつける冷たい風に負けじと、スエは背中を丸めて道を急いだ。

やがて、四の坂の階段下に、大きな門が見えてきた。表札に、林の文字がある。

周囲の住宅とは一線を画す立派な門構えに、スエはにわかに緊張を覚えた。

恐る恐る、門にはめられた引き戸に手をかける。トメが連絡を入れてくれたおかげか、引き戸には鍵がかかっていなかった。

引き戸をくぐり、石畳に足を踏み出した瞬間、空気が変わった気がした。玄関に続く石階段の両脇に、見事な孟宗竹がずらりと緑の幹を並べている。孟宗竹の根元には、白い隈が美しい熊笹が茂っていた。北風が吹きすさぶ、埃っぽい路地をずっと歩いてきたスエの眼に、そこはまったくの別世界の如く映る。

石階段の上に建つ、数寄屋造りの家の風雅なたたずまいに、思わず陶然とした。

このなんとも趣の深い家を、セルロイドのキュウピーさんに色を塗り、貧しさのあまり、〝真っ二つになって死んでしまいたい〟と嘆いていた有美子が、筆一本で築いたのだ。

憧憬を遥かに超えたものが、スエの胸を静かに満たす。

玄関前にたどり着くと、一つ深く息を吐いてから、呼び鈴を鳴らした。

「はーい」

軽やかな声が響き、立派な瓦を載せた家の奥から足音が近づいてくる。

玄関の引き戸があいたとき、スエはハッと息を呑んだ。

原稿が入っているらしい紙袋を手に立っているのは、自分と同世代と思われる少女だった。髪は断髪で、紺色のワンピースの上に、毛糸で編んだ上着を羽織っている。最近、巷では滅多にお目にかかれないような、モダンな〝お嬢さん〟だった。

途端に、自分のもんぺ姿が、酷くみすぼらしいものに感じられる。

「文林館の方ですね」

明るい眼差しで問いかけられ、スエは我に返った。

「は、はい……。た、担当編集部員が流感にかかりまして……っ、使いの者でございます」

スエがしどろもどろになりながら答えると、少女がにっこりと笑う。

「そんなに緊張しないでください。私だって、ただの留守番です」

それでは、この人は秘書ではないのだろうか。スエは上目遣いに玄関に立つ少女の姿を窺った。見れば見るほど、少女小説の世界から抜け出してきたようだ。

恐らく同じ十代であっても、口減らしのために地方から出てきた自分とは、まったく違う。

「今、おばさまは、ご家族と一緒に信州にいってらっしゃるんです」

〝おばさま〟というのが林有美子であることを理解するまでに、少し時間がかかった。

「私は、この近所に住む者で、白坂円といいます。子どもの頃から、おばさまにはよくしていただいていて、だから、ときどき、こうして留守番をしているんです」

その口調や、服装や、身のこなしから、きっと裕福な家のお嬢さんなのだろうと、スエは想像する。

「今、おばさまはちっとも小説を書かなくなって、編集の方もなかなかいらっしゃらないんです」

玄関からすぐの小さな畳部屋を、円が振り返った。

「この奥が客間になっていて、多いときには、五人も六人もの編集さんが、おばさまの原稿をお待ちになっていたんですよ」

そこには、文林館の編集部員もいたのかもしれない。好奇心に駆られ、スエは客間のほうを覗き込んだ。

「もしよければ、縁側でお茶でも飲んでいきませんか」

「えっ」

思ってもみなかった申し出に、スエは大きな声をあげてしまう。円が再び、くすりと笑った。

「ぜひ、どうぞ」

一面に孟宗竹が植えられた、竹林のような庭を円が指し示す。通りの街路樹はまだ冬枯れているのに、孟宗竹は柔らかな緑の葉を風にそよがせていた。

もっとこの広い庭を見てみたい。

胸の鼓動が高鳴るのを覚えつつも、大人しく原稿をもらって帰ってこいというトメの厳命が耳を離れない。

「実は、私、すごく退屈してたんです」

ためらうスエの前で、円が大きく溜め息をついた。

「おばさまはいらっしゃらないし、学校の授業もずっと休講で」

円はトメの出身と同じく、女子専門学校、通称女専の学生だった。

「私は文学の勉強がしたくて女専に上がったんですけど、もう、ずっと、工場での勤労奉仕活動ばかりで、まともな授業がないんです。今後は学校内に工場を設置する計画まであるようです」

「学校に工場……」

「ええ」

憂鬱そうに円が頷く。

「今はお国の一大事ですから、勉強なんてしている場合ではないというのは分かりますけど、授業がまったくないというのは、どういうことでしょう」

円は首を横に振った。

「もちろん、日本は戦争に勝たなければいけません。私もそのためにこの身を捧げる覚悟でいます。だけど、勉強ができないことを思うと、どうしても不安になってしまうんです」

片手を胸に当て、円が改めてスエを見る。

「この大きな家で、たった一人で留守番していると、退屈すぎて、どんどん嫌な想像をしてしまいそうになります」

色白の円の顔を、スエはじっと見返した。

ひょっとすると円は、ただ単に話し相手を求めているのかもしれない。文林館の使いが同世代の自分であることを、純粋に喜んでくれているのかも分からない。そう考えると、ほんの少しだけ距離が近づいた気がした。

しかし、女専の学生の話し相手が、果たして自分に務まるのだろうか。再びぐずぐずと逡巡(しゅんじゅん)し始めたスエの耳元で、ふいに誰かの声が響く。

〝後悔のないようにするのが一番です〟

スエははたと顔を上げた。

思えば、通りすがりのあの婦人の言葉がなければ、文林館の社屋に入ることもなかった。

そうだ。後悔のないようにするのが一番だ。

「それじゃ、お言葉に甘えて……」

「どうぞ、こちらへ」

言い終わらないうちに、手を引かれる。

熊笹が生い茂る竹林を進むと、日当たりのよい縁側に出た。縁側の正面に、大きな石榴の木が植えられている。

「こちらで少しお待ちくださいね」

手にしていた紙袋を縁側に置き、円は家の中へ入っていった。

縁側に腰を下ろし、スエは暫し茫然とする。

なんて、静かなんだろう——。

目蓋を閉じれば、さわさわと微かな音がした。寒風の中、孟宗竹が、緑の葉を揺らしているのだ。空気はまだ冷たいが、南向きの縁側に降り注ぐ日光が、スエの身体をぬくぬくと温める。

目蓋を開くと、石榴の黒い幹が見えた。真っ直ぐな青い幹が立ち並ぶ竹林を背景に、曲がりくねったごつごつとした枝や幹が、力強く浮かび上がっている。

この庭を眺めながら、林有美子は執筆に勤しんでいるのだろうか。

そう想像すると、なんだか小説の世界に迷い込んだような、不思議な心持ちがした。

「お待ちどおさま」

盆に鉄瓶と湯呑を載せ、円が戻ってきた。鉄瓶から淹れてくれたのは、濃い緑の煎茶だった。爽やかな香りを、スエは胸一杯に吸い込む。このところ、お茶といえば、ほうじ茶か玄米茶しか飲んでいない。それも、うっすらと色がついていればいいほうだ。

こんなに色や香りの濃いお茶を、スエは久々に味わった。

「ところで、なんとお呼びすればいいですか」

円に尋ねられ、自分が名乗ってもいないことに気がつく。

「し、失礼致しました。私、鮫島スエと申します」

「鮫島さんは、もう働かれているんですね」

「欠員補充の、臨時職員なんです」

スエはもじもじとかしこまった。

「そんなに緊張しないでください。私たち、多分同じ年ごろでしょう?」

「数えで十八になります」

「やっぱり!」

円が嬉しそうに大きな黒い瞳を見張る。

親近感を抱いてもらえたことに、スエは頰が熱くなるのを感じた。

「もう私も、いっそ働きに出たほうがいいんじゃないかって考えることもあるんです。学校にいるより、工場にいる時間のほうが断然長いんですもの」

細い脚を投げ出すようにして、円も縁側に腰を下ろした。

「このままじゃ、一体、なんのために女専に入ったのか分かりません。おばさまはおばさまで、南方から帰ってきてから、ちっとも小説を書かなくなっちゃいましたし……」

思い出したように、縁側に放ってあった紙袋を引き寄せる。

「今、おばさまが書いていらっしゃるのは、文林館さんの連載だけなんですよ」

それはある意味光栄なことなのかもしれないが、喜んでいいのかどうか、スエには分からなかった。

「私、おばさまと同じく、小説家になりたいんです」

紙袋を手に、円が呟くように言う。

「そうなんですね」

自分の夢を持っている円に、スエは素直に感嘆した。

「でも、大人向けというより、それこそおばさまが今、文林館さんの雑誌に連載しているような、子どもでも楽しめるものを書きたいんです。文学の勉強をする人の中には、若い人たちに向けた小説をバカにする人もいますけど、分かりやすく書くのは、決して簡単なことではないと思います。今の日本の文学には、若い人が心から楽しめるものが少ないように思います」

円の眼差しがすっと遠くなる。

「私は、若い女性たちがもっと生き生きと活躍する、青春の小説が書きたい。オールコットの『四人姉妹』みたいな……」

「オールコット？」

「今じゃ敵性文学ですけど、アメリカには、私たちのような若い女性を主人公にした面白い青春小説がたくさんあるんですよ」

言ってしまってから、円は急に口を閉ざした。その表情に、きまりの悪そうな色が浮かぶ。アメリカの文学を愛好していることを、非難されると思っているのかもしれない。

瞬間、スエは悟る。

円もまた、心に花を抱える人だ。戦時下には不適切だと引き抜かれる花を、心の奥底でこっそりと咲かせている。

「私も読んでみたいです」

率直な気持ちを伝えると、円の眼が丸くなった。

「本当に？」

「ええ」

スエは強く頷く。

「私はものを書くことなんてとてもできないですけど、物語を読むのは大好きなんです。難しい小説は少し苦手ですが、子どもでも読めるものなら、一層好きです」

だから、後先考えずに文林館へやってきたのだ。まさか、愛読していた物語の作者の家へきて、小説家志望の同世代のお嬢さんとこんなふうに縁側で話すことになるとは、想像もしていなかったけれど。

「アメリカの同じ年ごろの女性がどんな青春を送っているのか、読んでみたいです」

スエの言葉に嘘がないと感じたのか、円の顔がぱっと輝いた。

「それでは、今度、内緒で本をお貸しします。日本の兵隊さんを苦しめる米軍は本当に憎いですけど、文学にはよいものがたくさんあるんです」

「戦争が終わって平和な世の中がくれば、きっと、もっとたくさん読めるようになりますね」

スエが言うと、円は何度も深く頷いた。

「そのためにも、戦争にはなんとしてでも勝たなくてはいけませんね」

「そうですね」

「あー、早く戦争が終わればいいのに」

円が天を仰ぐ。

「私、本当は、もっともっと勉強して、できれば大学にいきたいんです。でも、昨年から授業はなくなるばっかりで。おばさままで、最近の世の中に、小説に書くようなことはなにもないなんて、酷いことを言い出すし」

放浪の自伝的小説では貧しさにきゅうきゅうとする日々をほとばしるように書き綴り、従軍の記録文学では最前線の兵隊たちとの日々を詳細に活写した有美子が、そんなことを口にしたのか。

「それは、なぜでしょう」

思わず尋ねると、

「分かりません」

と、円は首を横に振った。

「でも、このまま男子学生がどんどん戦争にいって、残った女子学生の学校が工場に変わってしまうと考えると、私も将来が不安になるんです」

円の眼差しが揺れる。

「これでは、この先、勉強をしたいとか、小説を読みたいとか思う人たちが、いなくなってしまうんじゃないでしょうか」

スエもまた、文芸愛好家の少年少女の思いは一体どこへいきつくのかと、不安な気分に囚(とら)われたことがあった。スエ自身は進学など端(はな)から望めない家庭環境に育ったが、それが与えられた円ですらこんなふうに悩むのかと、同時に少々驚きを覚える。

「いけませんね」

スエの湯呑に鉄瓶からお茶を注(つ)ぎ足しながら、円が苦笑した。

「きっと私は、将来、自分なんかの書く青春小説を、誰も読んでくれないのではないかと考えることが怖いんです。お国の大事を前に、こんなふうに自分のことばかり考えているのは、銃後の婦人としてあるまじきことですね」

　ふと、円の懸念が胸に迫る。

「そんなことはないですよ」

　気づくと、スエは案外大きな声を出していた。

『少國民のひかり』の『読者文藝』のコーナーには、今でも全国のたくさんの国民学校の文芸愛好家たちが、短歌や詩を送ってきます。いくら、お国の一大事だからって、自分の夢を後回しにする必要はないんじゃないでしょうか」

　円が無言でこちらを見つめる。

「それに」

　大きな黒い瞳を見返し、スエは続けた。

「私は白坂さんの書いた青春の小説を、読んでみたいと思います。いえ、きっと読みます」

　ふいに、円の瞳が潤んだ。見る見るうちに、眼尻から涙があふれ出す。

「あ、え……？　ご、ごめんなさい」

　我に返り、スエは焦った。

　円の話を聞くうちに、故郷の斜面に咲いていた色とりどりの花々が引き抜かれていった様子が何度も甦り、つい、熱くなってしまったのだ。

「いいえ、いいえ」

　頬を伝う涙をぬぐいながら、円が首を横に振った。

「今の鮫島さんのお言葉で、とても勇気づけられました。私、独りでも勉強を続けます。そして、必ずオールコットのような小説を書いて、鮫島さんに読んでもらいます」

上気した頬に笑みを浮かべ、円はスエに紙袋を差し出す。

「鮫島さん、どうか来月も、ここへ原稿を取りにきてください。鮫島さん……、スエさんとお呼びしてもいいですか」

「もちろんです」

「では、私のことも円と呼んでください」

泣き濡れた瞳で、円が微笑んだ。

「スエさん、私、来月も待っています」

「ええ、円さん、きっと」

紙袋に入った原稿を受け取り、スエはしっかりと頷いた。


円と別れ、林有美子邸を後にしたスエは、市電の中で我慢できずに紙袋をあけた。誰よりも早く「宗六の日記帖」の最新話を読めることに、胸が躍る。

絵画をたしなむこともあるという有美子の直筆は、丸っこくて迷いがなく、スエにも読みやすかった。夢中になって読んでしまい、もう少しで停留所を乗り過ごすところだった。

宗六の学校は元々アヒルの飼育をしていたが、今度そこに、「豚くん」が加わることになる。ちょっと臭いけれど、可愛(かわい)い豚くん。世話を楽しみにする宗六に、スエもわくわくと自分の心を重ねた。次回は、豚くんの話を楽しむことができそうだ。

原稿を大切に紙袋に戻し、スエは文林館に戻ってきた。

廊下を歩いていくと、いつも支配人がいる部屋の扉が開き、編集長の堀野と一緒に若い男性が現れる。あの学生服の男性だった。会釈して通り過ぎようとして、ふと足がとまる。

学生服の男性の後ろに、見覚えのある人がいた。スエは思わず眼を見張る。

以前、文林館の前の通りで出会った婦人だ。

後悔のないようにするのが一番だと言って、自分の背中を押してくれた人。今日も婦人は、袖のある上品な着物を着ている。

なぜ、ここに――？

スエはきょとんとして、堀野編集長と若い男性の背後にいる婦人を見つめた。

「それでは、よろしくお願いします」

部屋の中の支配人にそう声をかけ、婦人も廊下に出てくる。その瞬間、婦人がこちらに気づき、にっこりと微笑んだ。

「お元気でご活躍のようですね」

「え……？　あ、は、はい」

さりげなく挨拶され、スエは呆然と頷くことしかできない。

「では、また」

堀野と学生服の若い男性の後に続き、婦人は静かに廊下を歩いていく。スエはぼんやりとその後ろ姿を見送った。

はて。これは果たしてどういうことだろう。

廊下の角を曲がり、三人の姿が見えなくなっても、スエはしばらくその場に立ち尽くしていた。

「鮫島さん！」

突然背後から大声が響き、飛び上がりそうになる。振り向くと、事務所から出てきたらしい松永トメが、廊下に仁王立ちしていた。

「一体、どこまで原稿を取りにいっていたんですか」

今日も黒いもんぺ姿のトメが、眉を吊り上げている。

「す、すみません。市電の連絡が悪くて……」

円の言葉に甘えてお茶を飲んでいたことがばれては大変と、スエはとっさに言い訳を探した。

「おまけにすごく混んでたんで、原稿を汚しちゃいけないと思い、一本遅らせました」

市電が混んでいるのはいつものことなので、トメも仕方がなさそうに鼻を鳴らす。

「それならそれで、そんなところでぼさっとしていないで、さっさと原稿を校閲さんのところに持っていきなさい」

「はい」

校閲室に向かおうとして、スエはふと振り返った。

「あの、松永さん」

「なんですか」

長身のトメがじろりとこちらを見下ろす。

「さっき支配人の部屋にいらしていたご婦人はどなたですか。堀野編集長と、学生服の男性と一緒にいた……」

もしかしたら、あの婦人は愛読者のお母さんなのだろうか。教育者や、読者の保護者が文林館を訪ねてくることは、これまでにもままあることだった。

「なにを言ってるの。あの方は、アキさんじゃない」

しかし、当たり前のように言い返され、スエは戸惑った。

「アキさん？」

聞き返せば、今度はトメのほうが意外そうな顔になる。

「まさか、あなた、本当に知らないの？」

スエはこくこくと頷いた。トメは腕組みをしてしばらくスエの様子を眺めていたが、やがてゆっくりと口を開いた。

「アキさんは、創業社長、会田辰則氏の奥様です。一緒にいらしたのは、ご長男の文則（ふみのり）さん。次期社長の文則さんはまだ学生ですから、辰則社長が亡くなられて以来、アキさんがずっと、文林館の全雑誌の名義人を務めています」

一息つき、トメが告げる。

「つまり、実質、今の文林館の社長ですよ」

ということは、あのご婦人こそが、文林館の二代目社長――？

驚きのあまり、スエは声も出せなかった。

〝文林館の創業者も、小学校しか出ていませんよ〟

〝独学の苦学生だったが故に、副読本としての学年誌の出版に心血を注いだのです〟

〝……と、聞いたことがあります〟

初めて会ったときの婦人の言葉が次々に甦る。

今の今まで、文林館の社長が誰なのか、考えたこともなかった。別室にいる支配人だけが、〝偉い人〟なのだと思っていた。

「文林館は規模はそこそこ大きいですけれど、基本、親族会社ですからね。支配人も、前社長のお従弟ですし。本当は社長とお呼びしなければいけないんですけど、ご本人が嫌がるので、皆、アキさんと呼んでいるだけです。でも、このご時世で一番大変な紙の確保や印刷所の手配は、文配人や編集長と一緒に、アキさんも尽力されているんですよ。それに加えて、少年社員や私たち臨時職員への差し入れも欠かさない。本当によくできたお方ですよ、アキさんは」

そこで、スエははたと思い当たった。

アキを取り囲んでいた少年たち。いつも、スエを目の敵にするように絡んでくる十銭はげの少年社員は、あのとき、スエが勘違いして怒鳴りつけたうちの一人だったか。

「でも、おかしいわね」

眉間にしわを寄せ、トメが顎に手を当てる。

「あなたは、アキさんの推薦でここにきたんじゃなかったの？　堀野編集長からは、そう聞いたはずですけど」

〝……さんから、お電話です〟

初めて文林館の会議室に通されたとき、当のトメが、そう言って堀野を呼びにきた。その電話の後、急転直下のように、スエの文林館採用が決まったのだった。

あのとき電話をかけてきた相手こそ――。

「ふぁあああああっ！」

それまでこらえていた驚きが、ついに口からあふれ出た。あまりにすっとんきょうな声に、トメまでがぎょっとする。

「な、なんですか、いきなり」

びっくりした。それ以外に、言いようがない。

同時に、なんだか嬉しくて、スエは笑い出した。

「なに、笑ってるの！」

我に返ったように、トメがいつもの険しい顔に戻る。

「おかしなことばかり言ってないで、早く校閲さんのところにいきなさい。校閲さんも、印刷所も、皆がその原稿を待っているんですよ」

どやされて、スエは廊下を駆け出した。

「ばたばた走るんじゃありませんっ」

学校の先生のような声が、背後から飛んでくる。それでも、スエは宙を飛ぶような気分で廊下を駆けた。そうせずにはいられなかった。

また、必ず原稿を取りにいく。

孟宗竹に囲まれた日当たりのいい縁側で、スエが円と交わした約束は、しかし、果たされずに終わることになった。

三月に入ってすぐ、林有美子より、突如、「宗六の日記帖」を最終回にするという連絡が入ったのだ。編集長の堀野は大慌てで下落合の有美子の家に飛んでいったが、結局、どうすることもできなかったようだ。

二階の自室で繕い物をしながら、スエは文机(ふづくえ)の上の『少國民のひかり』の四月号を見やる。仕上げに歯で糸を切り、文机に手を伸ばした。

ぱらぱらとページをめくる。

今回の『少國民のひかり』には、小川未明(おがわみめい)の「太平洋」という短編小説が載っていた。出征した兄の理髪店を継いだ姉のもとに常連客がやってきて、「そのうち東京へも敵機がやってきそうだから、どこかへ避難したほうがいい」と告げる。その物言いを、弟である主人公の少年が、酷く不甲斐なく思うという場面が描かれていた。

「太平洋」と同じ号に載っている「宗六の日記帖」では、宗六はお母さまと一緒にいきなり京都のおじいさまのもとへいってしまう。せっかく学校に「豚くん」がやってきたのに。


東京の先生、お友だち、ありがとう。

東京の学校ばんざい。

東京の空ばんざい。


この三つの言葉で、「宗六の日記帖」は唐突に幕を閉じていた。

最終回のページを開いたまま、スエはぼんやりと空を見る。

〝おばさまはおばさまで、南方から帰ってきてから、ちっとも小説を書かなくなっちゃいましたし……〟

あのとき、今書いているのは、「宗六の日記帖」だけだと円は教えてくれた。

最近の世の中に、小説に書くようなことはなにもないと言っていたとも。

四月に入ってから、文林館気付で、円からスエ宛に手紙がきた。その手紙には、〝おばさま〟が、宗六よろしく、信州の温泉町に疎開したことが書かれていた。現在、下落合の家には、画家である有美子の夫が一人で暮らしているのだそうだ。

あの家に通うことはなくなったが、近いうちにまたどこかで再会したいと、円は書いてくれていた。

しかし、放浪の末、東京での日々を女一人で逞しく生き、従軍先で兵隊や軍馬と共に戦場を勇ましく行進した有美子が、〝不甲斐なく〟孟宗竹に囲まれた数寄屋造りの美しい家を出ていってしまったのはなぜだろう。

どれだけ考えても、スエにはその理由は分からなかった。

ただ確かなのは、来月の『少國民のひかり』には、もう「宗六の日記帖」の続きは載っていないことと、自分があの家に原稿を取りにいくことは、恐らく二度とないだろうということだけだ。

そう思うと、スエの胸はしんと冷える。

この先暖かくなれば、孟宗竹の緑はますます茂り、石榴は赤い花を咲かせるだろう。移り行く景色を、円と二人、縁側に座って眺めてみたかった。

聡明（そうめい）で快活な宗六が、今後どんな道を選ぶのか。本当に飛行機乗りになって、戦争へいくのか。続きを読んでみたかった。

どうしても込み上げてくる寂しさを押し殺し、スエは無言で雑誌のページを閉じた。

その日は朝から大変だった。

「スエちゃん、御燗（おかん）、見てくれる？」

通いの賄いさんたちと一緒に大鍋で牛筋を煮込んでいる稲子に声をかけられ、スエは酒の燗の様子を見にいく。金盥（かなだらい）の中、どの銚子（ちょうし）もすっかり熱くなっているようだ。

「もう、いいみたい」

「それじゃ、食堂に運んどいて」

「お猪口（ちょこ）はもう出てるんだっけ」

「もう出した。お銚子だけ持っていって」

スエは頷き返し、盆の上に銚子を並べようとする。

「あっつ……」

熱湯を張った金盥に放置されていた銚子は、素手では持てないほど熱い。布巾越しに持ち上げると、すぼまった飲み口から、ぷんと甘い香りが漂った。

大東亜戦争が始まる前は、故郷でも、毎年正月にはこの香りをかいでいた。けれど、なにもかもが配給制になった今では、日本酒を燗することなど滅多にない。

この日のために、日本酒や牛肉や、そのほか様々なご馳走（ちそう）を、アキが苦労して調達してきたのだと聞いている。

お銚子を盆に載せられるだけ載せて、スエは食堂へ急いだ。廊下の窓からは、街路樹越しに、初夏の強い日差しが降り注いでいる。

六月に入り、街路樹の緑も旺盛に茂っていた。

食堂に近づくと、がやがやと声がする。今日は早くから、社員をはじめ、大勢の人たちが文林館に集まっていた。

あけっぱなしになっている扉から一歩中に入ると、いつもとはまったく違う食堂の様子が眼に入った。天井や壁はたくさんの日章旗で埋め尽くされ、窓には何本もの垂れ幕が下がっている。

昨日、スエが少年社員たちと一緒に、一日がかりで飾りつけたのだ。

今は席に着いている少年社員たちの前にも、最近では滅多に口にできない、刺身や焼き豚等のご馳走が並べられていた。普段なら間違いなく大騒ぎになるところだが、少年たちは珍しく、皆神妙な顔をしている。

一際大きな垂れ幕を背に、学生服姿の文則と、アキがうつむき加減に座っていた。背後の垂れ幕には、トメによる達筆な文字がしたためられている。

祝　壮途　学徒出陣　会田文則君　文林館社員一同

一瞬、スエは入り口で立ち尽くしてしまう。文則の隣のアキが、酷く沈鬱な表情を浮かべているように見えたからだ。

「鮫島さん、ご苦労様」

黒もんぺのトメがすたすたと近づいてきて、スエから奪うようにして盆を取った。

「ぼさっとしてないで、もっとじゃんじゃん運んできてちょうだい。今日は、これからも、たくさんのお客さんがお見えになるんですからね」

耳元で強い口調で囁かれ、ようやく我に返る。

「この後、尾崎士郎さんが送辞のためにいらっしゃることになってます」

トメは有名作家の名前を口にした。

「ゆめゆめお酒を切らすことがないよう、賄いの佐野さんたちにも伝えておいてちょうだい」

きつく言い含めると、トメは盆を手に、来賓のテーブルに銚子を配りにいった。経理の静子も、あちこちのテーブルでお酌をして回っている。

その様子を後目に、スエは再び廊下に出た。

学生であっても徴兵猶予はなく、大学在籍のまま、陸海軍のどちらかに入隊しなければならない。それは、昨年の出陣学徒壮行会を機に正式に定められたことだ。加えて今年の五月には、全国の学校を工場化するように、文部省が通達を出した。

春先に円が心配していたように、女学校や女子専門学校は、教室や体育館を軍需工場に整備されることが決まった。今後、女学生たちは勉強に代わって、飛行機用のゴムやボルトやナットなどの製造作業に携わることになるのだそうだ。

新聞でこの記事を読んだとき、勉強の機会を奪われることを嘆いていた円の顔が浮かび、胸が痛んだ。

しかし、もう誰もが、戦争から逃れることはできない。

それは既に分かり切ったことではあったけれど、文林館創業者の一人息子、会田文則が自ら選んだのは、特別操縦見習士官として、陸軍宇都宮飛行学校に入隊することだった。

あの宗六が憧れていた、飛行機乗りを志願したのだ。

あんなに物静かで、大人しそうな人が――。

自分とたいして年齢の変わらない文則の様子を、スエはそっと振り返る。

手柄を立てる前に戦争が終わってしまったらどうしようと心配していた宗六が、突如京都に疎開してしまったのに、現実の世界では、文林館の次期社長となる人が飛行機乗りを目指すなんて、なんだか皮肉な話だ。

この日は、宇都宮へ向かう文則のための、文林館全社を挙げての壮行会だった。

〝祝壮途〟と書かれた垂れ幕があちこちにかかり、一応おめでたい席ということになっていたが、文則の隣の席に座るアキの表情はあまりに暗い。

まるでそれをごまかすかのように、トメや静子が来賓に酒を振る舞っていた。

新しい銚子を運ぶため、スエは厨房に戻る。厨房では、稲子たちが牛筋の煮つけを大皿に盛りつけていた。

「スエちゃん、今のうちにお肉食べておいたほうがいいよ」

稲子が小皿に煮つけを取り分けてくれる。

なんでも、食肉店にも「企業整備」の波が及び、七月までに半分以上の店舗が廃業に追い込まれるという。

「元々配給制で、切符なんて滅多に手に入らないけど、今後は一層食べられなくなるよ」

今年に入ってから、西瓜（すいか）やメロンの作付けが禁止され、苺（いちご）や落花生や唐辛子なども「不急作物」として、作付けが抑制されるようになった。

花がなくなり、晴れ着がなくなり、果物がなくなり、綺麗なものや楽しいものや美味しいものがどんどん周囲から消えていく。

スエが曲がりなりにも身を置いている出版界もまた、例外ではない。堀野やトメから漏れ聞いた話では、二千七百以上あった書籍出版社は、今年の春に約二百社にまで縮小されたらしい。支配人と編集長が奔走し、文林館はなんとかその難を免れたのだそうだ。

そうまでしてこの戦争でなにが得られるのか、スエにはよく分からない。ただ、それを口に出すことは〝不甲斐なく〟、日本国民として、あるまじきことだった。

「だけど、よりによって飛行機乗りとはねぇ」

金盥に熱湯を注ぎながら、通いの賄いさんが呟く。

「飛行機乗りは、一番危険が大きいって言うじゃない。ここの次期社長さんは、もう戻ってこないかもしれないね」

「まだ、戦車隊のほうがましだよねぇ」

そう言って、賄いのおばさんたちは顔を見合わせた。

昨年「決戦の大空へ」という海軍飛行予科練習生の活躍を描いた映画が大当たりし、飛行機乗りは、一躍少年たちの憧れの的となった。当時はまだ、シンガポール陥落などの戦勝ムードが多少は残っていたが、今となっては様相は随分と違う。転進が〝玉砕〟という言葉に取って代わられたときから、口には出さずとも、誰もが不安を抱え始めているのではないかとスエは思う。『少國民のひかり』の表紙に書かれている標語も、〝勝って兜の緒を締めよ〟という勇ましいものから、〝銃後も戦場〟〝困苦欠乏にたえよ〟と、最近では耐え忍ぶ方向へと変わっていた。

「まあ、ここで出してる雑誌は、兵学校に入れ、少年兵になれって、散々子どもたちを焚きつけてるんだもの。奥様だって、それなりのご覚悟はあるんでしょうよ」

「そうだね。うちの下の子も、兵学校に入って戦車兵になるって言ってるし。どの道、男の子は皆戦争へいくしかないんだものね」

以前、「勝った」「勝った」と豪語していたおばさんたちも、心なしか勢いがない。

稲子が取り分けてくれた牛筋の煮込みは、本物の醬油のいい匂いがしていたが、スエはすぐに食べる気にはなれなかった。

「イネちゃん、ありがとう。お銚子、全部運んじゃってから、ゆっくりいただくね」

稲子に礼を言ってから、スエは盆を手に取る。賄いのおばさんに、燗が終わった銚子を選り分けてもらい、再びできるだけたくさん盆に載せて厨房を出た。

廊下を歩いていくと、食堂の入り口に、堀野編集長とアキの姿が見えた。著名作家を出迎える準備をしているのだろう。

後ろを通りかかったとき、偶然、堀野の押し殺したような声が耳に入った。

「なにも、わざわざ飛行学校にいかせることはなかったんじゃないですかね。もし文則君が戻らなかったら、文林館は今後どうなりますか。場合によっては、アキさん、あなたが保護者責任を問われることになるんですよ」

　スエは思わず足をとめそうになってしまう。

「ああ見えて、あの子は父親の辰則さんに似ています。一度こうと決めたら、誰がなにを言おうが、耳を貸すことはないでしょう」

　消え入りそうな声で答えるアキの表情を窺うことなど、とてもできなかった。なにも聞かなかったふりをして、スエは食堂に足を踏み入れた。

　扉の陰に、黒いもんぺ姿のトメがいて、ぎくりとする。

　お銚子が遅いとお小言を言われるかと思ったが、トメは無言でスエの手から盆を受け取った。

「出征させる子どもでもいれば、気が楽になるかと思っていたけれど」

　誰に言うとでもなく、トメが呟く。

「そんなに簡単な話じゃないわね……」

　小さく首を振り、トメは来賓のテーブルに向かっていった。

　壁や天井は、スエが少年社員たちと飾りつけた日章旗が埋め尽くし、あちこちに、〝祝壮途〟と書かれたトメの達筆な文字が躍っている。酒が回ってきたのか、来賓たちのテーブルも、社員たちのテーブルも、先ほどに比べて随分とにぎやかだ。

　一際大きな垂れ幕を背に、学生服姿の文則が、一人静かに盃（さかずき）を手にしている。

　その姿は、やっぱりとても大人しそうで、虫一匹殺せないように見えた。

　しかし、彼の心の奥底には、母親のアキですらとめられない決意が赤々と燃えているのだろうか。眺めているうちに、スエはふいに怖くなった。

皆、いってしまう。

降りしきる雨の中、銃剣を捧げて行進していった学徒たちの後を追って。一緒に働いている少年社員たちも、故郷に残してきた幼い弟も。

ヒナゲシもキンギョソウもアラセイトウもなくなった。西瓜もメロンも苺も消える。

〝これでは、この先、勉強をしたいとか、小説を読みたいとか思う人たちが、いなくなってしまうんじゃないでしょうか〟

円の不安な眼差しが甦る。いつしか、それを否定する術を失ってしまった気がした。

食堂の入り口に、スエはただ、じっと立ち尽くしていた。

# 令和三年　初夏

長かったゴールデンウイークがやっと明けた。

その日、市橋明日花は文林館別館の資料室で、戦中の学年誌のファイルを調べていた。可動式の書架には、創刊当時からの学年誌がぎっしりと詰め込まれている。

書架から何冊かの学年誌を引き抜き、明日花はふうっと息を吐く。

文林館の別館には撮影用のスタジオがあり、何度も足を踏み入れているが、資料室に入ったのは、実のところ入社以降初めてのことだった。

よくこれだけの雑誌が残っていたものだ。ここに現存していないものを、ロン毛とパジャマが古書店や蒐集家から買い集めたと聞いたことを思い出し、明日花は初めて心から感服する。もちろん、あの二人だけの功績ではないだろうが、これほどの雑誌を分類し保存することは並大抵のことではない。

祖母のスエが、かつて文林館で働いていたことを知ってから、明日花はその時代を中心に、学年誌の調査を始めた。スエが臨時雇いで文林館に入社した一九四四年——昭和十九年には、紙などの物資不足もあり、学年誌は既に『良い子のひかり』と『少國民のひかり』に統合されている。

それでも、敗戦の一年前に、多くの読み物を掲載した子ども向け雑誌が毎月刊行されていたのは驚きに値する。しかも、以前、徳永が話していたように、執筆者は北原白秋、室生犀星、佐藤春夫等、すこぶる豪勢だ。林有美子の連載小説もある。

これだけの豪華執筆陣をそろえながら、しかし、巻頭ページは、大抵大政翼賛会宣伝部による訓示だった。

「まだ続く大東亜戦争」「世界の中心、日本」「皇国日本」「一億総進軍」等々、勇ましい言葉がずらずらと並び、「皇国日本の将来をになう皆さんは、勇気りんりんがんばりとおさなければなりません」と、子どもたちを叱咤激励している。

裏表紙には「陸軍少年戦車兵、通信兵、砲兵生徒募集」の広告が入り、欄外には〝お友だちにもすすんでかしてあげませう〟に加え、〝撃ちてし止まむ〟という標語が入っていた。

戦中の入社者名簿に、祖母の名前がある——。

そう打ち明けたとき、学年誌創刊百年企画チーム長の徳永は、明日花に負けぬほどの驚きと興奮を示した。

〝その時代の文林館の話をじかに聞ける人は、もうほとんどいないんだよ〟

すぐにでも取材をしたいと申し入れられたが、九十四歳になる祖母が、もうほとんど言葉を発さなくなっていることを話すと、少々落胆した様子だった。

それでも、祖母が文林館にいた時代の学年誌の展示を企画展で考えてみたいと明日花が提案すると、徳永はすぐさま承諾してくれた。

学年誌黄金期の六〇年代から七〇年代については、『懐かしの学年誌』のムック本編集をしてきた二人が既に多くのファイルをまとめているが、戦中戦後に関しては、それほどまとまったファイルがない。

せっかく創立記念で学年誌創刊百年の企画展をやるなら、学年誌の暗黒時代である戦中からの展示もしてみるべきだと、徳永は明日花の背中を押してくれた。きっと自分たちにとっても、過去から学ぶことがあるはずだと。

ゴールデンウイーク中、明日花は『良い子のひかり』だけでなく、『少國民のひかり』のコピーも何度かスエに見せてみた。

スエは相変わらず、なんの反応も示さなかったが、時折、じっと表紙のコピーに眼(め)を据えていることがあった。ただ、意味もなく、ぼんやりと眺めていただけかもしれない。

しかし明日花には、雑誌を見つめる祖母の瞳が微(かす)かに潤んでいるようにも感じられる。そのたび、祖母が心の奥底ではなにかを思い出しているのではないかという期待を、捨て切ることができなかった。

母の待子(まちこ)は、そんな明日花の様子を後目(しりめ)に、黙々とスエと自身のワクチン接種の段取りを進めていた。

結局、ゴールデンウイーク前に、東京、大阪、兵庫、京都の四都府県に、三回目の緊急事態宣言が発令された。今回は、ゴールデンウイークが明けるまでの短期決戦という触れ込みだったものの、感染者数を抑え込むことは不可能で、案の定、宣言は今月末までずるずると延長になっている。頼みの綱は、もう、ワクチン以外にはないようだった。

春先から、医療関係者へのワクチン接種が始まっていたが、腕が上がらなくなる、三十八度を超える発熱がある等々、副反応の情報がSNS上を盛んに飛び交っている。もっとも、高齢者には、副反応はそれほど出ないというデータもあった。

どの道、重症化リスクの高い祖母を護(まも)るために、ワクチン接種は不可欠だろう。

本当に、大変な世の中になってしまった。

ワクチンによって、この不穏な重苦しさから解放されるなら、副反応も致し方ないと、明日花は凝り固まった肩を回す。

千平方メートルを超える大型商業施設には再び休業要請が課せられ、百貨店も映画館も美術館もアミューズメントパークも営業していない、不要不急の外出を控えろと呼びかけられ続けるゴールデンウイークは、ただただ長いだけだった。

先が見えない――。

四月の頭、そう考えたことを思い出す。

あれから一か月が過ぎても、事態は一向に改善していない。緊急事態宣言が出たにもかかわらずオリンピックは開催の方向で、聖火リレーも続いていたが、それをどんな気持ちで見ればよいのかが分からなかった。

でも。

明日花はふと、ぐるぐると回していた肩をとめた。

あの頃に比べれば、自分自身は一歩だけ前に進んだ気がする。祖母のスエが文林館に勤めていたことを知ってから、当時の出版物に本当に興味が湧いた。

母の待子によれば、スエは単なるアルバイトだったらしいけれど、祖母のことを抜きにしても、国策色満載の学年誌は、当時を知らない明日花には衝撃的だった。調べれば調べるほど、今の自分には想像もつかない、軍国主義一色に染まったかつての日本の姿が見えてくる。

雑誌は時代を映す鏡だ。

戦中の学年誌のページをめくるたび、祖母の若き日の世の中を、明日花は追体験している気分になった。読み物のほとんどは、日中戦争から太平洋戦争にかけての兵隊や軍人たちの武勇伝だ。

それが事実だから仕方がないのかもしれないが、ほとんどの武勇伝の主人公は、最後には戦死してしまう。日中戦争時から悲壮美が強調されていることが、後の太平洋戦争での特攻作戦を知っている明日花には、不気味に感じられた。

揚子江（ようすこう）海軍部隊に従軍した佐藤春夫は、「支那犬クロ」という随筆で、犬を懐かせた後、「早く支那の人たちも、よくしつけ、よくかわいがって、このように仲良くしていきたいものですが」と、通常の感覚からすれば信じられないことを書いている。

「読者文藝（ぶんげい）」という投稿のコーナーもあったが、選者に選ばれているのは、アッツ島の玉砕を悼むものや、少国民として勤労に励むことを詠んだ歌ばかりだった。

随筆や伝記読み物に比べ、短編小説は比較的国策色が薄く、今読んでも面白いものが多い。林有美子の連載小説も、国民学校に通う少年の日々を生き生きと活写したものだ。

主人公の少年は、ご多分に洩（も）れず軍国少年だが、それも含めて、当時の子どもたちが置かれていた環境がよく分かる小説だった。但し、「宗六の日記帖（ちょう）」というタイトルのその連載小説は、昭和十九年の四月号で、どこか中途半端なまま、最終回を迎えている。

作者の林有美子が、信州（しんしゅう）に疎開してしまったためらしい。

終戦の年の昭和二十年一月号には、神風特攻隊の記事があり、亡くなった特攻隊員の少年時代が物語にされていた。そんな特集号に、しかし、戦争とはまったく関係のない、寺子屋で学ぶ姉弟の心温まる掌編も載っている。

国策と教育のはざまに立たされた、当時の編集者たちの苦心が垣間見（かいまみ）えるようだった。

明日花は『良い子のひかり』と『少國民のひかり』の気になったページを複合機でデータ化し、ファイルを自分のパソコンに送信した。精読したい号については、資料室のスタッフに借用書を提出し、貸し出し手続きを行う。貴重な雑誌を傷つけないように紙袋に詰め、明日花は資料室を出た。

以前、給湯室で『学びの一年生』編集部の誉田康介と話をしたとき、自分も〝チーム〟の中で、〝やらされ仕事〟以外のものを探したいと考えた。祖母のことをきっかけに、明日花はようやく、新しい仕事に手応えを感じ始めていた。春先に比べ、一歩だけ前に進んだと感じるのは、きっとそのためだろう。

ロビーへ向かう途中、『ブリリアント』でもよく使っていたスタジオに続く廊下を歩いていると、ふいに、控え室から聞き覚えのある声が聞こえてきた。

「湊、どうしたの？」

切迫した中にも苛立ちを隠し切れない声音に、明日花は半開きの扉の前で足をとめる。

「ママ、お仕事中だよ。……え？　お腹痛くなっちゃったの？」

ほかに誰もいない控え室で、扉に背を向けてスマホに耳を当てているのは、同期の岡島里子だった。

「え？　また、アイス食べたの？　だから、お腹痛くなったんでしょ！」

里子の口調が叱責に変わる。途端に、電話口の子どもの泣き声が廊下にまで漏れ聞こえてきた。

「あー、もう、泣かないでよ。ママ、今日はまだ帰れないんだから。ばあばがいるでしょ？」

里子がなだめにかかるが、泣き声はどんどん大きくなる。

「……無理だよ。ママ、今日はまだ帰れないんだってば。ばあばじゃ駄目なの？」

苛立っていた里子の声も、段々弱々しくなってきた。

「お願い、泣かないで。湊、しっかりしてよ。ママだって、頑張ってるんだから」

〝やぁだぁ、ママじゃなきゃやぁだぁ……〟

嫌だ嫌だと、泣きじゃくる声が響く。

「分かった。ママ、できるだけ早く帰るようにするから。だから、湊も泣いてばかりいないで頑張って。ちょっと、ばあばに代わってくれる？」

里子のつらそうな後ろ姿に、明日花の胸も痛くなる。

「ああ、お義母さん、すみません。今日は校了で、どうしても抜けられなくて」

電話口にお姑さんが出たらしく、里子の口調が変わった。

「……はい……、はい……。本当にすみません」

里子はスマホを耳に当てたまま、何度も頭を下げている。

〝今はお義母さんの万全のフォローがあるから、まったく問題なし〟

その背中に、エレベーターの中で聞いた強気な台詞が重なった。あのときは勝ち気に振る舞っていたが、実際、義父母との生活には相当の気苦労が伴っている様子だった。

里子が振り向きそうになったので、慌てて扉から離れる。足早に遠ざかりながら、いかに里子が抜け目なく立ち回っても、やはり仕事と子育ての両立は簡単なものではないのだと、明日花は改めて思い知った。同じ編集部にいたら、結局手を差し伸べていたかもしれない。

酷い言葉をぶつけられもしたが、少しずつ現在のチームに慣れてきた明日花には、里子の気持ちが分かるような気もするのだ。明日花自身、『ブリリアント』編集部を一年半離れることになったときは、先が見えなくて不安で仕方がなかった。産休と育休に入ったときの里子も、きっと同じように不安だったのだろう。そんなときに明日花がどんどんページを作っていくのを見て、自分の席がなくなってしまうと焦りを覚えたとしても、不思議ではない。

〝私もさ、四十代で子ども産んだときは、気が引けたんだよね〟

ふと、カフェで溜め息をついていた、副編集長の小池八重子の様子が脳裏をよぎる。

〝戻ったとき、席があるのかも不安だったし。まあ、実際、産休と育休の間に、編集長の椅子は埋まっちゃったわけだけど〟

バブル世代の八重子と、〝さとり〟などと呼ばれる自分たちの世代は四半世紀以上の開きがあるのに、こうした状況には、たいして変化がないようだ。

どうしていつも、女ばかりが仕事と子どもの板挟みに脅かされなければいけないのだろう。

足元を見つめて歩きながら、明日花は思わず深い息をついた。

沈鬱な思いを振り払うように、紙袋を持ち直して背筋を正す。明日花は別館を出て通りを渡り、文林館の本社屋へと戻ってきた。

学年誌児童出版局フロアの学年誌創刊百年企画チーム室の扉をあけると、ロン毛とパジャマが中央のテーブルを占拠して、この日も付録の分類をしていた。

徳永はどこかへ出かけているようだ。

「お疲れさまです」

二人に形だけ声をかけ、明日花は自分のデスクへ向かう。

「戦中戦後の学年誌、調べてるとか」

ところが、これまでまともに視線を合わせることすらなかったパジャマから突然声をかけられ、一瞬、虚を衝かれたようになった。

「調べているとか、いないとか」

「え、ええ」

繰り返されて、明日花はようやく頷き返す。

「ふーん」

パジャマが鼻から長く息を吐いた。

「それ、あり」

マスクの中でぼそりと呟くと、パジャマは再び手元に眼を落とす。

「いや、徳さんから聞いたんだけどさ、なんか、おばあさんが、戦中に文林館で働いてたんだって？」

作業に戻ってしまったパジャマに代わり、黒マスクをつけたロン毛が口を開いた。

「私も知らなかったんですけど」

八十年史の入社者名簿を見て初めて気がついたのだと、明日花は説明した。

「知らないのに同じ会社に入るって、すごい縁だよね」

ロン毛が不思議そうに首を傾げる。

「それはそうとして、戦中戦後の学年誌の研究は、俺らもいずれやりたいと思ってたのよ。まあ、かけてよ」

促され、明日花はロン毛の向かいの椅子に腰を下ろした。このチームにきて二か月以上が経つのに、考えてみれば、これまでこうして一緒にテーブルを囲んだことなどなかった気がする。

「それが創業記念の展示として、会社的に認められるかどうかってのはあるんだけど、全盛期の学年誌の付録で、結構不幸な事故があってさ」

ロン毛が腕を組んだ。

「不幸な事故？」

「そうそう」

ロン毛につられたように、作業中のパジャマも首肯する。

「それって、どういうことですか」

「まあ、これは、今思えば、最初にちゃんとした説明ができていれば、あれほど問題になるようなことではなかったんだろうけど」

ロン毛が、パジャマの手元の付録を指さした。

「かいじゅうけっせんカード」

明日花はそこに書かれているロゴを読み上げる。

「そうそう」

再び二人が頷いた。

「これは、我ら〝怪獣チルドレン〟にとっては、なかなか悲しい出来事だったわけで」

ロン毛が身振り手振りを加えながらしてくれた説明によれば、学年誌黄金時代の七〇年代に、文林館は『学びの二年生』の付録だったこの「かいじゅうけっせんカード」で、ある問題を引き起こしているのだそうだ。

怪獣ブームを巻き起こした「グレートマン」シリーズに登場する悪役怪獣シュリル星人を、付録のカードに「ひばくせい人」と記してしまったことが発端だった。

「『グレートマン』に登場する怪獣にはいくつも別名があってさ、実際、一番初めにその名称を使ったのは、文林館じゃなくて、ほかの出版社が出した怪獣図鑑だったんだけどね。でも、当時はそれが見逃されて、うちの付録で発覚に至ったわけ」

被爆者を怪獣にしたと新聞等に書き立てられ、付録の表記は大問題に発展していく。

「今で言う、〝炎上〟だよ」

ロン毛が眉を寄せた。

「そもそも、シリーズの本編では、そんな言葉は一切使われてなかったのに、付録担当が資料上だけで判断して、不注意に使っちゃったんだろうね」

結局、この問題は「グレートマン」シリーズのシュリル星人の登場回を欠番にするまでに燃え広がった。

「まあ、今となっては、誰が悪いってわけでもないんだけどさ。なんとも悲しい結末だよ。本当は反核テーマで、しかも地球外星人との恋愛の可能性まで示唆した良作だったのに……」

ロン毛の嘆きに、パジャマも深い溜め息で同意を示す。

史乗社(しじょうしゃ)と制作プロダクションの独占契約が切れて、ようやく文林館でも「グレートマン」を掲載することが可能になった矢先の出来事だったという。

「当時の編集者は相当大変だったと思うよ。その前にも、文林館は、漫画雑誌の懸賞の賞品に、ナチス関連のグッズをつけて、大問題になったのにね」

やれやれと、ロン毛が首を横に振った。

そんなことまであったのかと、明日花は驚く。昭和十四年の『學(まな)びの六年生』が、「頼もしいドイツ国防軍」という見出しで、ヒットラーを紹介していたことを思い出した。

「我々がこれまでやってきた『懐かしの学年誌』のムック本は、その時代の子ども文化史や流行を懐かしがる郷愁メインの企画だから、当然、そういう負の部分には一切触れてこなかったんだけど」

ロン毛が少し真面目な表情になる。

「せっかく、学年誌創刊百年の企画展をするなら、客観的に、そういう部分に触れていくのもありかなって、俺は思ってるんだよね」

「禿同」

手元の付録を見つめたまま、パジャマが一昔前のネットスラングで同意を示した。

「徳さんも賛同してくれてるしさ」

ずれかけた黒マスクを直しながら、ロン毛が続ける。

「意識的に総括しておかないと、こういう〝炎上〟って繰り返すから。炎上によって作品が犠牲になるのは、やっぱり不幸なことだし。それに、顚末をしっかりと見直すことによって、もしかしたら、犠牲になった作品の再生の可能性だって出てくるかもしれないじゃない」

話を聞いていくうちに、明日花の中で、二人の先輩編集者の印象が少しずつ変わっていった。

「そこで、冒頭の話につながっていくんだけど」

ロン毛が明日花を指さす。

「一体なにが問題だったのか、子どもたちにも分かりやすく説明するためにも、戦中戦後の子ども文化史は必要だと思うんだよね」

ロン毛――井上の言葉に、パジャマ――迫崎も改めてこちらに視線を向けた。

「その辺り、きちんとファイルを作ってもらえると助かる。えーと、なにさんだっけ……」

視線をさまよわせる井上の前に、

「市橋です！」

と、明日花は身を乗り出す。

恐らく、二人の先輩と明日花が、初めて互いをきちんと認識した瞬間だった。

「お疲れさん」

　そこへ、大量の書籍を抱えた徳永が戻ってきた。

「いやぁ、しかし、外は暑いね。なんだか、もう真夏みたいだよ。これからの季節、マスクはつらいね」

　汗をふきながら、徳永は書籍を自分のデスクに並べる。ほとんどが、子ども文化史の本のようだった。

「市橋さん。これ、読んでみる？」

　そのうちの一冊を、徳永が差し出してくる。

「わ、野山彬」

　著者名を見て、井上が両手を上げた。

「俺、文林館の最終面接の面接官、野山さんだったんですよ」

「え、最終ではないけど、僕も入社時に野山さんの面接受けてるよ」

「マジすか」

「野山さん、文林館キャリア長いからね」

「確かに」

　徳永と井上が頷き合う。

　野山彬の名前は、明日花も色々なところで眼にしていた。六〇年代の学年誌黄金期に文林館に入社し、当時としては異例の三十代で『学びの一年生』の編集長となり、その後、児童図書や一般文芸書籍の担当部長を歴任した、文林館の元取締役だ。

　現在は評論家として活躍している野山は、文林館の雑誌にも多くの評論を寄稿し、子ども文化に関する本も出版している。

「二回目のワクチン接種が終わったところで、今度、学年誌について、野山さんにロングインタビューをしようと思ってるんだ」

これまでもリモートで取材をしてきたが、やはり直接話を聞きたいのだと、徳永は語った。

「もしよければ、市橋さんも同席してみてはどうだろう。野山さんは顔が広い人だから、あなたのおばあさんの文林館時代について、なにか手掛かりになるようなことを知っているかもしれないよ」

願ってもない提案だ。

「ぜひ、お願いします」

押しいただくようにして、明日花は徳永から書籍を受け取った。

週末、明日花は自室のパソコンのアプリを使用し、久しぶりに父の稔(みのる)と会話していた。

新型コロナウイルスによる感染症が猛威を振るうようになって以来、こうしたウェブ上のミーティングサービスのアプリが一気に普及した。最近は、社内の全体会議も、ほとんどミーティングアプリを使って行われている。

祖母のスエが戦中、文林館で働いていたことは、父も知らなかったようだ。

「明日花が文林館に内定が決まったとき、なんでその話が出なかったんだろう」

ノートパソコンのディスプレイの中で、父が不思議そうな顔をする。

「孫が同じ会社に入るなんて、すごいことじゃないか」

父の稔は、明日花が事実を知ったときと、ほぼ同じ反応を示していた。思えば、ロン毛——井上先輩だって驚いていた。

「お母さんは、その話知ってたの？」

「知ってたみたい」

「じゃあ、なんで言わなかったんだろう」

「おばあちゃんから口どめされてたんだって」

「なんで」

稔が心底怪訝そうに眉を寄せる。これが通常の感覚だと思う。

「私が図に乗ると思ったからじゃないかって、お母さんに言われたけど」

「図に乗る？　なんだそりゃ」

稔が顔をしかめた。

「相変わらず、酷いこと言うんだな。あの人は」

「でしょ」

「あの人と今更暮らすのも大変だよな」

他人事のように、父が言う。

「緊急事態宣言が出てなければ、うちにきてもらおうと思ってたんだ。明日花にご馳走したくて、かみさんが料理のレパートリー随分増やしたみたいだぞ」

「そう……」

「どうせ、お母さんは、あっさり系の決まり切ったものしか作らないんだろ？　あの人の料理、昔から味気なかったもんなぁ。それに比べると、うちのかみさんの料理はうまいぞ」

ディスプレイでにやける父の様子を眺めながら、むしろ緊急事態宣言が出てくれていてよかったと、明日花は若干白けた気分になった。

第一、〝かみさん〟とやらはもちろん、この父とて、明日花の好物がなにか知らないはずだ。

「明日花は、小さいときから苦労したよな」

ふいに、稔が真顔になる。

「誰がなんと言おうと、子どもには母親が必要なのに、お母さんは自分のことばっかりで、俺の話なんて全然聞く耳持たなくてさ。普通の母親なら、絶対にあんな真似(まね)はしないはずだよ」

自分の言葉に深く頷きながら、稔は続けた。

「だから、明日花にはいつでも気兼ねなく、俺たちのところへきてほしいと思ってるんだ」

父のもっともらしい態度に、明日花は段々耐えられなくなってくる。

「お父さん、ごめん。そろそろ、切るわ」

「え、もう?」

稔の顔に、戸惑いの色が浮かんだ。

「おばあちゃんの様子、見にいかないといけないから」

「そうか」

祖母のことを持ち出せば、父とて反論はできない。

「お母さん、今でも、ちゃんとおばあちゃんの面倒見てるのか」

しかし、次に稔は怪訝そうに尋ねてきた。

「見てるよ」

母は実家で開業するつもりなのではないか——。

以前、稔はそんなことを口にしていたが、今のところ、待子にそうした気配はほとんど見られない。

「おばあちゃんの流動食も、毎日、手作りしてるし」

もっとデイケアサービスを利用したほうがいいのではないかと心配になるほど、待子はスエにつきっきりになっている。一番大変なトイレの介助も、明日花の手を煩わせることはなかった。

そこに打算的な考えがあるようには、到底思えない。

明日花がありのままを話すと、稔は心底意外そうな顔になった。

「へえ……。今更、罪滅ぼしのつもりなのかね」

独り言のように放たれた言葉が、明日花の心の奥をざらりと撫でる。

〝罪滅ぼし〟とはどういうことか。母が自分を祖母に預けたことが、罪だとでも言うのだろうか。

でも、それじゃ、その罪の要因って、生まれてきた私じゃないか。

明日花は父に対し、本気で憤りを覚えた。

「じゃあね」

一方的に告げて、さっさとミーティングを退出する。

アプリを閉じ、肩で息をついた。呆気に取られたようにこちらを見返している父の残像が目蓋に焼きつき、思わず首を横に振る。

幼少期の明日花が祖父母に預けられたことは、父にとって、未だに母一人の責任になっている。子どもには母親が必要だと強調しながら、自分もまた〝親〟だったことには、まったく意識が及んでいないらしい。

幼い明日花を実母に投げた待子の選択を批判し、自らも被害者のような顔をして、その実、父は家庭そのものを投げ出した。恐らく無自覚のうちに。

どれだけ母の待子が苦手でも、そんな無神経な父と、その父の新しい伴侶に、両親面なんて絶対にされたくない。それこそ、今更、なんなのだ。

祖父母に預けられた自分がどんなふうに育ったのか、父は露ほども知らないし、知ろうともしなかった。結局、当時の父とて〝自分のことばっかり〟で、娘のことまで気が回らなかったのだろう。自分勝手なのは父も同じだ。

ふと、別館の廊下を歩きながら、どうしていつも、女ばかりが仕事と子どもの板挟みに脅かされなければいけないのだろうと、考えたことを思い出した。

確かに、それを回避したのが自分の母だ。

待子は己の仕事を最優先し、そのことが軋轢となって、父と離婚した。

母親なら普通は子どもを選ぶはずだと父は嘆き、明日花もまた、自分の母はよその家の母親とは違うのだと考えるようになった。

でも、私は泣かなかった。

明日花はノートパソコンをシャットダウンしながら、控え室でスマホに耳を当てていた里子の後ろ姿を思い出す。

〝やぁだぁ、ママじゃなきゃやぁだぁ……〟

電話口の幼い息子の声が、廊下にまで漏れ聞こえていた。

泣きじゃくる息子に、泣くな、頑張れと繰り返す里子の背中には、苦悩と疲労が色濃く滲んでいた。

だけど、私は、熱を出しても、お腹が痛くなっても、母に会いたいと泣いたことは、一度もない。

それはきっと、自分にとってはよいことだったのだろう。

たとえ母がいなくても、十二分に自分を愛してくれる人が傍にいた証拠だ。

しかし、母にとっては――？

いつしか、明日花の胸の奥に、これまで考えたことのない思いが浮かぶ。

板挟みになるのは、どちらに対しても心があるからだ。子どもから必要とされることは、本来、親としては嬉しいことのはずだ。だからこそ、里子は苦しんでいたのに違いない。

けれど、自分は違った。

〝ママじゃなきゃやだ〟どころか、〝ママじゃなくて結構〟だった。

それが母のせいなのか、自分のせいなのか、明日花にはよく分からない。

母の〝普通〟を疑うことしかしなかった父がなにかを感じたとは思えないが、しかし、母はどうだったのだろう。祖父母ばかりに懐き、まったく自分を求めようとしない娘を、心中どう思っていたのだろうか。

じっと考え込んでいると、ふいに自室の扉がノックされた。

「明日花」

当の母の声に、明日花は一瞬ぎくりとする。そろそろ、床ずれ防止のため、祖母の身体の位置を変える時間か。

ノートパソコンを閉じて、明日花はデスクを離れた。

「おばあちゃんの寝返り？」

扉をあけて問いかけると、待子は珍しく、戸惑うような表情を浮かべる。

「そうじゃないんだけど……」

母がぼそぼそと語り始めた内容を耳にした途端、明日花は部屋を飛び出した。

「ちょっと、明日花」

背後で母の声が響いたが、振り向く余裕がなかった。階段を駆け下り、祖母の介護用の部屋に飛び込む。

眼に入った光景に、明日花は大きく息を呑んだ。

リクライニングベッドにもたれた祖母のスエが、明日花が持ち帰った『少國民のひかり』のコピーを読んでいる。

いつものように、ただ、ぼんやりと眺めているのではない。その眼差しは、明らかに、胸元に置いたページの内容を追っていた。

祖母はほんの時折、急に意識がはっきりとすることがある。しかし、その回数は、年を追うごとに少なくなっていた。こんなにしっかりした面差しをしているのは、今年に入ってから初めてのことかもしれなかった。

「おばあちゃん」

明日花の呼びかけに、スエが視線を上げる。祖母の頬に、柔らかな笑みが浮かんだ。それだけで、明日花は涙が込み上げそうになる。やがて、明日花の背後に待子がやってきた。

「おばあちゃん、その雑誌、覚えてる？」

改めて問いかけると、スエが再びじっと誌面を見つめる。

「明日花、無理はさせないで」

待子が耳元で囁いた。

「おばあちゃん、その頃、文林館で働いていたんだよね？」

母に構わず、明日花は続ける。次に祖母の意識がいつはっきりするかは、誰にも分からない。

このチャンスを逃すわけにはいかないと思った。

「私、八十年史の入社者名簿でおばあちゃんの名前を見たんだよ」

少しでも祖母の反応を引き出したくて、明日花は懸命に語りかける。

「今度ね、文林館の元取締役の野山彬さんって人に会うんだよ。もしかしたら、おばあちゃんの文林館時代のことを知ってるかもしれないって」

「明日花っ」

待子がついに声をとがらせた。

「そんなに次々言ったら、おばあちゃんが——」

その叱責が途中で消える。ほんのわずかではあるが、スエが頷くように顎を引いたのだ。

久々のスエの反応に、明日花も待子も言葉を失う。

「覚えてる……全部……」

聞き取れないほどの小さな声で、しかし、スエは確かにそう呟いた。瞬間、細い肩がぶるっと震える。明日花と待子は呆然（ぼうぜん）と立ち尽くした。

スエの頬に、一筋の涙が伝っていた。

# 昭和 II

## 昭和二十年（一九四五年）

冬枯れた大銀杏の前で、鮫島スエはよく晴れた空を眺めた。一月にしては珍しく風もなく、陽光が温かい。総務の松永トメから少し長めの昼休みをもらい、この日、スエは神田明神の境内で人を待っていた。

このまま、春がくればいいのに。

寒さの本番はこれからと知りつつ、そう願わずにいられない。今や燃料不足で暖房設備がほとんど使えなくなっていた。銭湯も、三日に一度、営業すればいいほうだ。

昨今の銭湯は、入るのがはばかられるほどお湯が汚い。脱衣所の籠に、ノミやシラミが潜んでいることも少なくなかった。それでも、家風呂を沸かす燃料などどこにもないので、開湯日ともなれば、銭湯はいつも大混雑だった。

久しぶりに麗らかな日光を浴びながら、スエは背後の神田明神を振り返る。広い境内の向こうに、豪壮な屋根をいただく権現造りの本堂が鎮座していた。関東大震災のときに社殿を焼失して以降、最新技術、鉄骨鉄筋コンクリートを用いて再建されたのだそうだ。

初めて神田にやってきたとき、神田明神を一目拝んでみたいと心の片隅で考えたことを、スエは思い出した。市電の張り紙で文林館（ぶんりんかん）が臨時職員を募集していることを知り、勇んでこの街にやってきてから、ちょうど一年の歳月が流れていた。

一年の間に、様々な変化があった。

大抵は、心が塞ぐことばかりだ。あの頃から世の中は自粛運動が叫ばれ窮屈だったけれど。今思えば、まだまだ安逸なものがあったのだ。境内の坂道を、子どもたちが歓声をあげて走り回っていたことが脳裏に浮かぶ。

そんなにぎやかな声は、今やどこにも聞こえない。

昨年の秋より米軍の大型爆撃機Ｂ29による東京空襲が本格化し、ほとんどの子どもたちは地方へ疎開した。文林館の賄いのおばさんの子どもたちも、群馬の分校に集団疎開しているそうだ。灯火管制が強化され、東京の街は一層暗くなり、夜な夜な空襲警報が鳴り、スエもそのたびに飛び起きて、文林館の中庭に掘られた防空壕（ぼうくうごう）に避難しなければならなかった。

おかげで、寝不足でたまらない。こうして温かな日差しを浴びていると、立っていても目蓋が閉じてきそうだ。

本当に意識が飛びそうになり、スエは慌てて眼（め）をこする。そのとき、参道の坂を上ってくる人影が視界に入った。

「円（まどか）さん」

スエの呼びかけに、白坂（しらさか）円が顔を上げる。

「スエさん！」

円の表情がぱっと輝いた。

手を振りながら駆け寄ってくる断髪の円は相変わらずほっそりとしていて可憐（かれん）だが、身に着けているのはスエと同じく、綿入りのもんぺだった。垢抜(あかぬ)けたワンピース姿をよく覚えているだけに、スエの心に微(かす)かな寂しさが兆す。

「待たせてごめんなさい」

「ううん、私も今きたばっかり」

「お仕事は大丈夫？」

「ええ、ご心配なく」

休校で円が神保町(じんぼうちょう)の古書街にくると聞いて、トメに頼み込んで融通を利かせてもらっている。

ひとしきり再会を喜んだ後、二人で参拝に向かった。賽銭箱(さいせんばこ)になけなしの小銭を入れ、並んで柏手(かしわで)を打つ。朱塗りの柱が華麗な本堂に頭を下げ、暫(しば)し祈りを捧(ささ)げた。

祈るべきは、一日も早い日本の戦勝。そう分かっていても、掌(てのひら)を合わせていると、自然と頭に浮かんでくるのは、今夜一晩、空襲警報が鳴らず、防空壕に走らずに済むようにという、卑近なことばかりだった。とにかく、朝までぐっすりと眠りたい。

どうせあいつら、空をうろうろするだけで、なにもできない。

そんなことを言って、布団から出たがらない少年社員も多かったが、実際にあちこちで被害が起きているという記事を新聞で読むと、彼らをたたき起こさないわけにもいかなかった。

今のところ、文林館の界隈(かいわい)に大きな空襲の被害はないが、坂の下にある神保町は紙の街だ。よその町のように焼夷弾(しょういだん)など落とされたら、あっという間に火の手はここまで及ぶだろう。

「スエさん、お元気でしたか」

「ええ、円さんも」

「なによりです。最近は警報が酷(ひど)いですから」

「本当に」

お互いを労い、スエは円と並んで境内のベンチに腰を下ろす。円が手提げから小さな包みを取り出した。あけてみれば、一つかみの干し栗が入っている。

「まあ、干し栗」

スエは嬉しさを隠せなかった。配給がますます乏しくなり、お菓子の類はまったく手に入らなくなっていた。

「おばさまが送ってくださったんです」

信州に疎開した林有美子が秋に送ってくれたのを、大切に取っておいたのだという。早速、堅い栗を口に含めば、下顎にじんわりと自然な甘みが広がった。干し栗を飴玉のようにしゃぶりながら、スエは円と近況を報告し合った。

これまでにも何度か手紙を交換したり、たまに、一緒に神保町の貸し本屋を回ったりしていたが、ゆっくりと顔を合わせるのは久しぶりだ。

昨年の春、年老いた母と幼い養子を連れて信州の温泉町に疎開した有美子は、可愛がっていた円にもこちらへくるようにと、しきりに便りを送って寄こしていたそうだ。

「確かに、東京の空襲は増えましたけど」

円が冬枯れた大銀杏を見上げる。

「今は、一つでも多くの飛行機の部品を作り、お国のために尽くさなければいけないって、私も覚悟を決めています」

学校が軍需工場になることを嘆いていた円が、悲痛な面持ちで続けた。

「でないと、レイテ沖に散った特攻隊の皆さんに、申し訳なくて……」

昨年の十月、レイテ沖海戦で、五機の神風特攻隊が、初の特攻作戦を実行した。海軍省が「神風特攻隊に関する全軍布告」を発表し、日本放送協会は二日間に亘って特攻隊に関する特別番組を放送し、スエも文林館の食堂のラジオにかじりついてそれを聞いた。

一緒にラジオを聞いていた多くの臨時職員の女性たちは、感極まって涙を流していた。

〝そんなにまでしないと、勝てないなんて〟

ただ一人、いつも穏やかで優しい経理の静子が低い声でぼそりと呟き、賄い班の稲子たちから一斉に非難の眼差しを向けられていた。

臨時職員のまとめ役であるトメは、厳しい面差しのまま、なにも口にしようとしなかった。

この放送を聞いたとき、スエは真っ先に、文林館の次期社長である会田文則のことを思い出した。〝壮途〟と書かれた大きな垂れ幕を背に、一人黙々と盃を傾けていた文則の様子が目蓋の奥に浮かんだ。特別操縦見習士官として、昨年、陸軍宇都宮飛行学校に入隊した文則も、特攻隊員になるのだろうか。あんなに物静かで、虫も殺せないような大人しげな人が、爆弾を抱えて、敵に体当たりをするのだろうか。

飛行機乗りは、一番危険が大きい。ここの次期社長は、もう戻ってこないかもしれない。

賄いのおばさんたちの囁きが甦り、母親のアキのことを考えると胸が締めつけられた。

「でも、おばさまも、もうそんなことはおっしゃらなくなりました」

それは、有美子もまた、時勢を鑑みたという意味だろうか。

スエが疑問に思って次の言葉を待っていると、円は首を横に振った。

「いえ、おっしゃれなくなったんだと思います」

ふいに、円の瞳に不安の影が差す。

「これは、絶対に内緒にしていただきたいんですけど」

「はい」

真剣な様子にただならぬものを感じ取り、スエは円に身を近づけた。

「疎開先の講演会で、おばさまが信じられないことを口にしたという噂があるんです」

声を落として語られた内容は、驚くべきものだった。

漢口一番乗りを果たし、南方に従軍した後も、文芸銃後活動に勤しみ、国防婦人たちを大いに鼓舞し続けてきた有美子が、疎開先の温泉町の講演会で、

〝今は日本も、負けぶりのうまさを考えなければならないとき〟

と述べたのだという。

「負けぶりのうまさ?」

思わず声高に繰り返してしまい、円に「しっ」と指を立てられた。慌てて周囲を見回し、一層身を寄せ合う。

「それって、日本がこの戦争に負けるという意味ですか」

「恐らく」

「でも、どうしてそんなことを」

「私にも理解できません」

混乱したように、円が声を震わせた。

講演の内容を密告された有美子は警察に眼をつけられ、下落合の家に一人で暮らしている画家の夫のもとにまで、たびたび偵察が入っているらしい。

これらのことを両親が深夜にひそひそと話しているのを、円は偶然漏れ聞いたのだそうだ。

「以来、私のところへも、ぴたりと手紙がこなくなりました」

それは円を巻き込むまいとしての、有美子の配慮に違いない。

しかし、日本が負けるだなんて――。

改めて考えると、すうっと血の気が引きそうになる。

早く戦争が終わればいい、とこれまで何度も心に念じてきたけれど、日本が負けると考えたことは一度もない。然(しか)らば勝つと考えているのかと問われれば、はなはだ心許(こころもと)なくなるが、自分の頭の中に「日本が負ける」という概念がすっぽりと抜け落ちていることに、スエは初めて気がついた。

だって、日本が戦争に負けるなんてことが、あっていいはずがない。

それではなんのために自分たちは、数々の美しいものや、美味(おい)しいものや、楽しいものを、散々手放してきたのだろう。父が苦心惨憺(さんたん)して改良した花の種が焼かれ、母が手塩にかけて世話をしてきた花々が引き抜かれたのはなんのためか。

女専に入った優秀な円たちが、軍需工場に動員されるのはなんのためか。

若き特攻隊員たちが、命を散らしたのはなんのためか。

すべては、日本が戦争に負けないためだ。

夜中に空襲警報が鳴るのや、弟や見知った少年社員を兵隊にとられるのは嫌だが、戦争に負けるのだけは絶対に嫌だ。

そもそも、この戦争の義は我々にあり、それ故に日本は絶対に勝たなければならず、最後の最後まで泥をつかんででも戦い抜かねばならないと、散々スエたちを叱咤(しった)激励してきたのは、有美子たち著名な文士ではないか。

大ベストセラーとなった従軍記録文学で、進軍する日本軍を〝地上に溢れる酒のようでもあり、蜜のようでもある〟と称え、日本軍の頼もしさとこの戦争を〝女のアンデルゼンのように〟〝生涯語りつづける〟と綴った有美子が、今になってそれを打ち消すようなことを口にするなんて。

そんなこと、許されるわけがない。

考えれば考えるほど、足元が崩れ落ちていくような感覚に襲われ、憧れの有美子に対し、スエは自分でも驚くほどの強い怒りを覚えた。せっかく口の中で柔らかくなった干し栗を吐き出し、散々に踏みにじってしまいたい。

「ごめんなさい」

円の思い詰めた声が耳元に響き、スエはハッと我に返った。見れば、今にも泣き出しそうな顔をしている。

「こんなこと、女専の級友にはとても話せません。でも、誰かに聞いてほしくて……」

「いいえ」

即座に首を横に振った。

深夜に漏れ聞こえた噂話を、円は今までたった一人で抱え込んでいたのだろう。その心持ちを慮った瞬間、スエは自分の中に突然込み上げた、火のような怒りの正体をはたと悟った。

これは恐怖だ。

激しく憤っていないと、怖くて、怖くて、耐えられない。

「日本が負けるものですか」

思わず口走っていた。

「もちろんです」

円が強く頷く。

「おばさまは、きっとどうかしてたんです。でなければ、根も葉もない流言です」

激しく首を振った後、円はふと口をつぐんだ。

それからしばらく、スエは円と二人、ベンチに座ってぼんやりとしていた。足元を、数羽の痩せた土鳩がよちよちと歩いている。気づかぬうちにこぼれた干し栗の粉を、狙っているのかもしれなかった。

最近、土鳩の数がめっきり減った。空襲のせいかもしれないし、肉の配給がほとんどなくなったせいで、誰かがこっそり取って食べているのかも分からない。

〝そんなにまでしないと、勝てないなんて〟

どこかで静子の低い声が響いた気がして、スエは耳を塞ぎたくなる。怖いものは、聞きたくない。見たくない。知りたくない。空襲やB29はもちろん恐ろしいけれど、有美子や静子やトメのような教養のある大人の女性たちの絶望的な様子は、もっと怖い。

そのとき、傍らの円がふっと微かな笑みを漏らした。

「私、初めてお会いしたときから、いつもスエさんに、不安な話ばかり聞いてもらってますね」

その言葉に、スエはぱっと顔を上げた。

「円さん、続きを持ってきてくれましたか」

勢い込んで尋ねると、円の頰がさっと赤く染まる。

「最近は工場の仕事が忙しくて、あんまり進んでないんですけれど……」

円が手提げから、藁半紙の束を取り出した。スエは勇んでそれを受け取る。

そうだ。話だ。

不安な話ばかりではない。以前、円に貸してもらったオールコットの『四人姉妹』は、すこぶる面白かった。美しい長女、男勝りの次女、内気だけれど心根の優しい三女、おしゃまな四女。個性豊かな姉妹が生き生きとしていて、敵性文学であることも忘れて、あっという間に物語の中に引きずり込まれた。

一緒に貸し本屋を回ったときに薦められたリルケの詩集も、なんとも言えず美しくて、とても気に入った。

そして現在、円が執筆中の女学生たちの話に、スエは夢中になっている。

まだタイトルのついていない小説は、円の女専での毎日をモデルにしたものなのだろう。かつて文林館の学年誌についていた「學（まな）びマーク」同様、女学生たちの日々は、スエの遠い憧れだ。

「じゃあ、私は散歩してますから」

さすがに眼の前で読まれるのは恥ずかしいらしく、円がベンチから立ち上がる。後で読んでもいいのだが、返送の郵便代のことを考えると、今ここで読んでしまうのが一番だ。

円には悪いが、スエは早速、藁半紙の束を広げた。

夢一杯で女専に入学した女学生たちは、いつしか戦争の波の中、学校内に設置された軍需工場で働くようになる。そこで、これまでとは違った人間関係が現れる。成績優秀だった人が精彩をなくしたり、そうでもなかった人が、急に目立ち始めたりする。

円の筆致は本人に似て優しく読みやすいが、極めて率直で、ときにびっくりするほど鋭くもなった。

特に、一人、T子という非常に意地の悪い女生徒が登場する。彼女は指導役の工女をバカにし、まともに仕事を覚えようとしない。大人しい級友に面倒な仕事を押しつけ、楽をすることばかり考えている。そのくせ、教官のご機嫌取りだけは欠かさない。

なんて嫌な人だろうと思いつつ、T子が登場すると、スエは一層物語に引き込まれた。なぜだか、印象に残って仕方がないのだ。

今回も、重労働を課せられた日に、彼女は仮病を使って自分だけ実家に帰る。そして、円自身がモデルと思われる優等生の主人公が、今では粗暴な工女にこき使われているのをせせら笑いながら、母が用意してくれたトコロテンを食べている。

その姿が、眼に見えるようだった。

ちょうど最後のページを読み終えた頃、円がベンチに戻ってきた。

「……どうでしたか」

「面白いです！」

不安げな声を遮るように、スエは即答する。その途端、円の頬にしみじみと安堵の色が広がった。

「でも、円さん、不思議なものですね」

隣に腰かけた円に、スエは藁半紙の束を返す。

「T子さんって本当に嫌な人で、彼女が出てくるたび、すごく苛々するんですけど、なぜかT子さんの話をもっと読みたい気がするんです」

スエが言うと、円は「ああ」と頷いた。

「実は、私もT子さんのモデルになった人のことは、正直、とても苦手なんです。でも、小説で書いていると、彼女の気持ちが段々分かるようにも思えてくるんです」

よく晴れた空を見つめながら、自分自身に囁くように、円が呟く。

「あの人の意地の悪さも、狡賢さも、図々しさも、全部、私自身の中にあるのかもしれません」

その言葉に、スエもはたと思い当たった。スエがT子に覚えたのも、ひょっとすると、共感だったのかも分からない。

つらい仕事をさぼりたい、自分だけが得をしたい、誰かをバカにしたり嘲ったりしたいという欲望は、恐らく、どの人の中にもある。そして円の筆致は、決してそれを否定していなかった。だから、T子がどこか身近に、ともすれば魅力的にすら感じられる。

苦手な級友を完全な悪人として描かないところに、円の創作に対する誠実さをスエは感じ取った。思えば、オールコットの『四人姉妹』に登場する姉妹たちだって、決して善人ばかりではなかった。長女は享楽的なところがあるし、次女は癇癪持ちの強情で、三女は内気が過ぎるし、四女は甘ったれで我儘だ。こうしたことを、すべて包み隠さず描けるところに、真実味と面白さが宿る。

藁半紙に書かれた最後の部分を読んだとき、スエは自分でも思いがけず、T子と一緒になって主人公を嘲笑いながら、トコロテンを啜っていた。

「円さんは、間違いなく、日本のオールコットになれますね」

思ったままを口にすると、円が耳の先まで真っ赤になる。

「また、お上手ばっかり！　スエさんにはかないません」

怒ったような口調でそう言うなり、円は藁半紙を手提げの奥にしまい込んだ。照れ隠しの様子に、スエは思わず噴き出す。

円は最初はふくれていたが、やがて、つられて笑い出した。

陽だまりのベンチで友と一緒に笑っていると、気持ちまでが晴れ晴れとしてくる。しかし、その晴天に、ふと一点の黒い染みが浮かんだ。

小説を書く人は、皆、心に誠実な鏡を持っているように、スエには思われる。

林有美子の自伝的小説を徹夜で読みふけったときも、その包み隠さぬ率直さに、スエは打たれた。自分が色を塗ったセルロイドのキュウピーさんを一つごまかして家の棚に飾ってみたり、さんまを載せたご飯をむしゃりと頰張り、世の中はまんざらでもないと思い直したりする有美子に、いたく共感した。そこには紛れもなく、これまで気づくことのなかったスエ自身の姿も映っていた。

有美子の磨き抜かれた心の鏡に、果たして今は、なにが映っているのだろう。

〝負けぶり〟という恐ろしい言葉が甦りそうになり、スエは慌てて、むくむくと広がり始めた黒い染みを追い払う。

「ねえ、円さん。この小説が完成したら、文林館の編集長に、読んでもらってはどうでしょう」

気を取り直し、スエはそう提案してみた。

「え……」

途端に円の顔に戸惑いの色が浮かんだ。

「これは、まだ習作ですし」

「でも、とても面白いですよ」

「こんな大変な世の中で、女学生の毎日なんかを読みたい人がいるんでしょうか」

円は懐疑的だが、こんな時期だからこそ、こういう日常の小説が必要なのだとスエは感じる。

主人公の女学生が、仲よしの級友と「食べたいもの」を言い合う場面で、スエはよだれが出そうになった。

おはぎ、五目寿司、お赤飯、親子丼、あんみつ、磯辺焼き、天丼、鮪のお刺身、栗きんとん……。

何度も読み返すうちに、よだれだけではなく、涙が出てきた。

女専に通う優秀な女学生も、自分と同じようなことを考えているのだと、心のどこかで安堵した。

八紘一宇とか、一億総勢火の玉とか繰り返されるより、よっぽど説得力がある。

「後悔しないようにするのが一番ですよ」

スエは、アキからの受け売りを口にした。

「そうですね……。考えてみます」

慎重に答え、円が立ち上がる。

「でも、その前に、ちゃんと完成させないといけませんね」

「ええ、楽しみにしてます」

頷きながら、スエも立ち上がった。そろそろ、文林館に帰らなければいけない時刻だった。

「スエさん、どうかお元気で」

「円さんも」

別れるのは寂しかったが、今後も円の原稿を一番に読めると思うと、スエは嬉しかった。

坂下の古書街に向かう円を途中まで見送ってから、スエは文林館に戻ってきた。

編集部には、『良い子のひかり』『少國民のひかり』『青少年のひかり』の正月号が、山となって積まれている。どの雑誌も、特集は「神風特別攻撃隊」に関する内容だった。

『少國民のひかり』では、「神鷲」というタイトルで、敵に体当たりした特攻隊員の少年時代を物語にしていた。表紙の標語は、〝たいあたりで　勝ちぬこう〟。

「堀野編集長」

スエは、原稿を読んでいる編集長の堀野に背後から声をかけた。

「んん？」

耳に鉛筆を挟んだ堀野が、原稿に眼を落としたまま、上の空の声をあげる。

「もっと普通の物語が読みたいです」

「はあ？」

「大東亜戦争のことばかりじゃなくて、もっと、心が安らぐような、楽しい物語を読みたいです。今度、私の友人が書いた小説を持ってきますから、掲載を検討してください」

「あのねぇ」

堀野が不機嫌そうに、スエを振り返った。

「鮫島君。君は、今がどういう情勢なのか……」

「賛成」

そのとき、堀野編集長の言葉を遮るように声がした。算盤(そろばん)をはじくついでに、静子が手を挙げている。

「これじゃ、若い人たちに、死ににいけって言ってるようなものじゃない」

一直線に珠(たま)を払い、

「なんなのよ、〝たいあたりで勝ちぬこう〟って」

と、腹立たしげに静子は独りごちた。

「そんなこと言ったって、君たちねぇ」

助け舟を求めるように、堀野が向かいのデスクに座っているトメを見やる。

だがトメは、この日も口元をぎゅっと引き締めたまま、なにも言おうとしなかった。

その日は、朝から強い北風が吹いていた。

三月とは思えない寒さで、ラジオの天気予報によれば、五十年ぶりの寒波がやってきているとのことだった。

スエは堀野編集長と一緒に少年社員たちの夜の点呼を取り終えると、二階の住み込み部屋に戻ってきた。

「お帰り、スエちゃん。今夜は冷えるねぇ」

灯火管制用の黒い布で覆われた電球の下、毛布にくるまった同室の稲子が声をかけてくる。

「暖房はないし、銭湯はずっと休みだし、今年はいつまでたっても暖かくならないし、空襲警報はうるさいし、本当に嫌になっちゃう。もう、故郷に帰ろうかな」

「でも、お故郷はもっと寒いんでしょう？」

スエが言うと、稲子は大きく溜め息をついた。

「そうなんだよねぇ」

稲子は、新潟の豪雪地帯の出身だ。冬になると、数メートルの雪が積もるという。

「今も多分、家も田んぼも雪に埋まったまんまだよ。考えただけで憂鬱になる」

「イネちゃん、明日から連休じゃない。元気出してよ」

稲子を慰めながら、薄明かりの中、スエは自分の布団を敷いた。明日、三月十日は陸軍記念日の休日で、その翌日の日曜と合わせ、久々の連休になる。円に手紙でも書こうかと、スエは寝具を整えつつ考えた。

神田明神で円と別れてから、二か月近くが経つ。この間に敵機の来襲が一気に増え、先月二十五日のお昼過ぎに、神田一帯でも比較的大きな空襲があった。米軍の大型爆撃機B29の周囲が振動するような不気味な羽音を、この日、スエは初めて聞いた。

火災予防のための建築物強制疎開が始まり、文林館の紙倉庫が取り壊されることになった。もう十万部を超す大量発行はできないと堀野は嘆いていたが、それでもなんとか発行を続けるため、アキや支配人が奔走しているようだった。

少年社員も半数近くが故郷へ帰り、いつしか点呼も寂しくなった。なにかとスエに絡んでいた十銭はげの少年も、出身地の長崎へと帰っていった。

今では誰も枕投げなどしないし、作業中に唄ったり、騒いだりもしない。

一抹の喪失感を覚えていると、稲子が身を乗り出してきた。

「ねえ、スエちゃん。陸軍記念日に合わせて、敵が大空襲してくるって本当かな」

「悪い噂でしょう?」

先月のB29の来襲は恐ろしかったが、ここ数日、空襲警報は鳴っていない。

「編集部員の人たちが言ってたんだよ。信憑性、高くない?」

「どうかな」

スエは首を傾げる。

「そう言えばさ、最近、松永のおばさん、なんだか大人しいよね。前はしょっちゅう、報国、報国、言ってたのに」

稲子の言葉に、スエはふと、昨年の文則の壮行会でのトメの様子を思い出した。

〝そんなに簡単な話じゃないわね……〟

誰に言うともなく呟きながら、トメはお銚子を載せた盆を手に、来賓のテーブルに向かっていった。

あれ以来、トメはめっきり口数が少なくなった気がする。

「まあ、がみがみ言われなくなっただけ、ましか」

再び布団に潜り込み、稲子がスエに背を向けた。

「じゃあ、スエちゃん、お休みね」

「うん、イネちゃんお休み」

枕元に、避難用の防空頭巾と靴を置き、スエは黒い布の巻かれた電球の明かりを落とす。布団の中に入っても、しんしんと寒さが忍び寄ってきた。この頃になると、いつでも防空壕に走っていけるように、着の身着のままで眠るようになっていたが、綿入りの服を着ていても、一向に身体が温まらない。手足が氷のように冷たく、スエはなかなか眠ることができなかった。

でも、イネちゃんの故郷は、きっと、もっと寒いんだ……。

雪に埋もれた藁ぶき屋根の家を想像しながら、スエは蠅のように手足を擦り合わせた。

やがて、とろとろとした眠りがようやく訪れたとき——。

凄まじい爆音が表から聞こえてきて、スエは飛び起きた。がらがらと、なにかが崩れ落ちる音がする。

「スエちゃん！」

暗闇の中、稲子が悲鳴のような声をあげた。

「きたんだ！　本当に、大空襲がきたんだよ！」

瞬間、ざあっという驟雨のような音と共に閃光が走り、暗い部屋の中が真昼の如く明るくなる。

とっさにスエは布団から這い出し、枕元の防空頭巾をかぶり、靴を履いた。

「イネちゃん、急ごう」

泣きじゃくっている稲子の手を取り、スエは駆け出す。部屋の扉をあけ放って階段を下りると、鉄兜をかぶった堀野編集長が拡声器を持って「退避、退避」と叫んでいた。少年社員たちがばたばたと表へ向かって走っていく。

「君たちも、早く防空壕へ」

堀野が言い終わらぬうちに、再び、凄まじい爆音が轟いた。食堂からばりばりと硝子の割れる音がする。食堂のラジオはつけっぱなしになっているはずなのに、空襲警報の発令は聞こえなかった。それどころか、毎晩のようにうるさかったサイレンも、今夜に限ってどこからも聞こえない。

気がついたときには、大空襲が既に始まっていた。

スエたちは堀野について、懸命に中庭の防空壕へ向かった。表へ出ると、東の空が真っ赤になっている。空を染めているのは、めらめらと燃え盛る炎だ。赤黒い炎が夜空を照らし、もくもくと硝煙を吐いている。

あまりの息苦しさに、スエも稲子もえずいた。

「ほら、これを持って」

堀野が玄関先から火たたきを持ってきた。

ごうごうと風が吹きすさび、硝子の破片や、トタン板が空（くう）を飛んでいる。通りを大勢の人たちが、リヤカーに小さな子どもや家財を乗せて走っていくのが見えた。皆、神田明神へ向かっているようだった。

「あの様子じゃ、下町のほうは火の海だ。コンクリートは燃えないと言われてるが、この風じゃ、ここも明神さんもどうなるか分からないぞ」

鉄兜を押さえながら、堀野が声を絞り出す。

「とにかく、防空壕へ入ろう」

スエも稲子も、歯を食いしばって頷いた。ところが、元から強く吹いていた北風に加え、火事による暴風が凄まじく、なかなか前に進めない。

そのとき、夜空に無数の閃光が走った。火花のようにも、光の雨のようにも見えた。そして、建物と建物の間にそれが現れた。

大地を鈍く震動させて、巨大な怪鳥が、翼を広げて飛んでいく。

米軍の大型爆撃機Ｂ29を、スエは初めて間近に見た。赤黒い炎を照り返す不気味な巨体が、町全体に覆いかぶさるように、ゆっくりと上空を滑っていく。

なんと大きく、なんと恐ろしいのだろう。

スエの眼に、それはもう、この世のものとは映らなかった。地獄の底からやってきた、禍々しい化け物だ。

ざあっと音がして、光の雨が降る。

次の瞬間、スエも稲子も堀野も暴風に煽られてうずくまった。額や頬や手の甲が、焼けつくように熱い。

「きゃあっ」

稲子がスエを指さして悲鳴をあげる。見返し、スエもぎょっとした。稲子の顔中に、おびただしい赤い斑点がついている。風圧で、火の粉が張りついているのだ。

「たたけ！　たたけ！」

堀野が自らを火たたきでたたきながら絶叫した。

我に返ると、スエも全身火の粉だらけだ。光の雨はずっと遠くに落ちたのに、暴風が無数の火を運んでいる。発疹のように張りついた火の粉が、ちりちりと肌を焼く。

防空頭巾や服についた火の粉が発火したら、おしまいだ。

スエと稲子は、泣きながらお互いをたたき合った。

「水をかぶって、一気に走るぞ」

堀野について防火用水槽にいくと、表面に薄い氷が張っていた。堀野がそれをたたき割り、容赦なくスエと稲子に浴びせる。頭から氷水をかぶり、熱さと寒さで、スエは意識が飛びそうだった。

「走れ！」

中庭の防空壕までの道のりを、こんなに遠く感じたことはない。

地面のあちこちを火が走り、あっという間に燃え広がる。火の粉と硝子の破片をはらんだ暴風が吹き荒れ、前が見えない。嫌な臭いが立ち込め、喉が詰まる。

スエは稲子と手を取り合い、必死になって堀野の後を追った。

ようやく防空壕にたどり着いたときは、全身から力が抜けて、暗い地面にへなへなと座り込んだ。稲子がぐったりと寄りかかってくる。

「この防空壕は入り口をコンクリートで固めているから、なんとか持ちこたえられるはずだ。いや、持ちこたえてもらわなければ困る」

鉄兜を脱ぎながら、自身に言い聞かせるように堀野が呟いた。

文林館の中庭に掘られた防空壕は、比較的大きなものだった。それでも、住み込み社員が全員入ると、立錐（りっすい）の余地もなく、息苦しい。

闇の中、堀野が少年社員たちの点呼を取り始め、ようやくスエも意識がはっきりとしてくる。幸いなことに、住み込みの社員は誰も逃げ遅れていなかった。

防空壕の中は、汗と黴（かび）が入り混じったような、すえた臭いがこもっている。氷水をかぶった身体が冷え、やがてスエはがたがたと震え出した。蒸し暑いのに寒く、顔や手に負った火傷（やけど）がひりひりと痛む。

むき出しの地面の上で、据え置きのラジオが小さな音をたてていた。ラジオは今頃になって空襲警報を出している。

時折地響きが轟き、なにかが割れるような音が聞こえた。しばらくの間、誰もが恐怖で黙りこくっていた。

「編集長、神風はいつ吹くんですか」

やがてたまりかねたように、一人の少年社員が声をあげる。

「日本は神の国だから、神風が吹いて、米英を薙ぎ払うんですよね。それは、今このときじゃないでしょうか」

堀野が答えられずにいると、

「バカッ」

と、もう一人の少年社員の怒鳴り声が響いた。

「神風は、神鷲となった俺たちが吹かすんだっ」

神鷲――それは、特攻隊のことだ。

途端に、「そうだ、そうだ」「俺たちが神風を吹かすんだ」と声が続く。恐怖に代わって、周囲に異様な熱気が立ち込めていった。

半ば失神している稲子を支えながら、スエもふつふつと心に怒りをたぎらせる。

B29が光の雨のように撒き散らす焼夷弾は、ものを破壊する爆弾とは違う。それは、只々下界に火をつけ、家や人を燃やすためのものだという。

米英は軍事施設ではなく、初めから市井の人たちを標的にしているのだ。家財と一緒にリヤカーに乗せられた、小さな子どもの姿が脳裏をよぎる。

敵は、本当に私たちを根こそぎ焼き尽くそうとしている。

なんという非道。なんという残虐。それこそ、鬼畜の所業ではないか。

「今に見てろ、神鷲となって、あいつら全員たたき潰してやるっ」

少年社員たちの気勢に、スエもいつしか同調した。特攻なんて忌まわしいと思っていたけれど、神風を吹かして残虐な敵を薙ぎ払うために、自分も覚悟を引き受けなければいけない。たとえ己が命をなげうったとしても、絶対に絶対に、この戦争に勝たなければならない。〝負けぶり〟など、考えてなるものか。

異様な興奮状態の中、スエたちは暗がりで眼をぎらぎらと輝かせていたが、爆音が遠ざかるにつれて疲労に負け、折り重なるようにして眠りに落ちた。

気がついたのは、堀野が防空壕の扉をあけたときだ。

表に出ると、空が白々と明けていた。周囲にはまだ硝煙が立ち込め、鼻が曲がるような嫌な臭いが漂っている。暴風であちこちの硝子窓が割れていたが、文林館の社屋は無事だった。

通りの向こうのビルが焼け落ちて、真っ白な富士山の姿が大きく見える。意外なことに、〝紙の街〟である坂下の古書街は、ほとんど火事の被害を受けていなかった。風向きが幸いしたらしかった。

あちこちに落ちている硝子の破片や、壊れたトタン屋根を避けながら、スエたちは堀野に引率されて文林館の社屋に戻った。窓のない食堂では、ラジオが一人で鳴り続けていた。

放送によれば、昨夜零時過ぎから始まった空襲で、下町が壊滅状態に陥っているらしい。ラジオを聴きながら、昨夜、東の空が赤黒く染まっていたことを、スエはぼんやり思い返した。

午後になると、家を焼け出された人たちが、三々五々文林館に集まってきた。その中には、通いの賄いのおばさんの姿もあった。下町の長屋の貸し間に住んでいると言っていたおばさんのもんぺが焼け焦げ、火脹れた腿がむき出しになっていることに、スエは胸を衝かれる。

スエと稲子の顔を見るなり、おばさんは膝を折って泣き崩れた。火の海の中、総武線のガード下に向かって避難しているうちに、息子とはぐれてしまったのだという。群馬の分校に集団疎開していたおばさんの息子は、受験のために一時帰宅していたそうだ。

陸軍記念日の休日前に帰京させ、休日を家族と一緒に過ごさせようとした学校側の配慮が、却って仇になってしまったのだ。「防空法」を守るために長屋に残った夫も、行方が分からないという。

「防空法なんて、放っておけって言ったのに……！」

煤煙で黒く汚れた顔を覆い、おばさんはむせび泣いた。防空法は四年前の改正で国民に初期消火の義務を課していた。おばさんの夫は、律儀にそれを守ったらしい。

話を聞くうちに、スエも稲子も涙をこらえることができなくなった。泣きながら、きっと二人とも生きている、必ず見つかると、おばさんを慰めることしかできなかった。

それからしばらくすると、アキがトメや静子たちとやってきて、炊き出しを始めた。食堂のガスはとっくに使えなくなっていたので、トメが薪を焚いて煮炊きの準備を進める。途中から、スエと稲子も手伝いに加わった。

牛込にあるアキの自宅もまた全焼していたことをスエが知ったのは、それから数日後のことだった。

三月十日未明の大空襲では、約三百機の大型爆撃機Ｂ29が東京を襲い、わずか数時間で約二十七万の家屋を焼き払い、百万人以上の罹災者を生んだ。この空襲で、少なくとも八万人以上の人々が命を失ったという。

それから十一日後の三月二十一日。更に衝撃的なニュースがスエたちを襲った。

硫黄島陥落。

この第一報を、スエは文林館の食堂のラジオから流れる正午のニュースで耳にした。硫黄島は、東京に帰属する小笠原諸島の島だ。B29だけではない。米軍が、ついに目と鼻の先までやってきた。まだ直接眼にしたことのない米英の兵士たちの悪辣な様子を想像すると、スエは恐ろしさのあまり震え上がった。

この日より、「本土決戦」という言葉が新聞やラジオで盛んに叫ばれるようになり、翌四月、大本営は米軍の沖縄上陸を発表した。沖縄には、「ひめゆり学徒隊」と呼ばれる、自分と同世代の女学生たちによる隊が結成されたという。

もう、自分たちを護ってくれる防波堤はない。事実、四月から五月にかけて、ときには五百機を超えるB29の大編隊が、幾度となく東京上空に来襲するようになった。

五月十九日には、スエの故郷、館山でも大規模な空襲があった。幸い家族は全員無事だったが、もはや日本中に安心な場所はどこにもないのだと、スエは改めて悟らされた。

自分たちを焼き尽くそうとする敵は憎い。

しかし、これだけ度重なる空襲を受けても、防空活動はすべて国民任せで、政府はなんの手立ても打とうとはしなかった。それどころか、「一死報国の戦士たちに報いよ」と、ますます国民を煽り立てた。特攻や玉砕をした兵士たちへの哀惜の念は尽きることがない。けれど、大本営がその悲愴を利用していることに、スエたちも薄々気づき始めていた。

五月下旬の空襲は特に凄まじく、宮城までが全焼した。それでも三月の空襲に比べて死傷者が減ったのは、疎開が進んだせいもあるが、それ以上に、政府が押しつけてくる防空法を、誰も守らなくなったせいかもしれなかった。焼夷弾による火災が、バケツリレーなどで消しとめられるものではないことを、既に人々は十二分に知っていたのだ。

この頃になると、文林館にも、出征した社員たちの訃報が頻繁に届くようになった。激戦地に赴いていた特派員の消息が途絶えることもあった。堀野編集長をはじめ、古株の編集部員たちは、そのたびに悲嘆に暮れた。彼らの欠員補充として文林館へやってきた臨時職員のスエたちにも、堀野たちの深い悲しみは伝播した。

三月の大空襲で行方不明になった、賄い係のおばさんの家族も、未だに消息がつかめない。

牛込の自宅を失ったアキは、支配人と編集長の堀野に文林館の業務を託し、三人の娘たちを連れて故郷の岡山へと疎開した。

建築物強制疎開で紙倉庫を手放した文林館は、アキから全権を任された支配人の指示で、群馬県前橋市に文林館の出張所を開設し、なんとか雑誌の刊行を続けようと尽力していた。

以前から、『良い子のひかり』も『少國民のひかり』も、表紙を含めてざら紙の一色刷りで、内容も三十ページほどの薄い小冊子になり果てていたが、この状況でも、学年誌の発刊にこだわる支配人や堀野の出版人としての矜持に、スエは胸を打たれずにはいられなかった。

この薄い冊子が、どれほど子どもたちの支えになっているだろう。

けれど、そうした出版努力も長くは続かなかった。雑誌を載せた貨物列車が空襲を受け、東京へたどり着けないことも多く、徐々に文林館は開店休業のような状態に陥っていった。

〝神鷲になる〟と防空壕で叫んでいた少年社員たちの多くは郷里へ戻され、空いた部屋は、空襲で焼け出された社員たちが利用するようになった。

時折、岡山のアキから食糧が届き、スエは稲子たち賄い班と一緒に、日々の食事を作った。いつしか文林館は、出版社というより、罹災した社員たちの避難所のような様相を呈していった。

そのうち、残っていた少年社員たちは、そろって少年航空兵募集に応じて、文林館を去っていった。彼らは本当に神鷲になるのだと、スエは思った。いずれは郷里の弟も、彼らの後を追うだろう。夏が近づくにつれ、スエの心に少しずつ変化が起きた。

防空壕の中で、敵を滅して絶対にこの戦争に勝つと誓った強い憤りに代わり、暗い諦観のようなものが、じわじわと全身を覆い始めている。

同盟国のドイツが降伏し、沖縄のひめゆり学徒隊の多くの女生徒が、敵に投降を迫られ自決した。今や日本は、一人で世界を相手に戦い続けている。最早、頼れるものはなにもない。

家族が行方不明のままのおばさんも、もう子どもや夫を探そうとはしなくなった。円から手紙や小説の続きが届くこともない。

多くの人々と同様に、スエもまた、本土決戦はやむなしと考えるようになっていた。

だが八月に入ると、一層不穏なニュースが周囲を駆け巡った。

六日、広島に新型爆弾が落ちたという。

新型爆弾とは、一体、なんなのか。

大本営の発表は、〝詳細目下調査中なり〟というものだった。やがて新聞の一面に〝人道を無視する惨虐な新爆弾〟という記事が載った。

「広島が、相当まずいことになっているらしい」

新聞を読みながら堀野が眉間にしわを寄せていたが、それがどんな状況なのか、スエにはまったく想像ができなかった。

しかし、広島から三日後に、同じ新型爆弾が今度は長崎に投下されたと聞き、スエは足がすくんだようになった。

長崎――。あの十銭はげの少年社員の実家がある場所だ。

堀野があちこちに電話をかけて安否を確認しようとしていたものの、まともな情報はなに一つ得られないようだった。

新型爆弾が、都市を丸ごと壊滅させてしまうほどの凄まじい破壊力を持った原子爆弾であることが新聞に発表されたのは、八月十一日のことだ。そこには、広島と長崎の惨状が詳しく伝えられていた。辺り一面が焼け野原になり、爆心地では、人も、建物も、一瞬にして真っ黒に焼け焦げたという。新聞の記事を眼で追いながら、スエは長らく震えをとめることができなかった。

折しも、二日前にはソ連が日ソ中立条約を破棄して満州に侵攻し、日本に宣戦布告してきた。「湖畔の宿」の替え歌を唄っていた少年社員の声が耳の奥に甦り、苦しくてたまらなかった。文字通り、世界中が日本の敵となった。

ちょうどその頃、神田の街に伝単(でんたん)が降った。東京の上空に現れたグラマンが、銃撃ついでに撒き散らしていったのだ。

伝単とは、敵国の民間人に降伏を勧告するビラだ。たとえ伝単を拾っても、決して読むことなく憲兵や警察に提出することが、政府より義務づけられている。だが、初老の編集部員は、それをこっそりと文林館に持ち帰った。

〝日本国民に告ぐ！〟と、大きく筆書きされた伝単には、原子爆弾の威力と、〝もし諸君らが無益な戦争をこのまま長引かせるなら〟〝我々は引き続き、この爆弾を都市に投下し続ける〟という宣言が明記されていた。

堀野を中心に、スエたち臨時職員もまんじりと伝単を眺めた。

無差別殺人を堂々と表明する敵は、真に恥知らずの人でなしだ。

激しい憤りを覚えるのと同時に、まったく別の思いが、スエの胸に去来する。それは、敵には既に、本土決戦の必要がないということだった。わざわざ日本本土に乗り込むことなく、彼らは上空で原子爆弾を破裂させるだけで、都市を丸々壊滅させることができる。

「今、仁科博士が同じ研究を進めている。日本で新型爆弾が誕生するのも時間の問題だ」

堀野が呟くように言ったが、誰もそれに応えようとはしなかった。

もう、充分だ。これ以上、耐えられない。

その思いを言葉にする術を、誰もが失ってしまっている状態だった。

そして、それから四日後、八月十五日がやってきた。

その日は雲一つなく晴れ渡り、朝からミンミンゼミとアブラゼミが盛大に鳴いていた。午後から重大発表があるという報せがあり、文林館に残っている社員や臨時職員一同が、食堂のラジオの前に集められた。

顎に伝ってくる汗をぬぐい、スエはそっと周囲の様子を窺う。

堀野編集長の傍らに、黒いもんぺ姿のトメと、髪をひっつめにした静子が壁を背にして立っていた。支配人は少し前から、岡山のアキのところへいっている。漏れ聞こえたところによると、会田家の個人経営だった文林館を、株式会社として、改めて設立登記する手続きを行っているらしい。次期社長の文則が帰ってこないときのことを、支配人やアキが本気で考え始めているのではないかと、古参の編集部員たちが噂していた。

この先は、誰もが今まで以上に覚悟をしていかなければならないのだと、スエも心に鞭を打つ。

スエの近くでは、賄い班のおばさん二人と稲子が、うるさそうに蠅を追っていた。

食堂の硝子窓は割れたままで、所々段ボールが張られている。風はそよとも吹かないのに、その隙間から、蠅や蚊があきれるほど入ってくるのだ。

栄養失調もあるのだろうが、最近では一度蚊に食われると、なかなか治らない。あちこちに斑点の浮いた腕を無意識のうちに掻(か)きむしれば、薄い皮膚がすぐに破けて血が滲(にじ)んだ。

やがて正午の時報が鳴り、堀野がラジオのボリュームを上げた。

元々雑音がうるさいが、その日は特に酷かった。ぴーぴーがーがーとうなるラジオの音声の中に、途切れ途切れに男性の声が響いてきた。

それは、生まれて初めて耳にする、天皇陛下の声だった。

しんと静まり返った食堂に、雑音まじりの〝玉音(ぎょくおん)〟が響く。しかし、文語調で語られる内容は、スエにはあまりよく分からなかった。

〝堪(た)え難きを堪え、忍び難きを忍び〟

という言葉が耳に入ったとき、それでも最後まで聖戦を続行せよと、陛下は我々を激励しているのだと、スエは思い込んだ。

だから臨時放送が終わった途端、堀野の口からこぼれた言葉に、心底ぽかんとしてしまった。

「負けた……」

堀野編集長はそう呟いたのだ。

「どういうこと？」

同じく放送を理解できなかったらしい稲子が、スエの垢じみたシャツの袖をつかんでくる。

「我々は、戦争に負けたんだ。敗戦だ」

繰り返し、堀野ががっくりと項垂(うなだ)れた。

戦争に負けた？　敗戦？

稲子に袖を引かれたまま、スエは呆然と立ち尽くす。思ってもみなかった事態に、とても頭が追いついていかない。

大日本帝国が戦争に敗れるなんて、そんなことがあるわけがない。あっていいはずがない。

それでは、サイパンやアッツ島の玉砕は、レイテ沖の特攻隊の散華は、ひめゆり学徒隊の自決は、一体なんのためだったのか。

彼ら彼女たちが一途に信じた勝利は、一体どこへいくのか。

第一に、我々の国は、神の国ではなかったのか。

聖戦の義は我が国にあり、我々は最後の最後まで、泥をつかんででも戦い抜かねばならないのではなかったのか。

なにより、堀野たちが作っていた雑誌が、そう全国の子どもたちを諭し続けてきたのではないか。

〝銃後も戦場〟〝君こそ次の若獅子だ〟〝大空へ続け〟〝たいあたりで勝ちぬこう〟

誌面には、どれだけの標語が躍っていたことだろう。

それを、今更「敗戦」だと告げられて、簡単に納得できるわけがない。

猛烈な憤慨に駆られると同時に、頭の中に、もう一つの冷めた思いがよぎる。本当は戦争の続行が不可能であることを、誰もが感じ取っていたのではないか。本土決戦以前に、原爆の破裂一つで、都市が壊滅してしまうと知ったときから。

否、本当は、もっとずっと以前から。

〝今は日本も、負けぶりのうまさを考えなければならないとき〟

円から聞いた有美子の言葉が甦り、スエは思わず瞠目する。

「ふざけるなっ」

そのとき、静まり返っていた食堂に大声が響き渡った。

賄いのおばさんの一人が、堀野に向かって手拭いを投げつけていた。

「うちの子は、お前たちが作った雑誌にそそのかされて、疎開先から戻ってきたんだ。お前たちが書き立てた少年兵士に憧れて、兵学校に入るための受験だったんだ」

汚れた手拭いを顔に受けたまま、堀野は無言で微動だにしない。

「ふざけるな、ふざけるな！」

三月の大空襲で息子と夫を失ったおばさんが、わなわなと震え出す。

「あんな雑誌を読ませなければ、受験なんてすることもなかったんだ。疎開先にいれば、あの子は火の海に呑(の)まれることもなかったんだ」

顔を覆ってむせび泣くおばさんを、もう一人のおばさんが支えた。

「あんたも、よくもそう平然としていられるね」

おばさんの指先が、堀野の隣のトメに突きつけられる。

「報国、報国って、どの口が言えたんだ。あんたたちは、どうやってその責任を取るつもりなのさ」

トメの蒼褪(あおざ)めた顔には、なんの表情も浮かんでいない。それが、一層、おばさんたちを苛立たせたようだった。

「黙ってないで、なんとか言いなよ。戦争中に散々大きな顔をしたあんたたちは、どうやってその責任を取るのかって聞いてるんだよ」

いつしか矛先が、堀野より、トメに突きつけられる。

「ちょっと、落ち着いてください」

トメの傍らの静子が、一歩前へ出た。

「つらいお気持ちは分かりますが、あなたたちだって、文林館の臨時職員じゃないですか。それに、報国や少年兵を称えたのは、なにも文林館の雑誌だけではありません。すべての雑誌が大政翼賛会の……」

「黙れっ」

おばさんたちが声を荒らげる。

「あんたたちみたいな、自分の子どもを犠牲にしていないインテリ女に、あたしらの気持ちが分かるものか。学のあるあんたたちが作ってきた記事に、あたしたちはずっと踊らされてきたんだ」

二人の息子を兵隊にしたから、勝ち。戦車隊に入れる男の子がいるから、勝ち。

かつてそう言い合っていたおばさんが、今は怒りと悲しみに身を震わせていた。いたたまれず、スエも稲子も顔をうつむける。

「ここの女社長さんだって同じだ。自分の息子を特攻隊にやったからって、大勢の親や子どもを焚きつけてきた代わりにには、到底なりやしないでしょうよ」

ダンッ!

大きな音が、おばさんの罵声を遮った。

ハッとして顔を上げると、トメが拳を壁に打ちつけていた。

再び食堂が静まり返る。皆が口をつぐむと、表から、セミたちの鳴き声が盛んに聞こえてきた。ミンミンゼミとアブラゼミの大合唱の中に、時折ツクツクボウシの声が交じる。

つくづく惜しい、つくづく惜しいと、晩夏蟬のツクツクボウシが、暑い夏の終わりを告げ始めた。

「うっ……」

トメの唇から、微かなうめき声が漏れる。

「うわぁあああああっ」

天を仰ぎ、突如、トメが叫んだ。

食堂にいる全員が、呆気（あっけ）に取られる。長身のトメが、滂沱（ぼうだ）の涙を流し、まるで子どものように激しく泣きじゃくっていた。

その様子を眺めているうちに、スエの喉がひくっと震える。

「あぁあああああーっ」

気づくと、スエの口からも声があふれ出ていた。押し殺していたすべての思いが、身体の底から込み上げてくる。

耐えていたこと、眼を逸（そ）らしていたこと、認めたくなかったこと、信じたくなかったこと――。

それらすべてが、たった今、現実になってしまったのだ。

本当は知っていた。日本がこの戦争に勝てないこと。自分たちの努力のなにもかもが、すべて無駄だったこと。

日本は負けた。

悪夢ではない。これは事実だ。

眼の前が霞（かす）み、ぼたぼたと涙が床に散っていく。スエはその場にしゃがみ込み、両手で顔を覆ってむせび泣いた。背中に稲子がしがみついてくる。

やがて、さざ波のように、食堂中にすすり泣きが広がっていった。

堀野も古株の編集部員たちも膝をつき、歯を食いしばり、汗とも涙ともつかないものを流している。

それ以上、誰も一言も発することができなかった。

館山の駅を降りると、既に十月に入ったというのに、まだセミが鳴いていた。

懐かしい故郷の空気を、スエは胸一杯に吸い込む。ここから房総の海は見えないが、わずかに潮の香が交じっていた。

一人で上京してから、四年近い歳月が過ぎた。その間、郷里へ帰ったのは数えるほどしかない。四年足らずの間に、信じられないくらいたくさんのことが起きた。思えば、自分が東京へ出てきたのは、日米が開戦した翌年だった。親戚の伝を頼って入った下町の洋裁店で、カーキ色の国民服を何枚も仕立てた。洋裁店が企業整備に追い込まれると、無鉄砲にも、単身で文林館に乗り込んだ。そして、そうとは知らず、創業者夫人のアキに背中を押されて文林館に入社し、堀野編集長やトメや静子に導かれ、少年社員たちや同室の稲子と助け合い、トメの計らいで憧れの林有美子の屋敷に原稿を取りにいき、女専に通う優秀な学生の円と親交を結んだ。

長く、つらく苦しい歳月だったはずなのに、振り返れば、あっという間の出来事のように感じられる。

敗戦から一月半後の九月三十日、会田家の個人経営だった文林館は、正式に解散することになった。全社員が一旦退職し、スエたち臨時職員にも退職金が支払われた。

スエたちが支配人から受け取った退職金は、すべて、会田家の個人資産から捻出されたと聞く。創業者一族である支配人とアキの尽力によるものだった。

出征後、北海道の航空隊で特攻訓練を受けていた会田文則は、からくも出撃を免れ、終戦を迎えた。現在は、岡山から戻ってきたアキと共に、かつてスエや少年社員たちの宿舎だった文林館の二階に寝泊まりしながら、既に設立登録が完了している「株式会社文林館」の再起に奔走しているそうだ。

二十歳になった文則は、周囲から〝特攻帰りの新社長〟と呼ばれているらしかった。

ぴーひょろろ、と澄んだ声が響く。

見上げると、秋晴れの蒼天に、敵機に代わり、鳶が大きく円を描いていた。

山間の我が家を目指し、スエは歩き始めた。房総の港のほうには進駐軍がいるという噂だったが、ケヤキやナラに包まれた森は爆撃の跡もなく、子どもの頃に遊んだときのままだ。こうして鳥の鳴き声を聞きながら歩いていると、悪い夢を見ていたように思えてくる。

スエが終戦を実感したのは、玉音放送を聞いてから五日後のことだった。灯火管制が解除され、街に明かりが灯っていたのだ。配給の長蛇の列に並び、やっとのことでしなびた菜っ葉を手に入れ、疲れ切って文林館に帰ってくる途中だった。薄闇の中、点々と灯る街明かりを眼にしたとき、自然と双眸に涙が浮かんだ。

高い建物が瓦解した空襲跡に、小さな街明かりを星屑のように抱く灰褐色の空が、茫々と広がっていた。

敗戦直後に感じた、どうしようもない喪失感や無力感は、段々に薄れていった。空襲や新型爆弾の恐怖からは解放されたが、次にスエたちを襲ったのは、物資不足と、凄まじいインフレだった。配給はますます滞り、九月に入ると、あちこちの駅前に闇市が立つようになった。そこでは、鉄兜を使った鍋が、飛ぶように売れていた。毎日、生きていくだけで精一杯で、次第にほかのことを考えている余裕がなくなった。

文林館の解散が決まった折、郷里の母から手紙がきた。都内の食糧不足を知った母は、そろそろ戻ってきてはどうかと切り出してくれていた。これからは、供出ではなく、戦前と同じように農業が行える。延いては人手が必要だとも。

東京から電車に乗って、千葉や埼玉に野菜や芋の買い出しに出る人が急増していることはスエも知っていたので、素直に母の申し出に応じることにした。どの道、焼け跡だらけの東京では、住み込みで働ける場所など、到底見つかりそうにない。特に都心は大変な住宅難で、「空いているのは腹と米びつ、空いてないのは乗り物と住宅」という言葉が流行していた。

山道を登っていくうちに、ふと、スエの心に暗い影が差す。

大東亜戦争が激化した東京での生活を悪い夢だったように思えるのは、自分がこうして帰れる場所を持ち、待ってくれている家族を一人も失っていないからだ。

房総へ向かう列車に乗るとき、スエは上野駅の構内で、家と家族を亡くしたたくさんの子どもたちの悲惨な姿を見た。疎開先から帰ってきたものの、東京大空襲で親と帰る場所を失った子どもたちは、痩せた身体に異臭を放つ襤褸を纏い、眼だけをぎらぎらと光らせていた。まるで、野獣の群れのようだった。

恐ろしくて視線を逸らしてしまったことが、スエの心の奥に、重く引っかかっていた。

彼らの悪夢は、今も現実という形で続いている。

夫と息子を亡くした賄いのおばさんも、すっかり人相が変わってしまった。長崎に帰った少年社員の消息もまた、未だにつかめない。

日本の無条件降伏をもって大東亜戦争はようやく終わったけれど、これからどれだけの年月が過ぎても、残された傷痕が完全に癒えることは決してないだろう。

いつの間にかうつむいて歩いていたスエは、微かな声に気づき、ハッと顔を上げる。

遠方に、野良仕事の作業着を着た母の姿が見えた。

途中まで迎えにきてくれた母に、スエは夢中で手を振った。互いに駆け寄り、しっかりと抱き合う。

「こんなに痩せて……」

栄養失調気味のスエを労(いた)わる母も、ひっつめにした髪が随分白くなっていた。

手に手を取って山道を登りながら、スエは母から村の近況を聞いた。八月の末にアメリカの先遣隊が館山に上陸し、港で拉致暴行が横行し、生きた心地がしなかったこと。九月から一週間、夜間外出が禁じられたこと。今はようやく治安が落ち着いてきたことなど、スエも初めて聞くことばかりだった。

スエが子どもの頃、文林館の学年誌を貸してくれていた優しい従兄(にい)さんは武漢(ぶかん)で終戦を迎えたそうだが、復員の目途が立っていないことも。

「早く帰国できるといいんだけどねぇ」

母の話を聞きながら、多くの人にとって、まだ戦争は終わっていないのだと、スエは改めて悟らされた。

やがて、懐かしい我が家が見えてきた。花畑だった斜面はすっかりただの畑になっていたが、配給ではなかなかお目にかかれない新鮮な南瓜(かぼちゃ)や茄子(なす)が実っていた。

そこで父と一緒に働いている人の姿に、スエは大きく眼を見張る。しばらく会わないうちに、幼かった孝蔵(こうぞう)が、見違えるほど逞(たくま)しい少年に成長していた。

今日帰ってくるスエのために、父と弟は、たくさんの里芋を掘り出してくれていた。

その晩、スエは久しぶりに、具のたっぷり入った味噌(みそ)鍋を食べた。食糧不足の都会では、滅多に食べられないご馳走(ちそう)だった。

夜が更けた頃、父と母が納屋から麻の袋を持ち出してきた。中から出てきたものに、スエは驚く。

それは花の種だった。

父が苦心惨憺の末に改良した花の種がすべて焼却されてしまう前に、母がこっそり山奥の洞(ほら)に隠していたのだそうだ。

アラセイトウ、ヒナゲシ、キンギョソウ、菜の花……。

この秋に蒔(ま)けば、来年の春には、再びたくさんの花が咲く。

もう一度、斜面に花畑を甦らせるのだと、父も力を取り戻したように語った。今は花より食糧かもしれないけれど、来年には、人の心を慰める美しい花々が、きっと必要になるはずだと。

父の話を聞くうちに、スエは涙がとめられなくなっていた。

戦中、半ば自棄(やけ)になっていた父が昔のやる気を取り戻していることにも、いずれやってくる未来を信じて種を護っていた母の強さにも、深く胸を打たれた。

このとき、スエは心を決めた。

戦争が残した傷痕が消えることは、決してない。

ならば、自分はそこに供える花を作ろう。傷ついた心を慰める美しい色とりどりの花々を、両親や弟と一緒に精一杯育てよう。

翌日、スエは斜面の一角に、母と並んで種を蒔いた。兵学校に入るために疎開先から戻ってきていた賄いのおばさんの息子や、防空法を守ろうとして炎に巻かれた旦那さんや、長崎で行方不明になった少年社員を思い、武漢の従兄(にい)さんが一日も早く帰国できることを祈り、一粒一粒、土の上に丁寧に置いていった。

それから数週間後、スエに一通の郵便物が届いた。封筒には、「株式会社文林館」と、トメの達筆な文字がしたためられていた。

中に入っていたのは、『良い子のひかり』の九月・十月合併号と、『少國民のひかり』の十月・十一月合併号だった。

表紙は本文と同じくざら紙の一色刷りで、薄く、貧しい体裁の本だったが、それは株式会社となった新生文林館の戦後最初の発行雑誌だった。特にたった十六ページの『良い子のひかり』の印刷納品日は、八月の二十四日。敗戦から、わずか九日後の納品だ。

恐らく、元々準備のあった原稿から戦時色の強いものを抜いて編集したのだろうが、なんとしてでも学年誌の刊行を続けようとする文林館編集陣の強い意志に、スエは改めて心打たれる思いがした。

添えられていたトメからの書簡によると、文林館は現在、新社長の文則の下、退職した社員への復職を呼びかけているという。支配人や堀野は既に元の職に復帰し、トメと静子も復職に応じたそうだ。今では総務の係長となったトメは、スエにも復職を打診してきていた。

今度は、社員として受け入れる用意があるとのことだった。

ありがたい話ではあったけれど、スエはそれを断ることにした。憧れの文林館で一時働けたことは、この先もスエの宝物になるだろう。

だが、これからの自分は、家族と一緒に、ここで花を作ろうと思っている。

それはきっと、人の心を喜びや楽しさで満たす、本や雑誌を作るのと同じことだろう。

終戦から文林館解散までの約一か月半の間に、スエは堀野やトメから様々な話を聞いた。日米開戦に向かう中、深刻な紙不足に陥り、多くの雑誌や書籍が発禁となった。その状況を回避するためには、進んで国策に協力するほか、出版社の存続の方法はなかったのだそうだ。特に、内閣情報局より、「時局認識が不足している」と、文林館は名指しの批判を受けていた。軍部の厳しい非難をはねのけるため、文林館の学年誌は、より一層、子どもたちへ〝国民精神〟を訴える方向に舵を切っていった。

〝鮫島君から、戦争と関係のない物語を読みたいと言われたときは、耳が痛かったよ〟

そう言って、堀野編集長は苦笑した。

〝とはいえ、僕らが児童向けの雑誌に「死してのち生きる」というような記事を載せていたことは、言い訳のしようがない〟

視線を落とした堀野の頬には、賄い班のおばさんから汚れた手拭いをぶつけられたときと同じ、苦渋の色が滲んでいた。

大きなうねりに、個人は逆らえない。

この話を聞いたとき、スエはそう思った。しかし、そのうねりを生んだのは誰だろう。

スエもまた、知らず知らずのうちにうねりの中に取り込まれていた。時折〝国民精神〟を疑うことはあっても、〝神風〟は信じていた。日本が戦争に負けるわけがないと、本気で思い込んでいた。

怖いものは見たくなかった。不安なものからは眼を逸らしていたかった。

自分の頭で考えることを放棄して、大きなうねりに身を任せてしまったほうが、楽な部分も多かったのだ。

逆らえない弱い個人を取り込んで、うねりはますます大きく強くなっていったのだろう。

でも、これからはきっと違う。

ようやく戦争が終わった今、軍部の介入も言論統制もなくなり、本や雑誌もまた、色とりどりの美しい花々を咲かせていくに違いない。

負けずに、自分も人の心を癒す花を育てたい。

それこそが、うねりから解放された今、スエが己の頭と心でしっかりと考えて決めたことだった。長い時間をかけて、スエは丁重に辞退の手紙を書いた。これからは、読者として文林館の出版物と向き合っていきたいと、かつて学年誌を手本に復習した綴り方でしたためた。

スエの手紙に対するトメからの返信はなかったが、年末、再び『少國民のひかり』の正月号が館山の家に届いた。

表紙をめくり、スエはハッと息を呑む。

林有美子の新連載が始まっていた。連載小説は、主人公の父親が、復員するところから始まる。母親の「戦争ってきらいね」というシンプルな言葉が、スエの眼に焼きついた。「そんな事をひとにいうとしかられますよ」とこぼした主人公に、母親は涙ぐみながら訴える。

「健ちゃんは、いい子になって下さいね。人にも自分にもうそをいわない、正直な、いい人になって下さいね。——健ちゃんは戦争が好きなの?」

これは〝ペン部隊〟として、かつて戦争を賛美した自分自身へのアンチテーゼでもあるのだろうか。

日本軍の進軍を「地上に溢れる酒や蜜」と称え、その後、「日本も、負けぶりのうまさを考えなければならない」と前言を翻す発言をした有美子。

その有美子の磨き抜かれた心の鏡が、新たな時代を映し始めていることを、スエは静かに感じ取った。

# 令和三年　夏

表からミンミンゼミの鳴き声が聞こえる。七月も下旬となり、毎日、うだるような暑さが続いていた。

給湯室でコーヒーを淹れると、市橋明日花は隣接の休憩スペースに向かった。これまでは自分のデスクで仕事をしながら飲むことが多かったが、年代物の学年誌を扱う「学年誌創刊百年企画チーム」では、飲み物を企画室に持ち込むことは厳禁だ。明日花もその習わしがすっかり身についている。

窓際のテーブル席に着き、コーヒーの入った紙コップを片手に手帖を開いた。メモに眼を走らせながら、スマホをテーブルの上に置く。周囲に人がいないのを確かめてから、マスクを外した。

新型コロナウイルスの感染者は、毎日のように最多を更新し、今では東京の感染者数が四千人を超えるまでになっている。最後の最後まで開催の是否が問われていた東京オリンピックは、結局、四回目の緊急事態宣言の最中に、無観客で行われることとなった。

無観客、か……。

コーヒーを一口啜り、明日花は頬杖をつく。客席が空っぽの巨大な競技場で競技が行われているることを考えると、全力を尽くしている選手たちには申し訳ないが、どうしても白けた気分になってしまう。

先週末行われた開会式も、直前に音楽制作担当者やショーディレクターが降板したせいか、どことなくまとまりが悪いように思われた。

土壇場の降板劇は、どちらも、過去の差別的な発言や言動が要因だった。追及された内容に関しては、明日花も許容できるものではないと感じたが、それらが過去においては公に出版や上演されていたことを考えると、一抹のきまり悪さを覚えずにはいられなかった。

時代背景によって是非が変わるという状況は、現在、明日花がファイルをまとめている、戦中の学年誌の変遷を彷彿とさせる。

教科書に名前が載るような著名な文豪たちが、こぞって子どもたちを戦争や労働に駆り立てる随筆や詩や小説を書いているのを読むと、明日花は複雑な気分になった。中国は愚民、米英は鬼畜と、それこそ凄まじい差別と偏見が堂々と主張されている。加えて、神話や伝説を巧妙に用い、「日本が世界万国の祖である」という思想を、幼いうちからたたき込もうとしているのが不気味だ。

手帖に書き留めた項目を、明日花は見直した。

終戦後の九月末、個人経営の文林館は一旦解散し、株式会社として営業を再開する。そして、秋の合併号を皮切りに、『良い子のひかり』『少國民のひかり』『青少年のひかり』の三誌の発売にこぎつけた。戦後の混乱や紙不足を鑑みると、この発行には相当の苦労と困難が伴ったと想像される。

だが、これまで「五年、十年、百年も」大東亜戦争を戦い抜けと、子どもたちを叱咤激励していた雑誌の誌面は、たいした説明もなく、びっくりするほどあっさりと、これまでの主張を翻していた。

『青少年のひかり』九月・十月合併号の巻頭には、「いさぎよく出直そう」というタイトルが掲げられ、『少國民のひかり』十月・十一月合併号には、新しい明るい文化を開くことが、今の子どもと大人たちの仕事だというようなことが、母から疎開先に暮らす娘に宛てた書簡の形を借りて、優しく穏やかな口調で綴られていた。

『良い子のひかり』十一月・十二月合併号に至っては、これまで散々「鬼畜」呼ばわりしてきた米兵を、「タクサンキマシタ　アメリカヘイ　ミンナイイ人　コドモズキ」と大歓迎している。

特攻隊員を「神鷲」と称えていた終戦間近の号と、なんという違いだろう。

時代の纏う風潮の不確かさを突きつけられた気がして、明日花は暗くやりきれない気持ちになった。

苦いコーヒーを飲みながら、ぼんやりセミの声を聞いていると、テーブルの上のスマホが震えた。

手に取ってみれば、日本選手が柔道でメダルを獲得したというニュースサイトからの速報だった。少し心が躍ったけれど、今はニュースの詳細を読むのはやめておく。代わりに時刻を確認した。約束の時間まで、あと三十分ほどだ。

この日、神田錦町の学士会館で、チーム長の徳永と一緒に、元文林館の取締役、野山彬にロングインタビューを行う予定になっている。

顔の広い野山なら、明日花の祖母の文林館時代について、なにか知っているかもしれないというのが、徳永の弁だった。二度のワクチン接種を終えた野山は、対面インタビューに快く応じてくれているという。

ゴールデンウイーク後に、祖母のスエと、母の待子も新型コロナウイルス予防のワクチンを接種した。母は二度目の接種時に少し熱が出たようだが、九十四歳になる祖母に、目立った副反応は見られなかった。

〝覚えてる……全部……〟

祖母の微かな呟きが甦り、明日花はハッと眼を見張る。

あの日、祖母のスエは、明日花が持ち帰った『少國民のひかり』のコピーを確かに読んでいた。

そして、明日花の呼びかけに小さく答えた後、頬に一筋の涙を伝わせた。

あれ以来、祖母は再び恍惚とした状態に戻ってしまったが、明日花は今に至るまで、流された涙を忘れることができなかった。

ひょっとすると、祖母は本当は心の奥底で、すべてを分かっているのかもしれない。

ただ、それを表に出せなくなっているだけで。

できることなら、もう一度、祖母の言葉を聞いてみたい。祖母は、文林館でどんな仕事をしていたのか。そして、なぜ文林館で働いていたことを、孫である自分に伝えようとしなかったのか。

〝あなたが文林館を受けるって聞いたとき、おばあちゃんから、あなたには言うなって口どめされたの〟

母の冷たい声が耳の奥に響く。

待子はたいして意味のないことだと決めつけていたが、明日花には、そんなふうには思えなかった。国策に協力していた時期の雑誌に関わっていたことを告げたくなかったのか、それとも、ほかになにか理由があったのか。

目蓋を閉じて考え込んでいると、ふいに背後から声をかけられた。

「市橋さん」

「わ！」

明日花は仰天して眼をあける。

「ごめん。また、驚かせちゃったかな」

同期の誉田康介が、申し訳なさそうに眉を八の字にしていた。

「ううん、全然。ちょっと考え事してただけだから」

「コーヒー淹れてたら、市橋さんがいるのが見えたから、きてみたんだけど。お邪魔だったかな」

「そんなことないよ」

慌ててマスクをつけながら、明日花は康介に向かいの椅子を勧める。

「じゃあ、遠慮なく」

テーブルに着くなり、康介はマスク越しに大きな溜め息を一つついた。『学びの一年生』編集部の康介は、日頃、小学生の読者モデルと身近に接することが多いせいか、社内であまり暗い顔を見せることはないのだが、この日は珍しく疲れを隠せていなかった。

「どうしたの。なにかあった？」

「いや、今回、小学生記者による、オリンピックの見学企画があったんだけど、全部、キャンセルになっちゃって」

「ああ……」

そう言えば、直前まで、小学生記者の招待枠を設けるか否かで、都の担当者を含めて大揉めに揉めていたことを、明日花も思い出した。

「東京でオリンピックが開催されるなんて、なかなかあることじゃないから、小学生記者に選ばれてた子の中には、ものすごいショックを受けてる子もいてね」

康介が項垂れる。

「親御さんからも、〝子どもがずっと泣いてる〟って訴えられると、つらくてさ」

「でも、それを編集部に言われてもねぇ」

「まあ、企画したのは俺だから……」

人のいい康介のことだ。小学生記者と保護者の嘆きを、真っ正面から受けとめているのだろう。

「なんか、いろいろ残念だよね、東京オリンピック」

つられて明日花も溜め息をつく。

「メダルは、獲れたみたいだけどね」

マスクを顎までずらし、康介は椅子にもたれてずるずるとコーヒーを啜った。

「ワクチン接種もやっと軌道に乗ってきたんだから、もう少し延期することってできなかったのかな」

明日花は単純な疑問を口にした。重症化のリスクが高い高齢者や中高年のワクチン接種はほぼ一段落し、今後は明日花たちの世代も順次それに続くことになる。

「ただでさえ一年延びてるから、これ以上延ばすと、選手にとってはきついんだろうな」

椅子にもたれたまま、康介は上体を反らして伸びをした。その様子を眺めながら、明日花は切り出してみる。

「話は変わるけど、この間、ありがとね」

「え？　なんだっけ」

本当に分からないというように、康介が首を傾げた。

「会議で加勢してくれたじゃない」

先日、学年誌児童出版局で、「学年誌創刊百年企画」に関するリモート会議が行われた。来年の文林館の創立記念日より、上野のギャラリーで展示会が開催されることを、広報担当の明日花から全員に報告した。

その際、企画書を提示したところ、案の定、あちこちから反論が起きた。

学年誌の付録史や特撮や漫画の展示については概ね好評だったものの、明日花が担当している戦中の記録に関しては、「せっかくの百年企画に、なぜ今更、そんな暗い歴史を持ち出すのか」という疑問の声が大半を占めた。

コロナ禍でただでさえ閉塞感があるのだから、重い話題はやめたほうがいいという方向に大方の意見が流れそうになったとき、康介が手を挙げた。

戦争関連の展示は、小学生たちの夏休みの自由研究の課題になるのではないかと、康介は提案した。延いては、読者から選抜した小学生記者たちによる見学ページを、『学びの一年生』の誌面で大きく特集してみたいとも。付録や特撮や漫画の展示コーナーは絶対に楽しいけれど、学年誌で過去の歴史を学ぶことも大切だと、康介は熱心に語った。

『学びの一年生』の主力編集者である康介の発言は、会議の流れを引き戻す力があった。

「正直、助かった。ありがとう」

明日花は素直に頭を下げる。

事実、明日花と、徳永をはじめとするチームのメンバーだけでは、できてしまった流れを変えることは難しかっただろう。チーム長の徳永やムック担当の井上と迫崎は、こつこつと資料を集めたり、緻密に編集したりするのには向いていても、大勢の前で説得力のあるプレゼンをするのを得意とするタイプではない。肝心の広報担当の明日花自身も、この日は頭に血が上りがちだった。

それまでチームに丸投げで、メールの返信さえしようとしなかった非協力的なオジサンたちが、いざ企画がまとまってくると、急にあれこれ口出ししてくることに、腹の虫が収まらなかった。康介が挙手してくれなければ、もっと悪い方向へ、流れを向かわせてしまっていたかもしれない。

「いや、本当に、いい企画展になるんじゃないかなって思ったから」

照れたように言ってから、康介はじっと明日花を見返した。

「な、なに？」

あまりにまじまじと見つめられて、今度は明日花が照れ臭くなる。

「市橋さん、変わったよね」

「そうかな」

「このフロアにきたばかりの頃は、やらされ感、だだ漏れだったけど」

「あー……」

案の定、ばればれだったらしい。

「やっぱり、おばあさんのことが分かったから？」

「それもあるけど」

明日花はもごもごと口ごもった。

祖母のスエの名前が八十年史の入社者名簿の中にあったことは、康介にも話していたが、それ以前に、明日花が考えを改めたのは、当の康介の話を聞いてからだった。

少し前のベストセラーのように、置かれた場所でなんとやらと諭されたら、絶対に反発していたと思うけれど、本意でなかったはずの仕事の中にも、しっかりと自分の興味を見出していたる康介のことが、単純に羨ましかったのだ。

〝学年別の学習雑誌って、実は世界中探しても、日本にしかないんだ〟

そう得意げに告げてきた康介の中に、ぶれや妥協は一切なかった。

「やってみたら、結構興味が湧いたんだよ」

明日花はあのときの康介の口調を真似てみる。

「成程ねー」

分かっているのかいないのか、康介はふんふんと頷いた。

その無頓着な横顔に、こういう人を本気で好きになると結構大変そうだなと、明日花は一瞬だけ考えた。

「この間、俺もちらっと市橋さんがクラウドに上げてるファイルを見させてもらったけど、正直、衝撃的だよね。小学生の読み物の見出しが〝死してのち生きる〟だし、付録は『ニッポンバンザイカルタ』と『銃後少國民訓双六』だし」

康介の言葉に明日花は頷く。

「本当、怖いよね」

今では信じられない話だが、当時はそれが常識だったのだ。

「あの時代は、教科書からして、〝ニッポンヨイクニキヨイクニ　セカイニヒトツノカミノクニ〟だもの」

「きついなぁ」

「でもね、戦後になると、いきなりの掌返しで、今度は〝アメリカヘイ　ミンナイイ人〟になるの」

「うーん……」

「当時の子どもたちは、これをどうやって受けとめてたんだろう。もちろん、文林館に限った話じゃないだろうけど、戦後すぐの『青少年のひかり』の編集後記には、〝聖戦の美名に隠された過去の醜態の数々に、今こそ曇りなき清い眼を注ぎ〟って書いてある。これまで〝聖戦の美名〟

を散々掲載してきたのは、一体どこの誰だよって話」

明日花が手帖のメモを読み上げると、康介は眉根をぎゅっと寄せて難しい顔をした。

「『青少年のひかり』って、中学生向けだっけ」

「そう。私が十四、五歳のときに、こんな掌返しを読まされたら、絶対、なにもかもが信じられなくなっちゃう」

「確かに」

康介が難しい顔のままで腕を組む。

「やっぱり、現役『学びの一年生』編集者として、そういうことは知っておくべきなんだろうね。父方のじいちゃんが八十五歳でまだ元気なんだけど、今度、俺もちゃんと当時の話を聞いてみなくちゃいけないな。じいちゃんが学年誌を読んでたかどうかはともかく、戦後はちょうど、小学生だったわけだし」

自分たちの祖父母が子どもだった時代――。そう考えると、戦争は、それほど昔のことではない。

「私も、おばあちゃんにいろんなこと聞いてみたいんだけど、もう、ちょっと無理みたい」

明日花の口調に寂しさが滲んだ。

「じいちゃんだって、いつまで元気でいてくれるか分からないからな。戦争の話を直接聞ける人も、どんどん減ってるよね」

近いようでいて、やはり遠い。刻まなければ、薄れてしまう。

それが、自分たちの世代にとっての太平洋戦争なのかもしれない。

「いい企画展にする」

気づくと、明日花はそう口にしていた。

「今度こそ、小学生記者たちにもしっかり取材させてもらわないとね」

康介が相槌を打つ。

二人で同時にコーヒーを飲み干した。

「そろそろいかなくちゃ」

紙コップをダストボックスに放りながら、立ち上がる。

「今日って、ＯＢの取材だっけ」

「そう」

「元取締役の野山彬さんでしょう？　野山さんっていったら、学年誌黄金時代の生き証人みたいな人だよね。いいなぁ、どんな編集者人生だったのか、俺も聞いてみたい」

「一緒にくる？」

「いや、今日は俺は、諸々フォローの仕事が残ってるから」

嘆息まじりに、康介も立ち上がった。

「じゃあ、今度は前もってちゃんと誘うようにする。野山さんには、今後も色々と協力してもらうことになるって、徳永さんが言ってたから」

「そのときは、ぜひ、参加させてもらうよ」

気持ちを切り替えたように、康介が破顔する。

「じゃあ、また」

休憩室から出ていく康介を見送り、明日花は手帖とスマホを携えて、エレベーターホールに向かった。

エレベーターに乗り込むと、鼓動が速まってくるのを感じる。胸に手を当てて、明日花は軽く深呼吸した。

気持ちが落ち着くと、今度はなんとも不思議な気分に囚われる。

もし自分が〝チーム〟にくることなく、『ブリリアント』の編集を続けていたら、祖母がかつて文林館に在籍していたことも知らず、元取締役のロングインタビューに立ち会うことなど恐らくなかっただろう。

そう考えると、〝チーム〟に配属されたことすら、偶然ではなかった気がしてくる。

しかし、焦ってはいけない。

野山の文林館入社は、高度経済成長真っ盛りの一九六七年だと聞いている。祖母が文林館で働いていた時期とは、二十年以上の開きがある。どんなに顔が広い文化人といえども、祖母との接点があるとは限らない。

今日はあくまで、学年誌創刊百年企画のための取材だ。

折を見て、祖母のことを聞いてみようと徳永は言ってくれていたけれど、なにも手掛かりがつかめない場合だってあるだろう。

そう自らに言い聞かせつつ、明日花はエレベーターを降りた。

文林館から十五分ほど坂を下り、飲食店や書店が並ぶ石畳の通りを抜けて左に曲がったところに、学士会館はある。東大、京大等の、旧帝国大学系の出身者を主な会員とする社団法人によって運営されている施設だ。

明日花は神保町の交差点を曲がり、チョコレート色のレンガタイルに包まれた瀟洒な洋館風の建物を目指した。国の有形文化財にも登録されているネオロマネスク様式の会館内には、レストランやカフェや宿泊施設などがあり、会員だけでなく、一般客にも開放されている。

エントランスの階段を上り、明日花は赤い絨毯（じゅうたん）が敷き詰められた廊下を渡って、奥のカフェへと急いだ。

入り口で手指のアルコール消毒を行い、店内を見回す。夜はバーにもなるカフェは、壁もテーブルも革張りの椅子も褐色で統一された、落ち着いた空間だった。

「市橋さん」

窓側の席で、徳永が手を挙げている。

「お疲れさまです」

明日花はすぐに徳永のいるテーブルに向かった。まだ野山彬は到着していないようだ。

四人掛けのテーブルは、感染対策のためにアクリル板でしっかりと仕切られている。この一年半の間に、自分たちの生活様式は随分と様変わりした。周囲の人たちも、皆、アクリル板越しに会話している。

野山に奥の席に座ってもらい、その向かいに徳永が、徳永の隣に明日花が座ることにした。

メニューを開いていると、やがてカフェの入り口から、こちらに人が近づいてくる気配がした。

「野山さん」

すかさず、徳永が立ち上がる。

「この度はお忙しいところをお呼び立てしてしまい、申し訳ございません」

明日花も立ち上がり、徳永に倣って頭を下げた。

「いや、久々に表へ出られて、私も嬉（うれ）しいよ」

穏やかな声が響く。

頭を上げると、徳永の向かいに、仕立てのよい麻のシャツに身を包んだ白髪の男性が立っていた。

「こちら、大先輩の野山彬さんだ」

徳永の紹介に、明日花は姿勢を正して改めて頭を下げる。

「初めまして。市橋明日花と申します」

「野山さん。市橋さんは、広報担当として、新たにチームに加わることになったんです」

「そうでしたか」

徳永の紹介を受け、マスクの上の柔らかな眼差しが、明日花に注がれた。明日花はちらりと視線を上げて、その姿を窺う。

野山彬の名前は以前からあちこちで眼にしていたし、著作も何冊か読んでいたが、実際に会うのは今回が初めてだ。プロフィールによれば八十歳近いはずだが、血色のよい生き生きとした様子は若々しく、七十前後にしか見えなかった。

しかも、高齢な男性にありがちな、若い女性を見下す高圧的な気配が微塵もない。マスクをしていても見て取れる野山の温和な面差しに、明日花は内心安堵を覚えた。

「とりあえず、おかけになってください」

徳永の言葉を皮切りに、全員でテーブルに着く。

「直接お会いするのは、本当に久しぶりですね。お元気そうでなによりです」

「緊急事態宣言も、四回目だからね。ワクチンで、この事態もそろそろ収束してくれるといいんだけれど……」

「野山さん、なにになさいますか」

「私はコーヒーを」

「それじゃ、僕もコーヒーにします」

二人が世間話をしている間に、明日花はウエイターを呼んで、野山と徳永にコーヒーを、自分にはアイスティーを注文した。

「前にも話したけど、僕が文林館の入社試験を受けたとき、野山さんが面接官だったんだ」

やがて飲み物が運ばれてくると、徳永が明日花を見やった。

「そう言えば、そうだったね」

野山も懐かしそうに眼を細める。

「当時、野山さんは『学びの一年生』の編集長をされていてね。あの頃の『一年生』はすごかったよ。当代切っての人気コピーライターと、新進気鋭のグラフィックデザイナーのコンビで詩を連載したり、童話作家の創作童話をたっぷりページをとって連載したり……」

「創作童話、ですか」

明日花は自然と心を惹かれた。

「創作童話の連載は、『学びの一年生』に配属されて数年後から始めたんだ」

コーヒーカップを手に、野山が続ける。

「そうでしたね。大変だったと思います。とにかく、毎月でしたから。本当に多くの人気児童文学作家が寄稿されてましたし、ここから新しい作家も続々と誕生しましたね」

我がことのように誇らしげに、徳永は鼻をうごめかした。

「徳永君は、当時の連載を絵本にしたものを、ちゃんと読んでくれていてね。それで、つい、二重丸をつけてしまった」

「おかげで僕は文林館に入れたわけですね」

「もちろん、それだけじゃないだろうけれどね」

冗談めかして笑いながら、野山がコーヒーを啜る。

「とにかく、野山さん時代の『学びの一年生』は、画期的だったんだ」

興奮気味に語る徳永に、

「いやいや」

と、野山は首を横に振った。

「徳永君はいつもそうやって褒めてくれるけれど、そんなことはまったくなくてね。入社当時の私は、どちらかというと、問題児扱いだった」

「でも、当時の『学びの一年生』の創作童話は、漫画以上に人気がありました。『ほたるとつきみそう』とかは、版元を変えて、今でも版を重ねているでしょう」

「えっ」

徳永が挙げたタイトルを聞き、明日花は思わず声をあげた。

「その絵本、私、持ってます！」

子どもの頃、大好きだった絵本だ。

光らない蛍が、夜にひっそりと咲く、美しい月見草に恋をして……。

何度も何度も、繰り返し祖母に読んでもらったあの絵本は、『学びの一年生』から誕生した作品だったのか。

「私が持っているのは、確か、レイブン社刊だったと思います」

「ああ、それは、後に出た新装版だ」

野山が嬉しそうに頷く。

「そうか……。あなたのような若い人にも、あの本は読み継がれているんですね」

「はい」

突然、祖母のスエが眼の前の野山とつながった気がして、明日花は胸の高鳴りを覚えた。

「野山さんといえば、『学びの一年生』での創作童話連載を皮切りに、文林館の児童図書のてこ入れや、一般文芸の立ち上げに関わられたわけですが」

徳永が心持ち身を乗り出す。

「元々児童文学に興味があって、文林館に入られたのですか」

俄然興味を覚え、明日花も手帖を開いてメモの用意をした。

「いやあ……」

ところが、野山は途端にきまり悪そうな笑みを浮かべる。

「これは、今まであまり人に話したことはないんだけれど」

言葉を切り、野山が徳永と明日花を交互に見やった。

「実を言うと、私は入社したものの、文林館はすぐに辞めるつもりでいたんだ」

長年文林館に勤務し、今では学年誌の生き字引のような存在のOBの意外な告白に、明日花と徳永は思わず顔を見合わせた。

# 昭和　Ⅲ

## 昭和四十二年（一九六七年）

西武池袋線の富士見台駅を出て、右にいくと小さな商店街がある。その商店街を抜けてずんずんと歩いていけば、やがて周囲は住宅地になってきた。

街路樹の木々の緑から、沸き立つような蟬しぐれが降ってくる。ジージーミンミンと、ちょっとうるさいくらいだ。

顎まで伝ってくる汗を手の甲でぬぐい、野山彬は周囲を見回した。住宅街の中には、所々畑が残っている。畑の畝に緑の葉っぱを茂らせているのは練馬大根か。この一帯は、大根と、それで作るたくあんで有名らしい。たくあんの味を想像すると、彬の口の中に唾が湧いた。

それにしても、今年の夏は暑い。

さすがに上着は脱いで手にしているが、ひっきりなしに汗が噴き出してくる。この暑さの中、先輩編集者は常夏のハワイへ新婚旅行にいっているのだから物好きだ。とはいえ、いっぱしの編集者らしい仕事が早くも回ってきたのだから、これはチャンスなのかもしれない。

新婚旅行で不在の先輩編集者に代わり、彬はこれから原稿を取りにいく。

それだけを考えるとなかなかいい気分だが、あいにく取りにいくのは小説ではない。漫画の原稿だ。

別に、漫画が悪いというわけではない。だが正直に言えば、少しだけ気持ちが落ちる。

彬は信州の飯山に生まれた。島崎藤村の「破戒」の舞台となった町だ。それだけが理由ではないが、彬は中学時代から、文芸誌の編集者になろうと心に決めていた。ジュニア小説雑誌の懸賞で、当時としては高価だった万年筆が当たって大感激したことも、きっかけの一つだったかもしれない。

六〇年安保が終わり、学生運動が後退し始めた頃、彬は上京し、東京郊外の大学で日本文学を専攻した。卒業後は、当然、出版社に就職するつもりでいた。

ところが、出版社への就職は、驚くほど狭き門だった。老舗の文芸出版社には指定校制度があり、彬の大学はそこに入っていなかった。学校推薦や作家の推薦がないと、願書を受けつけてくれない出版社もある。なんとか試験を受けることができたのは、史乗社と文林館だった。

運よく彬は、二社の最終面接まで進むことができた。

なんとしてでも史乗社に入りたい。

それが、彬の偽らざる本音だった。史乗社の看板文芸誌『群集』は、彬の愛読誌の一つだ。当代切っての人気作家たちが執筆している『群集』の編集者になれるなら、これ以上の幸せはない。

最終面接で、彬は『群集』へのありったけの賛辞と愛情をつぶさに語り尽くした。そして、

〝『群集』に新入社員はいらないのに、うちを志望してくるのは、君みたいな頭でっかちの学生ばっかりだ〟という面接官の渋面の前で、見事に砕け散った。

あまりのショックに放心状態になってしまい、直後に受けた文林館の最終面接のことを、彬はよく覚えていない。

心ここにあらずでぼんやりと受け答えした文林館に、しかし、なぜだか彬は採用されることに

なってしまった。

入社試験は受けてみたものの、実のところ、彬は文林館がどんな出版社なのか、よく分かっていなかった。採用通知を受け取ってから、ようやく本格的に調べてみると、なにやら学年誌から始まった出版社らしい。

学年誌――？

あの『学びの○年生』という、子ども向けの雑誌か。ほかの出版物は、漫画雑誌、女性誌、週刊誌、百科事典……。どれもこれも、気が進まない媒体ばかりだ。

唯一、『セニョリータ』という女性誌に文芸欄があり、執筆陣の中には、三島由紀夫（みしまゆきお）の名前があった。喜び勇んで配属希望を出したところ、真っ黒なスーツに身を包んだ総務の女性課長から、『セニョリータ』はもうすぐ休刊です」とすげなく告げられた。

結局、彬は人手の足りない学年誌『学びの一年生』に配属されることになり、まずは新人研修として、事典の外商や、書店の店員見習いのようなことをさせられた。

文芸誌の編集者になりたいという当初の希望からすれば、落胆に次ぐ落胆という毎日だった。

もっとも、ほかにいく場所はないし、無職で故郷へ帰るわけにもいかない。こうなった以上、少しの間だけ文林館で働いて、別の出版社への転職の機会を窺（うかが）うしかないと、彬は腹をくくった。

同時に、どうせすぐに辞めるのだからと、開き直ってもいた。

この日、ここへくる前にも、人気漫画家の原稿取りは大変だと、漫画雑誌編集部の先輩たちから散々おどかされたが、正直、どうとでもなれと思う。

その漫画家の名前はもちろん知っていたけれど、実を言えば、彬は彼の代表作をまともに読んだことがない。小学校時代に随分流行（はや）っていたが、なんだか内容が難しくて、四年生だった彬は読み通すことができなかった。

　中学に入ると、地元の飯山を舞台にした島崎藤村の「破戒」や「千曲川のスケッチ」を読み始め、その流れで夏目漱石や太宰治等の小説に夢中になり、漫画からは離れてしまった。今では、大人が読む〝劇画〟が大流行しているようだが、彬は漫画文化に疎かった。

　どの道、一回原稿を取ってくるだけのピンチヒッターだ。さっさと済ませて、早く帰ろう。

　頭上から降り注ぐ蟬しぐれの中、上着を片手に彬は汗をふきふき先を急いだ。

　やがて住宅街の向こうに、突如、立派な白亜の邸宅が見えてきた。随分と、大きな建物だ。近づくにつれ、広大な庭にプールまであることに気づき、彬は眼を丸くした。

　仕事場を兼ねているとはいえ、これが自宅とは。漫画家というのは、かくもすごいものらしい。なみなみと水をたたえたプールでは、浮き輪をつけた数人の子どもたちが、水鉄砲を撃ち合って遊んでいた。汗だくでやってきた彬には、少々、羨ましい光景だった。

　プールの周囲を通りかかったとき、ちょうど、一人の男の子がプールサイドに泳ぎ着いた。浮き輪をつけたやんちゃそうな男の子と眼が合う。瞬間、男の子がにやりと笑った。男の子の手にした水鉄砲が、ぴたりと彬に向けられる。

「わっ、やめろ」

　身構えた彬に、男の子が満面の笑みで引き金を引いた。

「やめろって！」

　一応、初訪問ということもあって、新しいワイシャツにネクタイをしてきたのだ。水浸しにされてはたまらない。ところが、彬の狼狽ぶりを面白がって、ほかの男の子たちまでがプールサイドにやってきて、一斉に水鉄砲を打ち始めた。

「お兄たん、ラメですよぉ」

まだ口の回らない三歳くらいの女の子が、よちよちとプールサイドを駆けてくる。女の子がどすんと尻もちをつくと、母親らしい優しそうな女性が物陰から現れた。

「あら、新しい編集さんですか」

女の子を抱き起こしながら、女性が声をかけてくる。

「は、はい。文林館の野山と申します。いつもの編集が休みを取っておりまして、代わりに原稿をいただきに参りました」

彬が答えている間にも、水鉄砲攻撃はとまらない。

「こらっ、いい加減にしなさい！」

女性が拳(こぶし)を振り上げると、「わあっ」と歓声をあげて、男の子たちは向こうのプールサイドに向かって泳ぎ始めた。

「ごめんなさいね。上の子は、聞かなくて」

「いえ。男の子は、あれくらい元気があって当然です」

「そうでしょうか」

女の子を抱いて朗らかに笑う女性は、よく見ると、とても綺麗(きれい)な人だ。

「主人は、あちらのスタジオで仕事をしております。一階に待合室がありますので、そちらでお待ちください」

漫画家の奥方は、そう言って、白亜の二階建ての邸宅の一角を指さした。会釈を返し、彬は邸宅に足を向ける。プールからは、まだ男の子たちの歓声が響いていた。

白亜の豪邸。広大な庭のプール。美しい奥方。快活な子どもたち――。

なんとも理想的な生活だ。あの邸宅の一部をスタジオにして、人気漫画家はアシスタントを従えて、ばりばりと仕事をしているらしい。そこで待っている編集者たちも、自分のような大学を出たばかりの新入社員とは違い、それなりにキャリアを積んだ人ばかりなのだろう。

いささかの緊張を覚えながら、彬は教えられた一室の扉を開いた。

「うっ」

その瞬間、思わずうめいて立ちすくむ。

前が見えない。

もうもうと立ち込める白い煙を吸い込み、彬はむせながら後じさった。凄（すさ）まじい副流煙。彬もそこそこ煙草（タバコ）をたしなむが、さすがにこれはない。

煙を手で払うと、六畳くらいの詰所のような部屋に、五、六人の男たちがたむろしているのが眼に入った。小さな机を囲み、手にしているのは花札だ。机の上の灰皿には、もうこれ以上載り切らないほどの吸い殻が、堆（うずたか）く積まれている。

一瞬、留置場にでもやってきたような錯覚に陥った。

ひっきりなしに煙草の煙を吐き出している全員が、極悪人に見える。健やかで美しかった庭の様子とは、雲泥の差だ。

「おい、閉めろよ。暑いな」

一人から腹立たしげな声をかけられ、ようやく我に返る。

「す、すみません」

彬は慌てて扉を閉めた。これが待合室なのか。一応、冷房はあるようだが酷（ひど）い空気だ。扉を閉めると、一層こもった煙が眼に染みる。

白亜の豪邸内に一歩足を踏み入れた途端、まさか、こんなに殺伐とした世界が広がっていようとは——。

「あんた、知らない顔だな。随分若いけど、どこの編集？」

最初に声をかけてきた男が顔を寄せてきた。その眼の下に、濃い隈が浮いている。

「ぶ、文林館です」

「文林館？　漫画雑誌か？」

「いえ。学年誌です」

「ああ、『学びの一年生』か。いつもの編集はどうした」

「新婚旅行中です」

「ふーん」

三十代後半と思われる男が、彬の全身を睨め回した。

「で、おたくの締め切りはいつよ」

「今日です」

おかしなことを聞くものだと思いつつ、彬は正直に答える。だからこそ、自分が原稿を取りにきたのではないか。

「そいつはお気の毒だな」

しかし、途端に相手の顔に、小馬鹿にしたような笑みが浮かんだ。背後の花札を手にした男たちも、くすくすと笑っている。

「あんた、おおかた、原稿を取りにくるのが初めての、ど新人ってとこだろう。先輩からは、なんにも聞いてないのか」

明らかにこちらを見縊っている態度に、彬はいささかむっとした。相手は大先輩かもしれないが、他社の編集者たちから揶揄される覚えはない。

「泊まり込むこともあるとは、聞いています」

むきになって言い返すと、再びどっと笑い声が起きた。

「泊まり込むこともある？　先輩は、本当にそれしか言ってなかったのか」

「だとしたら、そりゃあ、酷い先輩だなぁ」

「あるいは、いびりじゃないのか」

笑いながら口々に言われると、彬も段々心許なくなってくる。確かにこの仕事を引き継いだとき、編集長と先輩は、なにやらこそこそ話し合っていた。そして、

〝一回だけだから、なんとか頑張ってくれ〟

というようなことを告げられた。漫画雑誌の先輩編集者たちからも色々言われたが、たいして本気にしなかった。

「まあ、悪く思うなよ。こちとら青年誌なんで、おたくらみたいに品行方正じゃないんでね。どの道、我々は待つしかないんだから、とりあえず仲よく待とうや」

男はそれだけ言い放つと、興味をなくしたように、くるりと背を向ける。そして、小さなテーブルを囲んで花札に興じ始めた。

漫画雑誌のベテラン編集者というのは、こんなにもガラの悪い連中なのか。

半ばあきれつつ、彬は壁の隅の椅子に腰を下ろした。所在なくときを過ごすうちに、待合室の奥に、扉があることに気がついた。扉にはめ込まれた磨り硝子の向こうに、螺旋階段が見える。螺旋階段の下が、アシスタントたちがいるスタジオになっているらしい。

他社の編集者たちは彬のことなどそっちのけに花札に熱中し、時折、部屋にある黒電話でどこかに電話をかけている。電話の相手が仕事関係ではなく、定めし馬券を買っているらしいと気づいたとき、彬は心底バカバカしくなった。

こいつら、単にさぼっているだけだ。

自分はさっさと仕事を終えて、会社に戻ろう。

意を決し、彬は立ち上がった。そろそろと奥へ進み、磨り硝子のはまった扉をあける。なにか言われるかと思ったが、ほかの編集者たちは、花札に夢中になっていた。

待合室を脱出し、ほっと肩で息をつく。

「なにか、ご用ですか」

そのとき、ふいに声をかけられた。アシスタントらしい長髪の青年が、デスクを離れてこちらに近づいてくる。

「文林館の野山です。いつもの編集が休みを取っておりますので、代わりに原稿をいただきに上がりました」

同世代と思われる青年に、彬は頭を下げた。

「ああ、文林館さん。『学びの一年生』ですよね」

ジーパンのポケットからメモ帳を取り出し、青年がページをめくる。

「締め切りは今日の予定です」

「……そうみたいですね」

青年の眉が寄せられた。どうやら、遅れが出ているようだ。

「あの、こちらで待たせていただいてもよろしいですか。お邪魔は致しませんので」

ガラの悪い漫画編集者たちのさぼり場と化している待合室に戻るのは、もう嫌だった。今も全身から煙草の臭いがする。今日はせっかく新品のワイシャツを着てきたのに、水鉄砲で撃たれるわ、煙に燻されるわで散々だ。

「構いませんけど、二階にだけは絶対にいかないでくださいね」

青年が螺旋階段を指さした。

人気漫画家は、二階で作業をしているらしい。

「分かりました」

彬が約束すると、青年はデスクに戻っていった。その背中に、疲労の色が滲んでいる。漫画の現場というのは、想像以上に大変なものらしい。

編集はあんなのばっかりだしな――。

磨り硝子の向こうに視線をやり、彬は少々同情を覚えた。

いずれにせよ、青年漫画雑誌の編集が言っていたように原稿を待つしかない。スタジオの隅の丸椅子に腰かけ、彬は周囲の様子を窺った。

数時間が過ぎると、初めてやってきた彬にも、このスタジオのシステムが分かってきた。

螺旋階段の上の部屋で、漫画家先生が原稿を描き上げると、それがクリップに留められて、蜘蛛の糸のようにするすると二階から降りてくる。その原稿を受け取り、先ほどの青年をはじめとするアシスタントたちが仕上げを行うという工程だ。

それにしても、蜘蛛の糸はなかなか降りてこない。

いつの間にかすっかり日が暮れて、彬は空腹を覚え始めた。泊まり込むこともあるとは聞いていたが、一体、いつまで待てばいいのか。邪魔をしないと言ったものの、彬はしびれを切らして、デスクの青年に近づいた。

「あのう……、原稿の進捗はいかがでしょうか」

背景の描き込みをしていた青年が、充血した眼を上げる。

「あー、文林館さんのは、まだまだですよ」

「え？」

当然、自分のところの連載分を作業中だと思っていた彬は、一瞬、きょとんとする。

「今やってるのは、一週間前の締め切りのやつですからね」

当たり前のように言い放たれて、絶句した。

一週間前？

ということは、待合室でたむろしている連中は、決してさぼっていたわけではなく……。

最初に声をかけてきた編集者の眼元に濃い隈が浮かんでいたことを思い出し、彬は衝撃を受けた。

冗談じゃない。こんなところに、一週間もいられるものか。

そのとき、妙な音がした。

ぐーすー……　ぐーすー……

二階から規則的に響いてくるのは寝息だ。先生が、眠り込んでいる。

そう悟った瞬間、彬は駆け出していた。絶対に上ってはいけないと約束させられた螺旋階段に足を踏みかけたのと、待合室に通じる磨り硝子のはまった扉があいたのは、まったく同時だった。

「おい、文林館の新人、出前取るぞ……」

言いかけた編集者が、彬が螺旋階段を上りかけていることに気づき、かっと眼をむく。

「こらっ、クソ新人、なにしてやがる！」

途端に、わらわらとほかの編集者たちが押し寄せてきて、彬を羽交い締めにした。

「なんてことしやがる、この青二才！」

「うるせえ、一週間も待ってられるか」

彬はじたばたと暴れた。

「それが漫画編集者の仕事だ、ボケナス」

「放せ、先生が寝てるんだ」

押さえ込まれたまま、彬は声を放つ。

「先生、先生、起きてくださいよーっ！」

「うわ、黙れ、この身の程知らず」

「うるせぇええーっ」

どうせ辞める会社だ。どうなろうと、知ったことではない。

振り切ろうとする彬に、編集者たちが次々と覆いかぶさってきた。ついに布団蒸しの状態にされ、彬は突っ伏す。

「ちょっと、なにしてるんですか」

あまりの大騒ぎに、アシスタントの青年がこちらにやってこようとしたとき――。

とん、とん、とん、と、階段を下りてくる音がした。

一瞬、スタジオ内がしんとする。

「あなた、新しい人ですか」

頭上から、落ち着いた声が降ってきた。視線を上げれば、螺旋階段の途中から、黒縁のロイド眼鏡をかけた丸顔の男性がこちらを見下ろしている。かろうじて頷(うなず)くと、

「ちょっと待ってください」

と告げて、男性は再び階段を上がっていった。

「お待たせしました」

それから、男性はベレー帽をかぶって螺旋階段を下まで下りてきた。

「起こしてくれてありがとう。僕は、戸塚治虫です」

誰もが知っている名を改めて名乗り、漫画家は、布団蒸し状態の彬に向かって丁寧にお辞儀をする。

「文林館で若いうちに僕を担当した人は、皆偉くなって、編集長になっています。あなたも頑張ってくださいね」

当代随一の人気漫画家、戸塚治虫は、そう言って白い歯を見せた。

打ち合わせスペースのテーブルに原稿用紙を広げた彬は、先ほどからずっと、一枡めに鉛筆の芯をこつこつと打ちつけている。

書けない。まるで、書けない。

最初にこの仕事を任されたときは、お茶の子さいさいだと思った。アンデルセンやグリム童話といった誰もが知っている物語を、子ども向けに書き直すだけだ。

ところが、まったく進まない。一年生への配当漢字は四十六文字。少ない漢字と平仮名で、七歳の児童に向けて文章を書くというのは、実際にやってみると想像以上に難しい。既に彬は、編集長の畠田から五回の駄目出しを食らっていた。

〝野山君。こんな面白みのない書き方で、小一の子どもがわくわくすると思うかね〟

畠田編集長はそう言って、彬に原稿を突き返した。

小一の子どもをわくわくさせる文章っていったって――。

それがどんなものなのか、皆目見当がつかない。ボツ原稿の束を見やり、彬は肩で息をつく。

富士見台へ原稿を取りにいってから、一週間が過ぎていた。

〝僕は、戸塚治虫です〟

初対面だと知るや否や、わざわざトレードマークのベレー帽をかぶり、芝居っけたっぷりに挨拶してみせた著名漫画家のことを、彬はぼんやり思い返す。自身の漫画にもたびたび登場するキャラクター化された姿と、寸分違(たが)わないように見えた。

漫画家ってのは、やっぱり常人とは違うよな……。

戯画的(カリカチュア)な仕草だけでなく、心底そう思わされたのは、戸塚の彩色(さいしき)の素早さと見事さを目の当たりにしたせいだった。

螺旋階段の下で大暴れをしたことが怪我(けが)の功名となったのか、戸塚はあの後、『学びの一年生』の仕事を優先的にやってくれた。青年誌の連載と違い、八ページという短編だったせいもある。彬が待っていたその作品は、ガムの神様から魔法のガムをもらった兄妹(きょうだい)と、ガムの国からきた子どもたちが、なんにでもなるガムを使って大騒動を繰り広げる児童漫画だった。

短編とはいえ、『学びの一年生』は全ページカラーの掲載だ。ベタ塗りや背景はともかく、彩色が得意なアシスタントはたまたまいなかったようで、戸塚自身が一階のスタジオに下りてきて、何本もの筆を口にくわえ、たった一人ですべてのコマの色塗りを始めた。

その場にいる全員が見入ってしまうほど素晴らしく、且つ、迅速な筆運びだった。

横入りをされ、凄まじい形相で彬をにらみつけていた青年誌の編集者ですら、うっかり見惚(みと)れるくらいだった。

結果、彬はたった一晩の泊まり込みで、戸塚の原稿を手にすることができた。早朝、原稿の入った袋を押しいただき戸塚邸を飛び出したとき、彬に注がれたほかの編集者たちの矢のような視線は、ちょっと忘れることができない。

原稿を手に社内に戻ってきた彬は、編集長の畠田からも驚愕の眼差しで迎えられた。

「一体、どうやって取ったんだ」と、漫画雑誌の先輩編集者から詰め寄られ、まさか螺旋階段の下で大暴れしたとは口に出せず、彬は曖昧に言葉を濁すしかなかった。

後に彬は、かつて戸塚番となった新入社員が、あまりのつらさに二人続けて会社を辞めていたことを知った。以来、文林館では、新人には戸塚番をさせないことが不文律になっていたらしい。

文林館で若いうちに自分を担当した人は、皆、偉くなっている——。

あの戸塚の言葉が悪い冗談だったのか、或いは、続けられるなら偉くなれるだろうという、ちょっとした挑発だったのかは定かでない。

〝どうせなら、もう少しやってみないか〟

畠田編集長や、新婚旅行から帰ってきた先輩編集者に打診されたとき、彬はつい頷いてしまった。先輩が明らかに安堵の表情を浮かべたのに気づき、内心「しまった」と思ったが、後の祭りだった。

もっとも、新婚の先輩を、仕事先に何日も寝泊まりさせるのは酷な気もした。

自分は気楽な独り者だし、若いだけに体力もある。あの待合室に延々泊まり込むのは御免だけれど、螺旋階段の下に陣取って、今後も戸塚先生の居眠りの番でもしてやろうか。

どの道、すぐに辞める会社だ。

そう思うと、いくらでも開き直れた。

それに編集者としての経験を積むに当たり、戸塚治虫を担当するのは、最適なことのようにも思われた。

戸塚の担当を引き受けた晩、彬は文林館近くの神保町古書街でA5判の単行本を買い集め、夜通し読みふけった。決して、無理やり徹夜をしたわけではない。

小学生時代、読み通すことのできなかったストーリー漫画の数々は、どれもこれも、あまりに面白くて、途中でやめることができなかった。男装のお姫さま、白いライオン、十万馬力の少年型ロボット……。魅力的なキャラクターの活躍に、心の底から酔いしれた。

漫画って、あんなにすごいんだな……。

未だ一枡も埋められない原稿用紙を前に、彬は上の空で思いを巡らせる。考えてみれば、学習雑誌と謳っておきながら、学年誌で圧倒的な人気を集めているのは、どの学年も漫画だ。しかも、その漫画ページを支えているのは、戸塚をはじめ、彼に憧れ、かつて戸塚が住んでいたアパートに集まってきた〝トキワ荘グループ〟と呼ばれる漫画家たちだった。

「よ、やってるね」

ふいに背後から肩をたたかれる。

振り返ると、『学びの二年生』の副編集長、井波がにこやかな笑みを浮かべていた。気づけば、窓の外が真っ暗になっている。終業時刻はとうに過ぎていたが、学年誌編集部は、どの学年もまだまだ序の口といった様子だ。

「副編集長、お疲れさまです。ここ、使いますか」

彬が自分の使っているテーブルを指さすと、井波は首を横に振る。

「いや、ちょっと通りかかっただけだから」

自分の仕事に手一杯で、新人を放置する傾向のある編集者の中で、井波は面倒見のいい先輩だった。学年の壁を越え、ページの割付の仕方などをことあるごとに教えてくれた。

「野山君、戸塚先生の担当になったんだって？」

「はい」

「そうか。そりゃ、大変だ。ほかの漫画家さんだけど、僕は、以前、戸塚先生が昔住んでいたトキワ荘に、原稿を取りにいったことがあるよ」

悪天候の日に、わざとずぶ濡(ぬ)れになって原稿を取りにいった話を聞かされ、やはり漫画の原稿取りは相当大変そうだと、彬はげんなりする。

「それくらいのことをしないと、何本も連載を抱えている先生方には、なかなか原稿を優先してもらえないからねぇ」

なんでもないことのように、井波は朗らかに笑った。現在、井波は、副編集長として編集者をまとめつつ、やはりトキワ荘出身で、今や売れっ子の二人組の漫画家を担当している。

井波がちょっとやそっとのことで動じないのには訳があった。

今から約十年前。年明け早々、次年度入社を控えたまだ学生の井波は、突如、文林館に呼び出されたという。そして、学校から許可をもらい、卒業を待たずに、今月から出社してほしいと要請された。三十名近い新入予定社員の中、その要請に応じたのは、井波を含め、六名だけだったそうだ。

文林館がそこまで焦っていたのにもまた、訳がある。

井波たちが入社する前の年に、史乗社が、文林館の十八番(おはこ)とも言える学年別学習雑誌の分野に、突如乗り込んできたのだ。その名も、『あかるい〇年生』。

所謂(いわゆる)、学年誌戦争の勃発だ。

加えて史乗社は、文林館の『学びの〇年生』シリーズの装画を手掛けているのと同じ画家を起用し、男女の児童の笑顔が並ぶそっくりな表紙を作ってきた。

文林館は、学年別学習雑誌パイオニアの意地をかけて、なんとしてでも史乗社の学年誌に打ち勝たなくてはならなかった。そのために、少しでも早く、少しでも多くの人手が必要だったのだ。社長の会田文則自らが陣頭に立ち、全国の書店を行脚し、販売網の強化に努めたという。本来まだ学生の井波も、営業部の先輩にどやされながら、書店への挨拶回りに明け暮れたそうだ。

この話を井波から聞かされたとき、彬は少々意外に感じた。

あの大人しそうな社長が陣頭にねぇ……。

史乗社の最終面接に落ち、ショックのあまり、心ここにあらずで受けた文林館の最終面接では、どの人が社長なのか、彬はよく分からなかった。

それからすぐに新人研修に出されたので、今のところ、社長との接点はほとんどない。たまに社内で見かけても、なんだか物静かな人だと思うだけだ。

学年誌戦争は約八年に及び、彬が入社する四年前に、文林館の勝利で幕を閉じた。現在、史乗社は、『あかるい幼稚園』を除き、学年別学習雑誌の分野からは、完全に撤退している。

井波はこの熾烈な争いを、一兵卒から戦い抜いた編集者の一人だった。

そもそも学年誌に興味のない彬は、最終面接まで残った両社の間にこうした戦争があったことをまったく知らなかったが、史乗社の学年誌参入は、文林館にとって、まさに本丸に火の手が上がるような出来事だったらしい。

しかしそれと同時に、学年誌戦争の勃発は、多くの新進の漫画家たちに活躍の場を与える絶好の機会にもなった。まだ、文林館や史乗社の週刊漫画雑誌が創刊される以前のことだ。偉人伝等の学習漫画であっても、若い漫画家たちにとっては貴重な発表の舞台だった。

特に、現在井波が担当しているトキワ荘出身の二人組は、学年誌を中心に台頭してきた漫画家の代表的存在だ。二人は史乗社の学年誌に合作、それぞれの個人作を次々と発表し、次第に文林館の学年誌にも登場し、ほとんどの学年誌を制覇した。後に、文林館の週刊漫画雑誌に描いた〝頭に毛が三本の怖くないオバケ〟の漫画を学年誌にも広げ、これがアニメ化もされる大ヒットにつながった。学年誌における二人の活躍ぶりは、師匠である戸塚治虫をしのぐほどだ。

どんなことにでも功績はあるものだと、井波は彬に話してくれた。

「でも、野山君。逃げられないように踏ん張りなさい。僕が新入社員の頃、戸塚先生は、九州まで逃避行したことがあったからね」

「え！　そうしたら、僕も九州へ出張にいけますか」

思わず尋ねると、井波は腹を抱えて笑い出す。

「野山君は、本当に面白いねぇ」

「はあ……」

あまりにゲラゲラ笑われて、彬はいささかきまりが悪くなった。

「ところで、今はなにに手こずっているの？」

ひとしきり笑い終え、井波が彬の手元を覗き込む。

「『ベルとまもの』のリライトです」

「ベルとまもの……、ああ、『美女と野獣』か。どれ、ちょっと見せてごらん」

彬はボツになった原稿の束を、井波に手渡した。暫し原稿に眼を走らせた後、井波は「うーん」とうなった。

「『学びの一年生』に載せるには、まだ言葉が難しすぎる。それに少々説教臭いね」

「はあ」

頷きつつも、彬は内心首をひねる。

言葉が難しいというのはともかく、そもそも童話とは説教臭いものではないだろうか。「美女と野獣」は映画化もされているが、今回彬が底本としているのはフランスのボーモン夫人の作品だった。お伽噺(とぎばなし)といえば、よく知られているグリム童話の「白雪姫」も「シンデレラ」も、基本は勧善懲悪だ。意地の悪い継母(ままはは)や姉は成敗され、心優しい娘は王子に見初められて幸せになる。ボーモン夫人の「美女と野獣」にしても、〝人を見た目で判断してはいけない〟という教訓譚(きょうくんたん)ではないか。

「これを読んで〝はい、そうですか〟と納得するような純粋な子どもは、そうそういないんじゃないかな」

「はあ」

「僕が思うに、子どもなんてのは、ちっとも純粋な存在じゃないよ」

そう言ったときだけ、井波の眼が暗く光った。

昭和一桁生まれの井波は、戦争中に学童疎開を経験している世代だ。都会から田舎の分校に集団疎開した井波は、そこで相当陰湿ないじめを受けたらしい。ものを隠されたり、離れて暮らす母親からの手紙を破かれたりした井波は、今でもその地方に足を向けたくないと、一緒に食事をしたときに話してくれた。そこの学校の先生たちは、地元の子どもにはちゃんとした食事を出すのに、疎開の子どもには、腐りかけてぐしゃぐしゃの南瓜(かぼちゃ)ばかりを食べさせたという。

要するに、子どもも大人も大差はないのだと、定食についてきた南瓜の煮つけの小鉢を遠ざけながら井波は語った。

「とりあえず、もっと分かりやすく、且つ面白く書かなきゃ」

「はあ……」

だから、どう書けば面白くなるのかがさっぱり分からないのだと、彬は項垂れそうになる。

「まあ、あまり遅くならないようにね。最近、八時を過ぎると、総務の松永さんが冷房とめちゃうから」

井波の言葉に、いつも真っ黒なスーツを着ている、厳めしい表情の総務課長の姿が浮かんだ。

「あのオバハン、なんとかなんないんですか。こんな季節に、冷房とめられるのはたまんないですよ」

彬はつい憤慨する。

〝『セニョリータ』はもうすぐ休刊です〟

すげなく告げられたときから、彬は松永トメ総務課長が不得手だった。

「おいおい、オバハンはないだろう。松永さんは、堀野相談役なんかと一緒に、戦中からここで働いている大ベテランだぞ」

堀野相談役は、戦前から戦後まで学年誌の編集長を務めていた元役員だ。退任後も、相談役としてちょくちょく文林館に顔を出している。

「まあ、松永さんもそろそろ定年だからな。それまで勘弁しろ」

彬がむくれていると、井波は笑いながら肩をたたいた。

「とにかく、クーラーとめられる前に入稿できるように頑張れよ」

去っていく井波の背中を見送り、彬は一つ息を吐く。いつも松永トメが退社する八時まで、一時間弱。それまでに、この原稿が書き上がるとは到底思えない。

勘弁できるか――！

彬は猛然と立ち上がり、総務のフロアに向かった。

学年誌に限らず多くの編集者が、あのオバハンの横暴のために、毎日汗だくになりながら深夜残業をしているのだ。

今日こそ、抗議してやる。

ベテランだろうがなんだろうが、知ったことか。どうせ俺は、もうすぐこの会社を辞めるのだ。オバハンの定年退職など、待つまでもない。

総務のフロアに着くと、彬は勢いよく扉をあけた。

「松永課長！」

広いフロアで一人帳面に向かっていた白髪まじりの女性が、おもむろに面長の顔を上げる。

「なんですか」

ぎらりと光る鋭い眼差しに、一瞬臆しそうになった。しかし、ここで怯（ひる）むわけにはいかない。

「まだ皆残業してるんで、自分が帰るからって、会社の冷房とめないでください」

「終業時刻はとっくに過ぎてますよ。ほかの人たちは、皆帰宅しています」

松永課長が周囲を見やる。確かにこのフロアには、松永トメ、一人しかいない。

「そんなの、ここが事務畑だからですよ」

「事務だろうが、編集だろうが、営業だろうが、関係ありません」

彬が言い募ると、ぴしゃりと言い返された。

「二時間も残業すれば、充分でしょう。それ以上時間がかかるのは、能力の問題です」

壁にかけられた時計を顎でしゃくり、松永課長は続ける。

「八時になったら冷房はとめます。嫌なら、それまでに仕事を終わらせなさい」

取りつく島のない様子に、彬は愕然とした。

「無理です」

「なにが、無理なんですか」

「だって、書けないんですよ」

半日かけても書けないものが、あと小一時間で書き上がるわけがない。ただでさえ入稿の遅い漫画ページに加え、編集者の原稿まで遅れたら、印刷所になにを言われるか分からない。扇風機は先輩編集者に占領されていて、近づけない。となると——。

また今日も、汗だくで深夜残業か。

嗚呼とうめき、彬は天を仰いだ。

「一体、なにが書けないの」

彬の大仰な落胆ぶりに、松永課長が胡散臭そうに眉間にしわを寄せる。

「『学びの一年生』に載せる『ベルとまもの』のリライトです」

「リライトというと、名作再話のことですか」

ふとなにかを考えるように、松永課長が眼を細めた。

「野山君、ついてきなさい」

突如、松永課長が立ち上がった。

「え？」

「ほら、早く」

女性にしては長身の松永課長が、どんどんフロアの奥に歩いていく。彬は慌てて後を追った。

社長室の隣の部屋の前で、松永課長が歩みをとめる。扉をあけると、本棚が立ち並ぶ、図書館のような空間が現れた。棚には、ぎっしりと雑誌が詰め込まれている。

社長室の隣にこんな資料室があったことを、彬は今の今まで知らなかった。

棚に近づき、松永課長が数冊の雑誌を引き抜く。

「この辺が、きっと参考になるはずです」

差し出されたのは、『良い子のひかり』と書かれた雑誌だった。

「『良い子のひかり』？」

「戦中から戦後の一時期まで出されていた、低学年向けの学年誌です」

太平洋戦争の戦況悪化に伴い、低学年は『良い子のひかり』に、中学年と高学年は『少國民(しょうこくみん)のひかり』に学年誌は合併されたのだと、松永課長は淡々と説明した。

「『学びの一年生』用の名作再話なら、戦後直後の『良い子のひかり』が役に立つでしょう。そこにも、色々な翻案童話が載っています」

「はあ」

彬は曖昧に頷く。参考なら、先輩編集者たちの書いたリライトも結構読んだのだが。

「この時期に翻案された童話は、よいものが多いです。書き手が優秀でしたからね」

つんと澄ました顔で、松永課長が言い切った。

そう言えばこのオバハンは、戦中から文林館で働いているベテランなんだっけ――。

同時期に編集長だった堀野は取締役になり、退任した今も相談役についているが、松永トメは課長のまま定年を迎えることになりそうだ。

まあ、男と女は違うからな。

単純にそう考えながら、彬は雑誌を受け取った。たいして気乗りはしなかったが、一応、童話のページを開いてみる。

「赤ずきんちゃん」。グリム童話か――。

二、三行をたどり、彬は小さく眼を見張った。

もちろん、限られた漢字だけを使った、易しい文章だ。それは、先輩編集者たちが書いた原稿と変わらない。

それなのに、森の情景が頭の中に飛び込んでくる。狼（おおかみ）にそそのかされ、道草にうつつを抜かす赤ずきんちゃんの鼻歌や、息遣いまでが響いてくる。

なんだ、これ……。

彬は一気に物語に引き込まれた。

いつの間にか、松永課長がいなくなっていることにも気づかなかった。

グリム童話の「赤ずきん」は、基本、道草をしてはいけないという教訓譚だ。ところが、この「赤ずきんちゃん」に、説教めいたところは微塵（みじん）もない。にもかかわらず、あの「どうしてお口がそんなに大きいの」という問答の後、狼に丸呑（まるの）みにされる赤ずきんちゃんの苦しみが伝わってきて、自然と「道草をしなければよかったのに」と思わされる。

あっという間に読み終えると、すぐに次の『良い子のひかり』を手に取った。こちらは「ブレーメンの音楽隊」。人間に虐げられた動物たちが、一致団結して起こす逆転劇だ。

これもまた、胸躍る展開だった。

ロバ、犬、猫、鶏の書き分けが見事で、彬は夢中で読みふけった。

そのとき、ふいに、思い当たる。

これが「わくわくする」ということか。

子どもがわくわくする物語は、大人が読んでもわくわくするものなのだ。

考えてみれば、戸塚治虫だって、小学一年生向けの漫画とはいえ、決して手を抜いていなかった。彩色はアシスタントたちに任せず、たった一人で見事に仕上げてみせた。

子どもも大人も大差はない――。

井波は違う意味で言ったのかもしれないが、彬はこの言葉の中に、小さなヒントがある気がした。面白いものが書けなかったのは、端(はな)からそれを、子ども向けだと侮っていたからだ。

しかし、このリライトを手掛けたのは、一体誰なのか。

現在では童話のリライトは、基本的に若手編集者が書くことになっているが、戦争直後の文林館に、こんなに面白い物語を書ける人物がいたなんて。

奥付を調べようとした瞬間、いきなり周囲が真っ暗になった。

「わっ」

暗闇の中でブレーメンの動物たちに襲われた悪党よろしく、彬は大声をあげる。一瞬、停電かと思ったが、窓の外の街灯は全部ついている。

やがて、低くうなっていた冷房の音が消えていることに気がついた。じわじわと、真夏の蒸し暑さが忍び寄ってくる。

彬がまだ資料室にいることを知りながら、冷房どころか、事務フロアの電気まで消して、松永課長が退社したのだ。

「あのクソババア!」

真っ暗な資料室の中、『良い子のひかり』を胸に抱えて、彬は叫んだ。

## 昭和四十三年（一九六八年）

ふと目を覚ますと、襖の向こうからにぎやかなテレビの音が聞こえた。新春のお笑い番組でもやっているらしい。母と妹の甲高い笑い声が響く。

一体、今何時なのだろう。

重たい布団の中で、彬は寝返りを打った。いくら寝ても、寝足りない。

大晦日に故郷の飯山に戻ってきてから三が日、彬は完全に寝正月を決め込んでいる。『学びの一年生』のお正月増刊号を、たった一人で作り上げた反動だ。

学習漫画の傑作選を一冊に編集した増刊号を作りたい。

直属の上司である『学びの一年生』編集長の畠田にそう提案したのは、昨年の十月に入った頃だった。意外にも、畠田はすんなりと了承してくれた。再録とはいえ、雑誌を一人で作るのは初めての経験だった。彬は一月百時間以上の残業をし、最後のほうはほとんど毎晩会社に泊まり込んで編集作業に没頭した。

まったく興味のなかった学年誌の編集に、こんなにものめり込んでしまったのはどういうわけか――。布団にくるまり、彬は苦笑する。

要するに、感化されてしまったのだ。

かつて文林館の新入社員を二人続けて退職に追いやった戸塚治虫の担当を、彬は今でも続けている。青年漫画雑誌や、週刊漫画雑誌のベテラン編集者との原稿争奪戦も、堂にいったものになってきた。

彬は映画が好きだったので、映画談議にかこつけて、試写会に向かう戸塚のハイヤーにちょくちょく乗り込んだ。試写室へ到着するまでに、ネームの打ち合わせを済ませてしまう魂胆だった。ネームというのは、コマ割りとふきだしの台詞(せりふ)だけを書いた、漫画のコンテのようなものだ。

戸塚が向かうのは、トリュフォーやゴダールの映画を配給している洋画配給会社が多かった。フランス映画に新風を巻き起こしているヌーヴェルヴァーグの監督たちの映画は彬も大好きで、ついつい仕事をそっちのけに、本当に映画の話だけをして終わってしまうこともあった。

そんな彬の無鉄砲ぶりを憎からず思ったのか否か、戸塚は『学びの一年生』の原稿を割合優先的に扱ってくれた。だから彬もある程度は安心して、「突然炎のごとく」や「気狂いピエロ」のラストシーンについて、延々持論を述べたりした。

戸塚治虫のすごいところは言うまでもなくたくさんあるが、自分のような若造の意見を楽しそうに聞いてくれるところも、そのうちの一つだと彬は思う。また、最新の映画に限らず、戸塚はあらゆるところへ常にアンテナを張っていた。

締め切りに追われながらも、後輩の漫画家たちの作品に眼を通すことを決して怠らない。医学博士ならではの理系的知識はもちろん、小説や絵画やクラシック音楽に対する造詣もすこぶる深い。その驚くべき博識ぶりに、彬はたびたび舌を巻いた。

加えて、何度か原稿を取りにいくうちに、彬は気がついた。

忙しければ忙しいほど、戸塚の原稿が凝ったものになっていく。追い詰められれば追い詰められるほど、迫力が増し、凄(すご)みのある作品になっていく。

昨年、戸塚は自らの発案で、漫画雑誌『ＣＯＭ』を創刊した。ＣＯＭＩＣＳ（漫画）、ＣＯＭＰＡＮＩＯＮ（仲間）、ＣＯＭＭＵＮＩＣＡＴＩＯＮ（伝達）の頭文字から名づけられた雑誌には、前衛的且つ実験的な青年漫画雑誌として評判を集める『ガロ』に対抗する意図が見て取れた。頂点を究めつつ、未だ挑戦する戸塚が『ＣＯＭ』で始めた新連載は、鳳凰（ほうおう）を思わせる鳥をシンボルに、永遠の生命という壮大なテーマを擁した意欲作だった。

その姿は、純粋にかっこよかった。

どれだけ複数の編集者に追い立てられても、自らが描かんとするテーマはあきらめない。

こんなふうに働きたい。つい、そう思ってしまった。

我ながら、単純だ。

襖の向こうから漏れ聞こえてくる母と妹の笑い声を聞くともなしに聞きながら、大きく伸びをする。

彬を感化したのは、戸塚ばかりではなかった。

編集部で働くうち、彬は雑誌の売り上げが「付録」によっても大きく左右されることに気がついた。

彬が所属する学年誌編集部では、付録会議はことさら重要な位置づけとされている。どちらかに比重が偏りすぎないよう、男子用と女子用の付録のアイデアを毎月全員でひねり出し、プランが通ると、予算に基づき見本を作り、社長と役員の居並ぶ会議で、各学年誌の編集長がプレゼンを行うという按配（あんばい）だ。この御前会議が相当の難関らしく、編集長の畠田は付録会議の前日には深夜近くまで、組み立て式付録の工作に取り組んでいた。大の男がハサミとノリを手に小学生向け付録の切り貼りに必死で励んでいるのは、一見滑稽なような気もするが、こうした送り手の本気が、受け手である子どもたちの胸にもストレートに響くのだろう。

大御所の戸塚の飽くことのない挑戦や、編集長が深夜まで懸命に工作に取り組んでいる姿を見るうちに、彬も斜に構えているわけにはいかなくなった。

働くことは、生きることだ。手を抜くことはできない。

社会に出て、改めてそう思った。しかし、だからといって、文芸編集者になる夢をあきらめたわけではなかった。

自分もまた戸塚のように、眼の前の仕事を精一杯こなしつつ、自らの夢を追う。文林館が腰かけであることに変わりはない。

さすがにそろそろ起きようかと布団から腕を出しかけた瞬間、襖がすらりとあいた。

「彬、おめ、何時まで寝たら気が済むんだ？　もう二時過ぎだで」

懐かしいお国言葉が響く。

顔を上げると、少し怒ったような様子で母が腕を組んでいた。

「盆にもけってこねえで、せっかくけえったと思ったら、寝てばっかだ。えっくら正月だって、もう三日だで。芳子(よしこ)はちゃんと手んだいしてんのに、おめえも東京にけえるめえに、雪掻(ゆきか)きぐれしたらどうだ？」

開いた襖の向こうに、妹の芳子と一緒に、テレビを見ている父の後ろ姿が見えた。白髪の増えた後頭部を、彬はじっと見つめる。母と妹の笑い声ばかりで、父の声は一向に聞こえてこなかったが、ずっと居間にいたのだろう。

ふと、父がこちらを振り返りそうになる気配を察し、彬は慌てて布団の中へ引っ込んだ。

「まだ寝るんか？　いい加減にしろや」

いきなり、母に布団をはぎ取られる。渋々起きた彬は、顔を洗い、雪掻きのために表へ出た。

「うへぇ、寒い……」

思わずマフラーに顎を埋める。信州北部に位置する飯山は、新潟に隣接する豪雪地帯だ。駅の辺りは除雪車が出るが、家の周辺は自分たちで雪掻きするしかない。ようやく小降りになってきた中、彬は玄関前の雪にスコップを入れた。

ざくざくと雪を掻いていると、少し丸い父の背中が、目蓋の裏に浮かんでくる。

彬は戦争末期の昭和十九年に生まれた。父にとっては、待望の長男誕生だったと聞いている。しかし、その父は、彬が生まれて数か月で出征することになった。日常生活に大きな支障はないものの、父は若い頃に事故で指を骨折し、今も左手がよく使えない。片手では鉄砲を撃つことが満足にできないので、戦争にいくことはないだろうと、母をはじめとする周囲の誰もが思っていたらしかった。

けれど、前年に学徒出陣が始まり、これまで徴兵除外されていた人たちも、兵役を免れることはできなくなった。父は兵站(へいたん)づきの製糧士(せいりょうし)として、戦況が悪化する南洋へと送られた。

彬にとって、生まれたときから父はいないも同然だった。幼少期の彬は、母、祖母、曽祖母(そうそぼ)と、女所帯の中で育てられた。

だから、終戦から二年後、三歳くらいになったときに、復員した父がいきなり現れたときは、違和感しか覚えなかった。激戦地からの帰還に母や祖母たちは涙を流して大喜びしていたが、どんなに呼ばれても、その輪の中に加わることはできなかった。突然やってきた髭(ひげ)だらけの男性はなんとも言えず恐ろしく、近寄りがたく感じられた。

今でも彬と父の間には溝がある。

後に妹の芳子が生まれてから、眼には見えないその溝は一層深くなった。母と妹といるときは感じないが、そこに父が加わると、途端に自分の居場所がなくなるような気がする。母にとっては夫であり、妹にとっては父であるその人は、彬にとってはいつまでたっても、ある日突然現れた〝見知らぬ男性〟だった。

父と一緒に炬燵を囲むことを考えると、どうにも気が引けて、それで素直に雪掻きを引き受けたのだ。どれだけ大人になっても、父と酒を酌み交わすようなことは、到底できそうになかった。

彬は太平洋戦争のことをほとんど覚えていない。B29も、空襲も知らない。だが、自分たち父子の関係がいびつになったのは、間違いなく戦争によるものだ。

戦争なんて、いいこと一つもないのにな――。

なぜ世界中を相手に日本が戦争を始めたのか、彬はまったく理解できない。

あらかた雪を掻き終わり、白い息を吐く。重たい雪雲に覆われた空が、いつしか暗くなりかけていた。

「ご苦労さんだったな」

家に戻ると、母が雑煮を温め直してくれた。母と入れ替わりに、妹が台所に立ちにいく。今夜は御節の残りを洋風にアレンジするのだと、なにやら妙に張り切っていた。父も自分の部屋に引きあげたようだった。

つけっぱなしのテレビでは、まだ新春演芸会が続いている。

一人炬燵に入り、彬は雑煮に口をつけた。柔らかく煮えた熱い餅が、冷えた身体を温めてくれる。テレビをぼんやり眺めながら雑煮を啜っていると、奥の部屋でごそごそしていた母が、古い帳面を手に居間に戻ってきた。

「どうだや、うんめか」

「ああ、母ちゃんのこさえた雑煮は、やっぱうんめや」

東京に出てから、できるだけお国訛りが出ないようにしている彬も、母と話すときは懐かしい響きに引きずられる。

「しんから、のくとまるわ」

彬が餅を食べながら言うと、「んだな」と母は微笑んだ。

「でもな彬、いくら夢だった仕事につけたからって、あんまり無理するんじゃねえど」

当たり前のように続けられ、餅を詰まらせそうになる。

夢だった――？

一体、なんの話か。

出版社志望だったのは事実だが、学年誌の編集者になりたくて、日本文学を専攻したわけではない。自分の夢は、あくまでも文芸編集者だ。

「おら、夢だなんてせったかや？　文林館なんてすぐに……」

眼の前に差し出された帳面に、彬は出かかっていた言葉を呑み込む。ぼろぼろの帳面は、小学生時代、冬休みの宿題として書かされていた絵日記だった。

「おめ、初めて父ちゃんからもらったお年玉で買ったのが『学びの一年生』だったもんな」

文林館はすぐに辞めるつもりだ。

呑み込んだ言葉が、母がめくったページの上に溶けていく。

そこには、あちこちはみ出しつつも、相当の時間をかけて写したと思われる、『学びの一年生』の表紙の絵があった。

彬は大きく眼を見張り、へたくそながらも懸命に取り組んだらしい模写を見つめた。発色の悪いクレヨンを、ごしごしと帳面に塗りつけている当時の自分の姿が浮かんだ。

「こんなん、どこにあったん？」

「父ちゃんが、取っといてくれたんださ」

ゆっくりと告げられて、絶句する。

あの父が……。

その瞬間、まったく忘れ去っていた記憶が、走馬灯のように脳裏に甦る。

そうだ。あれは、小学校に上がってから迎えた最初のお正月。父から、生まれて初めてお年玉をもらった。喜び勇んで、彬は近所の雑貨店へ駆けていった。

最初はお菓子を買うつもりでいた。しかし、店内を見回すうちに、やっぱり手元に残るものがほしくなった。そのとき、彬の瞳に映ったのが、たくさんの雑誌だった。少年誌、少女誌、眺めているだけでもわくわくするような表紙の雑誌が、店先に美しく並んでいた。長い時間をかけて真剣に吟味した末、彬が選んだのが――。

『学びの一年生』

学習のページもあり、ほかの雑誌より、ほんの少し高尚な香りがする。初めてのお年玉で買うのにふさわしい、まさしく今の自分のための雑誌だと思った。手に入れた瞬間、一冊の雑誌を初めて己のお金で買った喜びが、じわじわと込み上げた。

感動が冷めないまま、彬はページを開く前に、絵日記に表紙を描きつけた。夢中になってクレヨンを塗りつけている様が、まざまざと甦る。

ところが、これには結構間抜けな後日談があった。雑誌など買ったことのない彬は、一月号を最新号だと思い込んで購入したが、正月明けのその時点では既に二月号が発売されていたのだ。雑貨店の店主も意地が悪い。ページをめくり、彬は初めて、自分が一か月前の号を買っていたことに気がついた。

その無念も含め、当時の思い出が、一気に押し寄せてくる。

「そんで、なじょして父ちゃんが……」

気づくと、そう呟いていた。

「初めて自分がやったお年玉で買った本の絵を、おめえが喜んで日記に描いたんだもんで、父ちゃんも嬉しかったんじゃねえかや」

その言葉に、頬に血が上る。

「そんなん、おらぜんぜん忘れてたで」

動揺を隠すため、必要以上に大きな声が出た。

「だっけん、父ちゃんは忘れてなかっただど」

母の声が、一段と深くなる。

「その『学びの一年生』の仕事に就けたんだから、母ちゃんも嬉しいわさ」

少し潤んだ母の瞳が、彬に向けられた。その眼差しに、母もまた、父と自分の間の溝に心を痛めていたのかもしれないと、初めて悟る。

「おめ、今年はお盆くれえは、ちゃんとけってこいや。父ちゃんも母ちゃんも、待ってるさけな」

鼻の奥がじんと痛くなりかけて、彬は慌ててテレビの新春演芸会に視線を移した。

しかし、まさか自分が初めて買った雑誌が、『学びの一年生』だったなんて――。

うるさいだけの漫才を眺めるふりをしながら、眼の端で絵日記に描かれた表紙を追う。今の今までまったく思い出すこともなかったが、確かに自分の手によるものだ。

未だ半信半疑の彬の心に、その像がくっきりと刻まれた。


正月休みが明けると、彬はすぐに慌ただしい毎日に取り込まれた。

史乗社の『あかるい○年生』は撃退したものの、学年誌にはまだまだたくさんのライバル雑誌があった。戦前、文林館で働いていた編集者が立ち上げた学童研究社の『○年の勉強』は、五年前から国鉄の「特運」を辞退し、規定外の金属やプラスチックを使用した豪華付録で売り上げを伸ばしつつあった。

国鉄の定期刊行雑誌の全国輸送には、雑誌に対する「特運」という一般貨物より割安になる特別運賃が設けられているのだが、この「特運」には素材や形に対する厳しい規制がある。

文林館は「特運」の規定内で本誌と付録を工夫しつつ、『学びの一年生』の四月新入学年特大号に向けて、年明けから大々的な増売企画作戦を開始した。

一月中、文則社長をはじめとする販売部の幹部が全国の書店を行脚し、表紙を拡大したポスター、フラッグ、人気漫画のキャラクターの大型ディスプレイ等の店頭宣伝物を配布し、拡販に努める。新一年生を迎える四月を照準に、年明けから早くも臨戦態勢が敷かれた。

戦後の第一次ベビーブームは一九四九年に最初のピークを迎え、その後停滞していたが、文林館の学年誌はライバル誌に負けず、発行部数、実売部数共に、ずっと右肩上がりだった。

彬が発案した、学習漫画に特化した『学びの一年生』お正月増刊号も、なかなかの好成績を収めた。自信を深めた彬は、戸塚のほかにも人気漫画家を数名担当し、目まぐるしく働いた。

飛ぶように過ぎていく日々の中、時折、郷里で母親から見せられた、絵日記のことが脳裏をよぎった。そのたび、初めて自分のお金で雑誌を買ったときの感動が甦り、自分が編集に加わった『学びの一年生』を買う読者も、きっと同じような思いを抱いているのだろうと想像した。すると、日々の編集作業が、まるで読者との真剣勝負のように思えてくるのだった。

文林館は「腰かけ」だという気持ちが、完全に消えたわけではない。それでも、勝負から逃げることはしたくなかった。

そんな日々の中、三月に入り、ようやく空気もぬるみ始めた頃、彬は神田界隈の出版社の若手社員による懇親会に誘われた。訳も分からず、他部署の先輩に連れられるまま参加してみると、どうやらそれは出版労働組合の集まりのようだった。

要するに、勧誘だったのだ。

さて、困った。

畳敷きの宴席で大きなコップになみなみとビールを注がれ、彬は戸惑う。

正直、まだ文林館に対する気持ちを定めることのできない彬は、組合活動にも深入りしたくなかった。適当にお茶を濁して、早めに帰るのが一番だろう。

「おい、若いの」

ところが、既に相当飲んでいると思われる見知らぬ男に、隣にどすんと座られた。

「お前、たかだか入社一年めの新人のくせに、学習漫画の増刊号を一人で作ったんだって？」

酒臭い息を吹きかけられ、彬は思わず顔を逸らしそうになる。

「調子に乗んなよ、若造！」

いきなり怒鳴りつけられてむっとした。

一体、誰なんだ、こいつ。

「大体、文林館の学年誌は、学習雑誌とか言いつつ、漫画だの怪獣だの下らんものばっかりじゃないか。なにが〝学びの〟だ。あんなもののどこが学習なんだ」

真っ赤な顔をして、男がとうとうと説教を垂れ始める。言葉の節々から、男が神保町にある岩山書店の編集者であることが分かってきた。

「あんなろくでもない雑誌は、ストライキを行使して即刻とめるべきだね」

「はあ……」

相手にすれば、長くなる。

彬はむしゃくしゃを押し殺し、やり過ごすことに決めた。

「それに比べ、我が社のオピニオン雑誌『万邦』は社会的に意義のある雑誌だから、ストライキでとめるわけにもいかないのが組合としては悩みどころだよ」

彬が言い返さないのをいいことに、男の口調が酔ったようになる。

鬱陶しいなぁ……。

彬は自分を連れてきた先輩の姿を探した。先輩は文林館の兄弟会社である英修社の若い女性社員たちと、楽しそうに談笑している。彬のオルグは口実で、そっちのほうが目的だったのかもしれない。

内心舌打ちをして、彬はビールを呷る。

「そもそも、お前たちは、学習雑誌を謳ってるくせに、なんで児童文学に挑戦しようとしないんだ」

「児童文学?」

「そうだよ、児童文学だよ。ケストナーとか、ディケンズとか」

そう言われれば、岩山少年文庫が中学時代の図書館にあって、その中に、ケストナーの『ふたりのロッテ』とか、ディケンズの『クリスマス・キャロル』が収録されていた記憶がある。けれど中学時代、彬は島崎藤村や夏目漱石を読み始めていたので、そんな子どもっぽい本に手を出すことはなかった。

大学時代、文学部に児童文学研究会があることを知ったときも、子どもの本なんて研究して一体なにになるのかと思っていた。

つまるところ、彬は児童文学をほとんど読んだことがなかった。

「文林館の学年誌なんて、グリム童話やイソップ物語のリライトがいいところだろう。それに比べて、岩山は少年文庫から始まり、今は少年少女文学全集をだなぁ……」

キングスレイの『水の子』、ドイルの『シャーロック・ホウムズの冒険』、ヴェルヌの『海底二万里』——。すべてを完訳で収録しているのだと、男は得意げに語る。

「海外ものの完訳に関しては我が社の右に出るものはないにせよ、学習雑誌というからには、せめて日本の児童文学作家による創作童話でも載せてみたらどうなんだ」

酔いが回ってきたせいか、彬は本気で苛々（いらいら）してきた。

男の語る「児童文学」とやらがどんなものなのか、よく分からないというのも苛立ちに拍車をかけた。

「お手軽な漫画に逃げて、児童文学に挑戦しないなんて、学習雑誌の名折れもいいところだぞ」

「うるせぇっ」

ついに堪忍袋の緒が切れた。

「なにも知らないくせに、漫画をお手軽だなんて言うな！」

絶対に手を抜かない戸塚たちの努力を侮辱されたようで、聞き捨てならなかった。

「なんだと、こいつ！」

急に彬が反撃したので、相手の顔色が変わる。しかし彬も怯まなかった。

「漫画だって立派な文化だぞ。読んだこともないくせに、余計な口をたたくな」

「なんだと……！　じゃあ、お前は、児童文学のなんたるかを、ちゃんと知ってるのか？　『宝島』を、『飛ぶ教室』を、『ナルニア国物語』を読んでるのか」

「だったら、お前は、漫画をちゃんと知ってるのかよ。『火の鳥』を、『フーテン』を、『太陽と骸骨のような少年』を読んでるのかよ」

「なにをっ」

「なにをっ」

男が立ち上がり、彬もつられて立ち上がる。

男が彬につかみかかり、彬も男につかみかかった。

「ヤロー！」「テメー！」

「うわ、喧嘩だ、喧嘩だ！」「いいぞ、もっとやれ」

一気に周囲が騒然とし、酔っぱらった連中が便乗するかのように押し寄せてくる。そこから先は、なにがなんだか分からなかった。羽交い締めにされたかと思えば、背後からぽかりと殴られる。

「いってぇな！」

腕を振り回す彬も、もう誰を殴っているのか分からない。

「うわ、野山、なにやってんだ、やめろぉ！」

英修社の女性社員と戯れていた先輩がようやく気づいてとめにきたが、もう後の祭りだった。

「いいぞ、若いの。やれ、やれー！」

ほかのテーブルの酔っぱらいからまで声援を送られ、押さえ込んでくる連中を撥(は)ね飛ばし、彬は大いに暴れまくった。

「野山君、それどうしたの？」

翌日、富士見台の戸塚邸へいくと、彬の顔を見るなり、戸塚治虫は眼を丸くした。

「昨夜、ちょっと……」

彬はきまり悪げに言葉を濁す。左目蓋が腫れ上がり、見事なアオタンができていた。とはいえ、彬も相手の顎に思い切りパンチを食らわせたので、被害者面ばかりはできない。

「僕は暴力的な人は嫌いだなぁ」

冗談ともつかぬ口調で言いながら、戸塚はコートを羽織って表へ出ていく。これから仕事で大阪へ向かうという戸塚の後を、彬は慌てて追いかけた。

「違いますよ、先生。これは漫画の名誉を守るための負傷です」

「漫画の名誉？」

「そうです、そうです」

逃げられてなるものかと、彬は戸塚と一緒にハイヤーに乗り込んだ。羽田空港へ向かう道中に、今月分の原稿のネームを書いてもらわなければ掲載に間に合わない。

「じゃあ、野山君は、漫画のために誰かと喧嘩をしたっていうの？」

「その通りです」

後部座席に並んで座りながら、彬は昨夜の顚末(てんまつ)を説明する。戸塚は黙って聞いていたが、彬が

『火の鳥』を読んでいるのかと凄んで相手の胸ぐらをつかんだと知ると、くすくすと笑い出した。

「あのねぇ、野山君。漫画と児童文学は、決して相反するようなものではないよ。以前『ディズニーの国』で僕の連載を担当していた編集者の今江君は、今は著名な児童文学作家になっているし」

「はあ」

だが彬は、その児童文学というものがさっぱり分からない。それは童話やお伽噺とは、なにがどう違うのだろう。

「戸塚先生。児童文学って、一体なんですか。童話とは違うんですか」

「それは単に語感の問題だねぇ」

「宮沢賢治とかのことですか」

「もちろん、宮沢賢治も素晴らしい児童文学を書いているけれど……」

車窓の景色に眼をやり暫し考えた後、戸塚は彬に向き直った。

「野山君。君、一度、子どもセンターにいってみてはどうだろう」

「子どもセンター?」

戸塚は胸ポケットからメモを取り出し、さらさらと地図を書いた。表参道にあるその場所は、正式名称を「子ども調査研究所」というらしい。

「元々出版社の編集をやっていた人が所長になって作られた、民間の調査機関でね。主に子どもの関心や嗜好についてのデータを収集しているんだけれど、子ども文化に興味のある面白い人たちがたくさん集まっている」

戸塚自身、そこの理事を務めているのだそうだ。

「そこには、児童文学の研究会を開いている作家もいるよ」

地図の隣に、戸塚は一人の人名を書きつけた。

佐野三津彦（さのみつひこ）。

小説家であり、児童文学作家であり、評論家でもあるという。

「僕が『ＣＯＭ』でやってる『ぐら・こん』の批評や採点もお願いしてるんだ」

「ぐら・こん」とは、ＧＲＡＮＤ・ＣＯＭＰＡＮＩＯＮの略で、活動の一環として『ＣＯＭ』誌上で行われている漫画コンテストのことだ。最優秀作は月例新人入選作として全ページ掲載され、年に一度、入選作の中から「ＣＯＭ新人賞」が選ばれる、漫画投稿者にとっては、登竜門のような催しだ。

その審査員の一人である佐野三津彦が、東京大空襲で孤児となり、放浪の末に文学者になったと聞かされ、彬は驚いた。

そんな無頼のような経歴の人が、児童文学に関わっているのか。

「学年誌の編集を続けるに当たって、会ってみて損はないと思うよ」

「はい」

差し出されたメモを、彬は頭を下げて受け取る。

今後、文林館で学年誌の編集を続けるか否かはともかく、確かに興味深い人物のようだ。

そうこうしているうちに、ハイヤーが首都高速道路に入った。

「先生、羽田に着くまでにネームを上げていただかないと」

目蓋を閉じて居眠りしそうになる戸塚に、彬はすかさず畳みかける。

「そんなに急いでるの？」

戸塚が面倒そうに薄目をあけた。

「はい！　急いでおります」

だからこそ、ハイヤーにまで押しかけているのだ。

「ほかの先生方のネームはもう上がってるの？」

「もちろんです。今回も先生が最後です」

語調を強くして告げると、戸塚は渋々といった様子で傍らの鞄を開き、帳面を取り出した。そこから、戸塚はあっという間に自分の世界に没頭していった。

こうなると、天才には誰も近づけない。

帳面に走る鉛筆の音を聞きながら、彬は車窓を流れる風景に視線を移した。四年前の東京オリンピック開催に合わせて作られた首都高は高架になっていて眺めがよい。東京タワーが見えてきたときは、ちょっとした観光気分だった。

車窓の風景に夢中になっていると、ふいに肩をたたかれた。

「できましたよ」

帳面を差し出し、戸塚が真顔で言う。

「野山君、ここで降りますか」

は――？

彬は一瞬ぽかんとした。

「だって、急いでるんでしょ？」

猛スピードの車がびゅんびゅんと走る高速道路の真ん中で、信じられないことを口にする。こんなところで降ろされたりしたら、たまったものではない。

冗談で言っているのか否かが分からないところが恐ろしい。

結局、羽田空港まで同乗し、彬はそこからモノレールに乗って会社にとんぼ返りした。大急ぎで編集長にネームの確認をしてもらい、ページの割付に入る。

作業をしつつ、戸塚からもらったメモを自分のデスクに張りつけた。

子ども調査研究所。佐野三津彦。

ここへいってこの人に会えば、児童文学のなんたるかが、いくばくかでも分かるかもしれない。

そんなことをぼんやり考えていると、黒電話がけたたましい音をたてた。

「もしもし、野山君？」

受話器を取れば、先ほど空港で別れたばかりの戸塚の声が耳朶(じだ)を打つ。

「はい、野山です」

「さっき渡したネームだけれど、五ページの上から二段めの三コマめのネームをこう変えてほしいんだ」

帳面をめくり、彬は舌を巻く。

自分が書いたネームのページから細かいコマ数までを、なんと戸塚は完璧に記憶しているのだ。

戸塚治虫には、良くも悪くも驚かされてばっかりだ。

電話での指示に従いながら、彬は慎重にネームを訂正していった。

翌週、彬は早速仕事の合間を縫って、表参道の子ども調査研究所——通称子どもセンターを訪ねることにした。

原宿(はらじゅく)駅で国鉄を降り、表参道方面に向かう。

この辺りは、〝お洒落（しゃれ）な若者の街〟として最近にわかに脚光を集めているが、近くの大学には実力闘争（ゲバルト）の標語が書かれた看板が立ち並び、少々危ない雰囲気だった。

長引くベトナム戦争への抗議や、大学の自治と変革を巡り、今年に入ってから大学紛争が再び激化している。キューバ革命の英雄、チェ・ゲバラに関する本が、本人の精悍（せいかん）な容貌とも相まって学生たちの間で大人気となり、各書店でベストセラーになっていた。

戸塚治虫が書いてくれた地図を頼りに、彬はケヤキ並木の続く道を歩く。やがてたどり着いたセンターは、古いビルの四階に入っていた。受付もなにもなく、誰でもふらりと入っていける雰囲気だ。

廊下の窓硝子を鏡代わりに、彬は身なりを点検する。さすがにアオタンは消えていたが、まだ目蓋が少し腫れていた。人相の悪さで敬遠されてはいけないと、ネクタイを整え直す。

「野山君」

通路の奥から一人の男性が現れた。戸塚アニメにも深く関わっている脚本家だ。富士見台のスタジオで何度か顔を合わせたことのある彼が、今回彬の窓口になってくれた。

「この度は、お世話になります」

彬は頭を下げる。

「佐野さんは、もうそろそろ見えると思うから、とりあえずその辺で待っててもらえるかな」

「はい」

案内された事務所では、随分若い人たちが働いていた。服装からして、まだ学生のようだ。

一番大きなデスクに座っている人が所長らしい。

事務所の隅の椅子に腰かけて周囲を窺っていると、花瓶に花を活（い）けている中年女性の姿が視界に入った。女性が手にしているのが素朴な菜の花であることに、彬は却って興味を引かれた。

「こんにちは」

眼が合うと、にっこりと微笑まれた。ハッとするほど清々しい笑顔だった。

「こ、こんにちは」

一テンポ遅れて、彬は頭を下げる。目蓋を腫らした自分は相当険悪な面持ちのはずだが、女性には気にするそぶりもない。

「じゃあ、高山さん。また」

花を活け終え、女性が所長らしい男性に声をかけた。

「ああ、ありがとう。今度、娘さんの学校にゲームのアンケートを取りにいきたいから、そのときはまた、力を貸してください」

「ええ、うちの娘みたいに女の子らしくない子でも、楽しく遊べるゲームを作ってくださいね」

朗らかに応じ、女性は事務所を出ていく。彬の前を通るときにも、軽く会釈してくれた。

飾り気のない後ろ姿を、彬は見るともなしに見送る。

なんだか、春風みたいな人だな——。

柄にもなく、そんなことを考えた。

「やあ、いらっしゃい」

高山と呼ばれた所長が、彬に眼を留める。

「お邪魔しております」

彬は丁寧にお辞儀した。

戸塚が言ったように、この事務所には色々な人たちが出入りしているようだ。

先刻の女性が活けていった菜の花の鮮やかな黄色が、事務所内を一層フランクに、明るく見せている。高山所長も、ノーネクタイのラフな格好をしていた。

戸塚から聞いた話によれば、このセンターは、大手企業から委託され、たくさんの子どもたちの嗜好データを収集しているのだそうだ。お菓子、玩具、ボードゲーム等の新商品の開発に、高山たちが集めたデータが幅広く活用されているらしい。先ほどの女性も、そうしたデータ収集の協力者の一人なのだろう。

それにしても、風通しのよさそうな事務所だな……。

よく見ていると、事務所には決まったデスクがなく、誰もが好きなところで仕事をしてよいようだった。先ほどまで所長が席に着いていた大きなデスクを、今は眼鏡をかけた学生風の男性が使っている。案内してくれた脚本家は、窓側のテーブルでなにかの資料を読んでいた。

半ば感嘆しながら彼らの仕事ぶりを眺めていると、ふいに背後から声が響いた。

「野山ってのは、あんた？」

振り向けば、黒い薄手のコートを纏った小柄な男性が立っている。前髪が、眼にかかるほど長い。

「はい、文林館の野山です」

彬は慌てて椅子から立ち上がった。この人が、待ち人か。聞いていた年齢よりずっと若く見える。

待ち人——佐野三津彦は、洒脱な雰囲気の青年といった様子だった。とても編集長たちと同世代とは思えない。長い前髪の下の眼光がやけに鋭かった。

「今回、戸塚先生の紹介で……」

名刺を出そうとしたが、「いいよ」と遮られる。

「とりあえず、表で話そう」

「え、あ、それじゃ、ご挨拶して……」

脚本家と所長を振り返ろうとした彬を、再び三津彦が手で制した。

「構わないって。ここにいる連中は、誰が出入りしようが、気にしたりしない」

言うなり、くるりと踵を返してどんどん歩き始める。彬は急いで後を追った。表へ出ると、三津彦はケヤキ並木の大通りをコートの裾を翻して足早に歩いていく。

颯爽、という言葉が頭に浮かんだ。

ここへくる前、彬は佐野三津彦の自伝的小説を夢中になって読んだ。東京大空襲で両親を失い、千葉の親戚宅へ預けられた少年は、そこで「松戸のババア」をはじめとする親戚たちに散々こき使われ、耐え切れずに出奔する。それからは放浪の〝浮浪児〟となって、戦後の闇社会を必死に生きていく。

掏りや盗み等の犯罪を繰り返し、幾度となく感化院に送られる壮絶な半生だ。〝タクグレ〟〝ハクイ〟〝カリコミ〟等、闇社会の符牒が続々と登場し、ときに意味が分からないこともあったが、それが一層、小説に凄みと現実味を与えていた。

力のない〝子ども〟であるが故に、騙され、利用される戦災孤児たち。保護施設にすら、彼らをいたぶる悪徳看守がいる。

読んでいて胸が苦しくなる凄惨な日々を、しかし、著者は決して自己憐憫的には描かない。筆致はあくまで淡々として冷静で、ときに辛辣ですらある。

戦災孤児を主人公にしたドラマ「鐘の鳴る丘」の映画版を見た少年が、あんなに結構な施設があるなら自分も更生できると一縷の希望を持つが、同じ房の少年から、モデルとなった実際の場所は疥癬の巣だと告げられるくだりで、彬は恥ずかしくなった。

彬自身、「鐘の鳴る丘」のラジオドラマに夢中になり、登場するかっこいい〝浮浪児〟たちに憧れた時期があったからだ。

これほど冷徹で刺激的な小説を書いた人が、現在は主として児童文学作家を名乗っていることが、彬にはやはり不思議だった。

ケヤキの並木道を足早に歩き、やがて三津彦は原宿セントラルアパートの前で立ちどまった。かつては米軍関係者専用だったという洒落たアパートだ。そこの一階にある喫茶店に迷わず入っていく。彬はついていくだけで精一杯だった。

初めて入ったその喫茶店には、独特な雰囲気があった。

低くジャズが流れる店内で、書き物をしたり、打ち合わせをしたりしている人たちも、どこか浮世離れしている。ファッション雑誌から抜け出してきたような服装の女性もいる。

三津彦はその場の空気に馴染(なじ)んでいたが、彬は鼠(ねずみ)色の背広を着込んでいる自分のことが、なんとなく恥ずかしくなった。

「座りなよ」

奥のソファ席に、三津彦がどさりと腰を下ろす。少々臆しながら、彬も向かいのソファに腰をかけた。

「その顔、どうしたの。目蓋んところ」

「ちょっと……」

「喧嘩?」

隠し切れないと思い頷くと、三津彦は口元をゆがめて笑った。

「で、なにが聞きたいんだっけ」

間近で改めて見つめられると、ぞくりとするような迫力がある。

「児童文学について教えていただきたいんです」

彬は居住まいを正した。

「あんた、学年誌の編集だっけ」

「はい」

「ふーん」

ウエイターにコーヒーを二つ注文してから、三津彦が頬杖をついた。

「児童文学を学ぼうっていうのは、学年誌の編集者としては殊勝な心掛けだね」

呟くようにそう言うと、物憂げに目蓋を閉じる。それからしばらく店内に流れるジャズを聞いているようだったが、やがてゆっくりと眼をあけた。

「あんたは学年誌をどんなものだと思ってる？」

反対に質問されて、彬は一瞬言葉に詰まる。まさか、本意の仕事ではないので、いずれ辞めるつもりだとは言えない。

「児童に興味をもたせる編集をして、読むこと、書くこと、新しく創り出す力を養い、〝一人で学ぶことの楽しさ〟を身につけてもらいたい……というのが、創始者の発想だったそうです」

新入社員研修で読まされた社史に書かれていた文言を、彬は口にしてみる。貧しい家庭環境に育ち、小学校しか出ていない初代社長自身が、独学の人だったのだそうだ。

「一人で学ぶことの楽しさ、か。実にいいね」

別段皮肉な様子もなく、三津彦が淡々と続ける。

「で、文林館の学年誌が、本当にそれを実践できてると思う？」

改めてそう問われると、彬は内心首を傾げた。

編集長の畠田も、先輩編集者も、執筆陣である戸塚たちも、そして自分自身も、懸命に仕事に取り組んでいる。編集企画前に学校訪問をし、先生や児童たちから直接意見を聞くことも怠っていない。発行部数も、実売部数も、右肩上がりに伸びている。

しかし、テレビ先行のブームにどうしても偏りがちな現在の編集方針が、本当に〝一人で学ぶことの楽しさ〟につながっているのかどうかは定かではない。ブームというのは、結局、集団が作り上げるもので、決して一人ひとりのニーズに応えるものではないからだ。

「……よく、分かりません」

彬が正直に答えると、三津彦がにやりと笑った。

「児童文学も同じだよ」

運ばれてきたコーヒーを片手に、三津彦は少し真面目な顔をする。

「学年誌にせよ、児童文学にせよ、不特定多数の子どもを相手にするということは、子どもとはなにかということを、繰り返し繰り返し、考え続けることだ。それはすなわち、俺たちの今後の行く末を考えることにつながる」

「今後の行く末……」

「そうだよ」

ブラックコーヒーを一口啜り、三津彦は光る眼で正面から彬をとらえた。

「人間……ヒト属の歴史は、百万年前の洪積世初期に始まるらしい。ほかにも色々な説はあるけど、とりあえず、俺はその説をとる。なんせ、この時期の数万年なんて、瞬き程度の誤差でしかないからな」

かちりと音を立てて、三津彦はカップをソーサーに置く。

「だけど、子どもを一人の人間として認める近代的な考え方が生まれてきたのは、世界的に見ても、ここ、たった百年くらいのことだ。このことを、よく考えてみろよ。数万年が瞬き程度の誤差でしかない途方もない長い時間を生きてきた人間が、子どもの人権に気づいてまだたった百年なんだぜ」

〝子宝〟という言葉は日本にも昔からあるが、それこそが、子どもが家の所有物であったことの証拠だと、三津彦は続けた。

「家の所有物だった子どもが、戦中には国家権力の従属品としてどんなふうに扱われ、どんなふうに見捨てられてきたかは、戦災孤児だった俺はもちろん、特攻隊上がりの今の文林館の社長だって、よく知ってるだろうよ」

「えええええっ！」

大事な話の最中なのに、彬は奇声を発してしまう。

特攻隊上がり？　あの大人しそうな社長が？

「なんだ、お前、知らなかったのかよ」

あきれたように、三津彦が溜め息をつく。

「とにかく、人間の歴史は百万年、賢い人間と呼ばれる種に進化してからも数十万年が経ってっていうのに、子どもの人権が認められるようになってきたのは、わずか百年。その百年も、社会情勢によっては簡単に覆るのが現状だ。未熟も未熟。近代的子ども観については、我々自身がまだ赤子であることを認めざるを得ない」

しかし、人格は間違いなく子どもの中にも備わっているし、子ども時代を経ることなしに、大人になることはありえない。にもかかわらず、大人たちがそのときに拠(よ)っている社会情勢や権力に合わせて子どもを鋳型に当てはめるように育てれば、子どもはそもそも備わっている能力や個性を十全に発揮することができない。

「だから、長きに亘(わた)って同じような歴史が飽きるほど反復される。根本は、そこなんだよ」

人間の歴史は百万年。子どもの歴史は百年。

三津彦はそう繰り返した。

近代的子ども観に関しては、人類もまた、ほんの子どもなのだと。

「分からなくって当然だ。原人だった頃から、百万年かけて凝り固まってしまった観念を、ようやく変革しようと重い腰を上げて、まだたった百年なんだから」

コーヒーを飲み干し、三津彦はすぐにウエイターを呼んで二杯目を注文する。

「だからこそ、俺たちは考えなければいけない。鋳型にはめられないよう、自分の頭でしつこく考え続けなければならない。それが児童文学の仕事だと、俺は思っている」

長い前髪の下、小さな黒い瞳が鋭い光を放った。

たった百年――。

繰り返された言葉が、彬の胸の奥に落ちていく。

それからしばらく、三津彦も彬も黙って店内に流れるジャズと周囲の喧騒を聞いていた。

ふと、三津彦の口元に皮肉な笑みが浮かんだ。

「戦後、『鐘の鳴る丘』ってラジオドラマが随分流行ったみたいだが、当時、地下道を這(は)いずり回っていた本物の浮浪児だった俺は、そんなもの、一度も聞いたことがない。でも、たまたま金が入ったときに、伊勢佐木町(いせざきちょう)の劇場で映画版を見たことがあってね」

小説に書かれていたエピソードだと、彬はどきりとする。

「見終わったとき、恥ずかしいほど涙が出たよ」

感動して泣いたのではない。

自分自身の現実とあまりにかけ離れすぎていて、情けなくて涙が出たのだと、三津彦は眼を眇めた。

「そのときに思ったね。このドラマや映画で、世間は〝浮浪児〟の問題を片付けようとしてるんだと。戦災孤児には、〝緑の丘の赤い屋根〟なんていう御大層な施設がある。その思い込みだけで、この問題は解決だ。実にお手軽なもんだ」

「鐘の鳴る丘」が大好きだった彬にとっては、耳が痛い話だ。

「あのドラマが、戦後の子どもたちに大きな希望を与えたというのは事実だったろうよ。でも、それは保護者のもとで、毎日ラジオを聴けた子どもたちであって、俺たち本当の孤児は、そこには含まれない。あのドラマによって、〝緑の丘の赤い屋根〟の下に住めない俺は、二重に捨てられた気分になった」

その言葉に、彬はうつむくことしかできなかった。

「戦後の児童文学の代表を『ビルマの竪琴』だという向きもあるが、それに関しても、俺は同じようなことを感じるね」

ウエイターから新しいコーヒーを受け取り、三津彦は続ける。

「あの戦争の責任を、水島上等兵一人におっかぶせて、先へ先へと進んじゃっちゃあ駄目なんだ。別に作品自体が悪いわけじゃない。ただ、戦争責任を曖昧にしておきたい連中が、あの作品を利用しているのが気色悪い。そいつは、ただの思考停止じゃないのかね。俺に言わせれば、あれは児童文学とは言いがたい」

　二杯目のコーヒーに口をつけながら、三津彦が横目で彬を見た。

「その点、君嶋織子はすごいぜ。優しい文体だけれど、ぎょっとするようなことを淡々と書いてくる。思考停止からは程遠い」

　君嶋織子――。彬も名前だけは知っている。

　数々の賞に輝く、現在大躍進中の女性児童文学作家だ。

「戦争中、華僑の女生徒を防空壕から追い出して、死に至らしめるような差別の話もある。庶民だって、全員が全員、戦争の被害者ってわけじゃないからな。近所の人間を、特高に密告するような連中もごまんといたわけだ」

　児童書にしては残酷すぎるのではないかという批判がないわけではないが、君嶋がそういうリアリズムを徹底するのは、その実、子どもを信頼しているからだろうと、三津彦は語った。

「割烹着を着たおふくろさん連中が諸手を挙げて支援していたのは、そもそも侵略戦争だ。君嶋はそこからも眼を逸らしていない」

　一旦言葉を切り、三津彦はコーヒーを啜る。

「確か君嶋はまだ無名時代に、文林館の学年誌の仕事をしてるはずだよ。いくつか読んで、俺は感心した覚えがある。『赤ずきんちゃん』のリライトで、狼に呑まれる赤ずきんの痛みを生々しく書いたのは、彼女だけなんだ」

「『良い子のひかり』！」

　思わず彬は大声をあげてしまった。

〝この時期に翻案された童話は、よいものが多いです。書き手が優秀でしたからね〟

つんと取り澄ました松永総務課長の顔が浮かんだ。

「『赤ずきんちゃん』には、ペロー版もあって、そっちでは赤ずきんは狼にむしゃむしゃと食べられて終わるんだ。それでは酷すぎるだろうと、グリム童話では、お腹(なか)から救い出されるけどね。甘ったれた結末だけにしないところが、君嶋らしくて面白い。なんでもお手軽に済まそうとしないところが実にいい」

そう言われれば、赤ずきんちゃんが苦しむところが、彬も印象に残っていた。

「君嶋は、俺より少し上の世代だけど、ああいう誠実さは本気で見習いたいと思うよ」

二杯目のコーヒーもあっという間に飲み干し、三津彦は胸ポケットからメモを取り出す。

「ほかにも、読むべき児童文学作家は何人かいる」

数人の名前を書きつけ、メモを破って彬に差し出した。

「この人たちの作品を読めば、あんたの知りたいことも少しは分かるかもしれないね」

コートを羽織り、三津彦が立ち上がる。

「じゃあ、俺はいくから。勘定は任せるわ」

「ありがとうございました」

さっさと歩いていく後ろ姿に、彬は頭を下げる。

人間の歴史は百万年。対して、子どもの歴史はたった百年。

近代的子ども観に関しては、人類はまだほんの子ども。

だからこそ、しつこく考え抜かなければいけない。お手軽に済ませてはいけない。

そうした言葉の数々が、胸に深く刻まれた。

よい勉強になった——。

メモを手帳に挟み、彬は会計に向かう。

ところが提示された金額は、コーヒー三杯分とはかけ離れた額だった。

「佐野さんより、これまでの付けもそちらの支払いでとのことでしたので」

当然の如くマスターに告げられて、彬は絶句する。

やられた。

確かに収穫はあったけれど。想像を遥かに超える勉強代になってしまった。

佐野三津彦と原宿の喫茶店で別れてから、二週間が過ぎた。

あの日以来、少しでも時間が空くと、彬は社長室の隣の資料室にこもるようになっていた。君嶋織子が名作再話を手掛けていた『良い子のひかり』を立て続けに読んでみる。

ついでに、戦中の『少國民のひかり』にも手を出した。そして、学年誌に名だたる文豪が短編小説や従軍エッセイを寄稿していることに驚いた。西條八十の詩や、吉川英治の歴史小説も載っている。連載小説を書いているのは、林有美子だ。

当時の子どもたちは、これを夢中になって読んでいたんだな。良くも悪くも。

敬礼する兵士を取り囲む男児と女児の表紙を、彬はじっと眺める。

これらの雑誌を子ども時代に読み、〝少国民〟としての洗脳に等しい教育をみっちりと受けた三津彦たち昭和一桁生まれの世代が、現在児童文学作家になっているのだ。

三津彦に「読むべき」と紹介された児童文学作家たちの作品は、興味深いものばかりだった。

特に、山中人志の長編児童小説は圧巻だった。貧しい炭坑労働者の娘と金持ちの息子が、ある日ふらりと現れた一匹の子犬を巡って争奪戦を繰り広げる様子を描きながら、戦後の社会問題を見事にあぶり出していく。頭脳明晰で胆力もある娘が、貧しさ故に学校へいく機会を失い、裕福な家に生まれながらも奇行を繰り返す息子が、実は原爆症で脳に障害があることが次第に明かされていく展開に、彬はすっかり引き込まれた。娘が暮らす貧民街〝軍艦長屋〟の描写のリアリズムは、三津彦の自伝的小説に通じるものがあった。

ほかにも、学童疎開によって引き起こされる子ども同士の軋轢、食糧不足の切なさ等、厳しく生々しい戦中戦後体験が根底に流れる彼らの作品は、大人が読んでも身につまされる。

集中して読み終えた後、彬の胸に、これまで考えたこともなかった思いが湧いた。

ここでも、できるのではないだろうか。

つまり、文芸編集者になりたいというかねてからの自分の夢は、学年誌という現在のフィールドでも、充分為し得るのではないかと思い当たったのだ。

まさに、眼から鱗が落ちるような瞬間だった。

君嶋織子に、もう一度学年誌への寄稿を頼めたら。もちろん、三津彦たちにも……。

児童文学は、紛れもなく文学だ。大人向けであろうと、子ども向けであろうと、文学であるという一点において、違いはどこにもない。初めて心底そう思った。

こうなると、岩山の編集者にも感謝しなくてはいけないかもしれない。あの鬱陶しい男のおかげで、児童文学という分野に気づくきっかけを得たのだから。

そんなことをつらつらと考えていると、ふいに資料室の扉があいた。

「野山君」

経理のベテラン女性社員、内村静子が笑みを浮かべて立っている。

「打ち合わせで、一体、何杯のコーヒーを飲んだの？」

その指先に、原宿セントラルアパートの一階にある喫茶店の領収書が挟まれていることに気づき、彬はひやりとした。畠田編集長のいい加減なチェックはかいくぐったものの、やはりばれたか。これまでも静子は穏やかな笑みをたたえながら、幾度となく編集部の伝票を突き返しにきていた。

ある意味、いつも厳めしい表情を浮かべている松永トメ総務課長以上に、経理の静子は手強い。組合活動にも熱心で、春闘ともなると社長室の前で座り込むこともあると聞く。そのせいか、松永課長同様、戦中から文林館にいるベテラン社員でありながら、静子は役職に就いていなかった。

「よく、ここにいるのが分かりましたね」

彬が愛想笑いを浮かべると、

「最近、しょっちゅうここにこもってるじゃない」

と、にっこり微笑み返された。

「それ、経費で落ちませんかね」

「このままじゃ無理ね」

「やっぱり……」

彬はがっくりと肩を落とす。

「随分昔の見てるのね」

静子が彬が手にしている『少國民のひかり』に眼をやった。

「これって、内村さんや松永総務課長が文林館にきた頃の学年誌ですよね」

「そうね」

「懐かしいですか」

何気なく尋ねれば、静子の顔が微(かす)かに曇る。

「懐かしさ半分、忌まわしさ半分ってところかな」

独り言のようにそう言った。

忌まわしさ……。

男児と女児に囲まれて敬礼する兵士の姿を、彬は改めて眺める。

「堀野編集長……相談役は、戦中の学年誌を焼いてしまったほうがいいって言ったの。でも、アキさん……今の社長のお母さまが、それをとめたのよ」

「どうしてですか」

「さあ、どうしてでしょうね」

暗い調子で呟かれ、彬もそれ以上の質問をやめた。

〝アキさん〟のことは、つい最近、先輩編集者から聞いたことがある。新婚生活を慮り、彬が戸塚番を交代した先輩宅には、年明け、女の子が生まれた。すると今年の三月頭に、上品な着物を着た老齢の婦人が、立派なひな人形を携えて先輩宅を訪れたという。その人こそが、文林館創始者夫人にして現社長のご母堂、会田アキだったそうだ。

かつて親族会社だった文林館には、社員に子どもが生まれると、男の子には兜(かぶと)を、女の子にはひな人形を贈る習慣があり、アキは今もそれを律儀に守っているらしかった。

「野山君は、戦後の公職追放のG項って、知ってる？」

ふいに、静子が尋ねてきた。

「いえ、よく分からないです」

彬は首を横に振る。

「A項は戦犯、B項は陸海軍人、C項は超国家主義者、D項は大政翼賛会指導者……」

指折り数えながら、静子が続けた。

「それで、G項っていうのは〝言論、著作、行動により好戦的国家主義や侵略の活発な主唱者たることを明らかにした一切の者〟っていう、一番手厳しいものなの」

戦時中、これらを免れた出版社は皆無だったろうと、静子は語る。

「ただ、文則社長は当時まだ学生だったし、アキさんは事業に関与していなかったと申し立てして、結局、初代社長のお従弟(いとこ)の支配人が、一人で責任を取る形で職を解かれたわけ。要するに手打ちよね」

静子が小さく溜め息を漏らした。

「でも、それで過去のことがなくなったわけじゃない。もしかしたら、アキさんはそう言いたかったのかもしれない」

しつこく考え抜かなければいけない。お手軽に済ませてはいけない――。

先日の三津彦の言葉が、彬の耳の奥に甦る。

「少なくとも私は文林館で働いている以上、〝お前たちの作った雑誌が、多くの親や子どもたちを焚(た)きつけてきた〟って言われたことを、絶対に忘れてはいけないんだと思う」

静子の頬に沈鬱な色が浮かんだ。

かつて、誰かがそんな言葉を、当時の文林館の社員たちに投げつけたのだろうか。

「とりあえず、この領収書は一旦お返しします。どう処理するかは、もう一度畠田編集長としっかり話し合ってから決めてください」

きっぱりとそう言って、静子は領収書を差し出した。その顔に、暗い影はもう残っていなかった。

領収書を受け取りながら、彬は今一度、心を決める。

〝少国民〟教育に翻弄され、国家に利用され、見捨てられたことを自認した上で、近代的子ども観に真っ向から取り組もうとしている三津彦たち児童文学作家と本格的に仕事を始める。

人間の歴史は百万年。子どもの歴史はたった百年。

そう繰り返す、三津彦の強い眼差しが脳裏をよぎった。

三津彦たちとの仕事を、一時的なもので終わらせるつもりはない。誠心誠意取り組んで、長期に続く連載企画にしてみせる。

そうすれば、数か月分のコーヒー代だって、決して高くはないだろう。

静子と別れて編集部のフロアに戻り、彬は早速、畠田編集長の姿を探した。

「編集長、畠田編集長」

領収書をズボンのポケットに突っ込んでフロア内を探し回ると、畠田は会議室の奥で付録の試作に取り組んでいた。付録の御前会議が、数日後に迫っているらしい。

今回の付録の目玉は、専門家に監修してもらったグライダーの模型だ。相当遠くまで飛ばすことができるという触れ込みだった。

「編集長！」

「なんだ、野山君。騒々しい」

「お話があります」

「後にしてくれないか」

あまり器用とはいえない畠田は、グライダーの組み立てに苦戦しているようだ。

「お手伝いしましょうか」

「いや、いい」

以前、部下に組み立てを任せたところ、社長から細かいところを質問されて返答に詰まり、気まずい雰囲気になったことがあると聞く。それ以来、畠田は付録の組み立ては必ず自ら取り組むようにしているらしかった。

保護者と一緒に作るのが前提とはいえ、一年生用の付録なんだから、どうってことないだろうに……。

畠田が妙にぴりぴりしているので、彬は肩をすくめて会議室を出た。

「おい、野山。お前、また、なに企(たくら)んでるんだよ」

自分のデスクに戻ると、隣席の先輩が声をかけてきた。彬が戸塚番を交代し、年明けに女児の父親となった先輩編集者だ。

「別に企んでるつもりはないですけどね」

電話に貼られた伝言メモを整理しつつ、彬は創作童話を連載する企画を先輩編集者につらつらと話してみる。売れっ子の君嶋織子にも声をかけたいと言うと、先輩は成程といった顔をした。

「ふーん、創作童話か。悪くないと思うよ」

「本当ですか！」

意外に肯定的な先輩の反応に、彬の鼻息が荒くなる。新企画を始める以上、賛同者は少しでも多いほうがいい。

「最近、また、学年誌の漫画掲載への風当たりが強くなってるからさ。漫画以外のページを増やすのは、編集長としても、やぶさかではないと思う」

学年誌の漫画掲載への批判は、これまでにも幾度となく起きている。そのたび、文林館でも学ところだった。

術顧問を増員するなど善後策を講じてはいるが、本当に理解を得られているのかどうかは難しい
「小一相手だと、漫画よりも童話のほうが読みやすいといったアンケート結果もあるしな。面白い創作童話を載せれば、結構反響あるんじゃないか。君嶋織子の童話なら、俺もいずれは娘に読ませてやりたいし」

「先輩、今から一緒に編集長のところに話しにいきましょうよ」

彬はすっかりわくわくしてきた。

「やめとけ、やめとけ」

ところが先輩は、煙草に火をつけながら首を横に振る。

「付録の御前会議が終わるまで、なにを言っても、編集長の耳には入らないって」

「そんなに大変なんですか、付録会議」

「そりゃぁ、社長が出てくるからね。漫画雑誌や週刊誌に関しては、基本、現場任せだけど、学年誌っていうのは、社長にとっても特別なんだよ。なんせ、文林館は学年誌から始まった会社だから。その学年誌の売り上げを左右する付録会議には、相当の圧がある」

全学年誌の編集長が、付録会議までに散髪にいって身なりを整えると聞き、彬は驚いた。

「それくらい、社長は怖いってことだよ」

以前なら信じられなかったが、三津彦から社長が〝特攻隊上がり〟だと聞かされてからは、それなりに納得できる。

修羅場をくぐってきた人間には、相応の迫力がある。

長い前髪の下で鋭く光る、三津彦の眼差しを思い出した。

子どもセンター経由で教えてもらった三津彦の連絡先に、彬は電話をかけ始めた。

「でも君嶋織子からの原稿なんて、本当に取れるの？」

「取ってみせますよ」

彬は張り切って答えた。

いずれにせよ、まずは三津彦に相談してみよう。学年誌で創作童話の連載を始めたい。ついてはできるだけ長く続けられるように、力を貸してもらいたい。

それから数日、戸塚治虫をはじめとする人気漫画家たちのぎりぎりの入稿作業が続き、彬は自分のアパートに帰れない日々を過ごした。

夜は文林館の地下にある風呂に入り、入浴だけは済ませていたが、数日間着っぱなしのワイシャツは汗臭くなり、近所のスポーツ用品店で買ってきたスウェットシャツに着替えた。靴下も脱いで、今はつっかけを履いている。少々だらしない格好だが、これくらいは大目に見てもらうしかない。

入稿作業もようやく片がつき、今日はやっとアパートに帰れそうだ。

朝食用のジャムパンを牛乳で流し込み、彬はふうっと息をつく。そろそろ、ほかの編集者たちも出社してくる時刻だ。

編集長に相談して、少し早めに帰らせてもらおうか。

そんなことを考えていると、彬の島の電話がけたたましい音をたてた。

「はい、『学びの一年生』編集部です」

何気なく受話器を取り、相手が畠田編集長の奥方であることを知り、慌ててかしこまる。

「え、あ、や……。いつもお世話になっております」

一体何事かと耳を澄まし、次に聞こえてきた言葉に、彬は眼を見開いた。

「ええっ！」

畠田編集長が、急性胃炎で倒れたという。

そう言えば、昨夜も遅くまで付録作りに取り組んでいたが……。

紙の目の具合によって翼の強度が足りないものができてしまうとかで、深夜近くまで、散々試作を繰り返していた。どうやら、その無理がたたったらしい。

本人はなんとしてでも今日の付録会議に出ると言っているが、ドクターストップがかかっていると、奥方が懸命に訴える。

「いや、分かりました。付録会議の件は、こちらでなんとかしますので」

奥方の声があまりにいたましく、彬はそう口にせずにはいられなかった。

とにかく畠田編集長にはゆっくり休んでもらうよう告げて、彬は電話を切った。

「なんだ、野山。昨日も帰れなかったのか」

そのうち、先輩編集者たちがどやどやと出社してくる。

「先輩！　畠田編集長が倒れました」

「なにぃっ」

彬の第一声に、先輩たちも眼をむいた。

「つきましては、付録会議にどなたか代理で出席していただかないと」

そう言った瞬間、先輩たちの間にざわめきが走る。どの顔にも、濃い拒絶の色が浮かんでいた。

「副編集長は？」

「大阪に出張中です」

彬がホワイトボードを示すと、先輩たちが一斉に下を向く。

「どなたか、お願いします」

繰り返しても、誰からも返事がない。

「今日はネームの打ち合わせが……」

隣の席の先輩編集者まで、体よく外出しようとしている。

「困りますよ。編集長の奥さんには、こちらでなんとかしますって言っちゃったんですから」

「だったら、野山。お前が出ろ」

「はあ?」

戸塚担当の交代だけならいざ知らず、御前会議まで一番若い自分に押しつけるつもりなのか。

さすがにそれはないだろうと、彬はむかっ腹を立てた。

「いやいや、野山。これは、ある意味チャンスだぞ」

もっともらしい表情で、先輩が彬の両肩をつかむ。

「これを乗り切れば、畠田編集長に大きな貸しを作ることができる。お前、創作童話の新企画をやりたいんだろう。ページ、大幅に取れるかもしれないぞ」

反論しようとしていた彬はぐっと言葉に詰まった。

「予算だって、たくさんもらえるかもしれない。せっかく君嶋みたいな売れっ子児童文学作家たちに頼むなら、挿画だっていいものにしたいよなぁ」

態度の軟化を見て取って、先輩が畳みかけてくる。

「どうせなら、俺の娘が小一になるまで続くような、いい連載企画にしてくれよ。もちろん、俺も精一杯協力するぞ」

「本当ですか」

「ああ、娘の名に懸けて」

「分かりました」

負けん気なのか、なんなのか。結局彬は引き受けてしまった。

そうとなれば、会議室に向かわなければいけない。会議は確か朝一だったはずだ。

畠田編集長の席からグライダーの模型を探し出し、早速、社長室のある事務フロアへ出かけようとする。

「ちょっと、待ったぁ！」

いきなり先輩に引き戻された。

「お前は、その格好で社長の前へ出るつもりか」

言われてみれば、ここ数日の会社連泊で、髪はぼさぼさ、無精髭は生え放題。おまけに安物のスウェットに、つっかけという出で立ちだ。

「俺の背広を貸すから、とにかく髭剃ってこい」

先輩編集者に追い立てられ、彬はトイレに髭を剃りにいった。

トイレの鏡に顔を映して剃刀を使いながら、先日の三津彦との電話での会話をぼんやりと思い返す。

〝本気かよ〟

『学びの一年生』の誌面で創作童話の連載を企画したいと打診したとき、三津彦は開口一番そう言った。しかし、三津彦が推薦した児童文学作家たちの作品を、ほんの二週間で彬があらかた読み尽くしていることを知ると、その声音から、徐々に怪訝(けげん)そうな色が薄れていった。

この企画は、長年文芸編集者になりたかった自分の夢を実現するものでもあるという彬の熱弁に、いつしか忍び笑いまで漏れた。

すべてを聞き終わった後、三津彦は約束してくれた。実現した暁には、必ずよい作品を書いてみせると。

こうなったら、なんとしてでも企画を通さなければならない。

そう考えれば、先輩編集者が言うように、これはチャンスかも分からない。

とにかく、前段階のプレゼンは済んでいるはずなのだから、後は病欠の編集長に代わって、見本の模型の説明をするだけだ。

社長がどんなに怖いかしれないが、形式的な会議なのだから、それほど恐れる必要はない。きれいに髭を剃り終えた自分に活を入れ、彬はトイレを出た。

「野山君」

先輩の背広に着替え、グライダーの模型を手にエレベーターを待っていると、井波から声をかけられた。

「まさか、君が付録会議に出るの?」

井波が眼を丸くする。今年から、井波は『学びの二年生』の編集長になっていた。

畠田編集長が急性胃炎で倒れたことを説明すると、井波は「ああ……」と眉を寄せた。

「実はねぇ、野山君」

言いにくそうに、井波が声を潜める。

小声でぼそぼそと語られた内容に、彬は血の気が引いていくのを感じた。このグライダーは、前段のプレゼンで、既に社長の不興を買っていたのだそうだ。

「企画に若さがない」というのと、紙の目によって翼の強度が安定しないという理由から、社長は機嫌が悪くなり、椅子をくるりと回して畠田に背を向けたらしい。

「でも、専門家の監修まで受けてるから、畠田さんも引っ込めるわけにはいかなかったんだろうねぇ」

無言で窓の外を眺めている社長の冷たい背中に向かい、畠田が必死に説明しているのが気の毒でならなかったと、井波が首を横に振った。

それであんなにぴりぴりしていたのか……。

彬はようやく合点がいく。

同時に、なぜ皆が拒絶反応を示していたのかも。

先輩どもめ。このこと、知ってたな――。

むらむらと怒りが込み上げるが、今更どうにもできない。

「まあ、若い君が相手なら、社長もある程度は眼をつむってくれるかもしれないし」

慰めにもならない言葉を聞きながら、彬は井波と一緒にエレベーターに乗った。井波は付録作りが得意で、今回も、手回しのカラフルなソノシートを用意している。

一推しの付録の試作品を手にした各学年誌の編集長たちの集合した会議室に、彬は初めて足を踏み入れた。末席に座り、できるだけ目立たないように身を小さくする。

やがて、開始時間ぴったりに社長が現れた。きっちりと背広を着込んだ小柄な社長は、やはりとても大人しそうに見える。

しかし、社長が中央の席に着いた瞬間、会議室の空気がぴしりと引き締まった。

細いフレームの眼鏡の奥から、社長の眼差しが末席の彬に注がれる。

「君は？」

声をかけられ、彬は音をたてて立ち上がった。

「畠田編集長が急病のため、代理で参りました！」

「そうですか」

彬の大声に、社長は淡々と頷く。

「それでは早速会議を始めましょう。まずは『学びの一年生』から」

なんと、トップバッターか。代理とはいえ、順番を変えるつもりはないらしい。

彬は立ったまま、グライダーの模型を掲げてみせた。

「グライダー作りの名人に監修していただいた、本格的な模型です。風に乗って、どこまでも飛びます」

「本当ですか」

社長の冷ややかな質問が飛ぶ。

「ほ、本当です」

「本当に、どこまでも飛ぶんですね」

丁寧なのに、まるで切りつけるような口調だ。

「それでは、ここで飛ばしてみてください」

「え……」

「そこからここまで飛ばないようでは、どうにもならないでしょう。まずは、ここまで飛ばしてみてください」

フレームの奥の眼が冷たく光る。

会議室に緊張が走り、彬は胸元に嫌な汗が流れるのを感じた。皆が付録会議を恐れる理由がよく分かった。物腰はあくまで丁寧なのに、社長には底冷えするような厳しさがある。

特攻隊云々(うんぬん)というより、戦後の混乱期から、ここまで会社を大きくしてきた経営者としての冷徹さだ。

若手の自分にも決して容赦しない眼差しに射すくめられ、彬は一気に心拍数が上がるのを感じた。しかし、ここまできたら、どこにも逃げ場などない。

彬はグライダーを握り締める。

頼む。社長のところまで届いてくれ――！

「えいっ」

祈るような思いで、力一杯、グライダーを投げつけた。

勢いあまって天井にぶつかったグライダーが、ぼたっと彬の前のテーブルに落ちる。その距離、わずか三十センチ。

会議室の空気が凍りつき、隣で井波が額を押さえた。

彬の頭の中が真っ白になっていく。

「……しゃ、社長、もう一回、もう一回やらせてくださ……」

ようやく縮み上がっていた舌が動いたとき、突然、会議室の扉が乱暴にノックされた。誰かが扉をあけにいく前に、いつも以上に険しい表情を浮かべた松永総務課長が勢いよく部屋の中に入ってくる。

「社長」

足早に社長に近づき、松永課長は耳元で囁いた。

「アキさんからお電話です」

ぴくりと眉を動かし、社長が立ち上がる。そして、松永課長と一緒に、会議室を出ていった。

助かった……のだろうか？

腰が抜けたように、彬は椅子に座り込む。

それからいくら待っても社長が戻ってこないので、結局、会議はそのままお開きになった。

やれやれ――。

グライダーを手に、彬は『学びの一年生』編集部の島に戻ってきた。案の定、先輩編集者たちは、全員どこかへ姿をくらましている。

まったく、どいつもこいつも。

彬は憤慨しながら自分の席に着いた。その瞬間、黒電話が鳴り響く。

「はい、『学びの一年生』編集部！」

思わず、怒鳴り声が出てしまう。

「おい、野山か。佐野だけど」

受話器から響いてきた佐野三津彦の声に、彬は一転、恐縮した。

「あ、佐野さん。こ、これは大変失礼致しました」

「いや、俺に謝られてもな」

三津彦が、どこか間延びした声で続ける。

「しかし、困ったことになったもんだよなぁ」

「はい？」

電話口で、彬は一瞬きょとんとした。まさか、三津彦が今の会議のことを知っているわけがない。

「お前、せっかく、張り切ってたのにな」

彬の動揺に構わず、三津彦はマイペースで話を進める。

「一番、敵に回しちゃいけないのを、怒らせたんだ。これで、なにもかもがぶち壊しだよ。俺はともかく、お前のところで創作童話を書く児童文学作家なんて、まず現れないだろうな」

「ど、どういう意味ですか？」

本当に、なにを言われているのか分からない。

「なんだ。お前、知らないのかよ」

彬が絶句していると、三津彦がふふんと苦笑を漏らす。

「編集者なら、新聞くらい読めよな」

最後まで淡々とした口調でそう言うと、三津彦は唐突に電話を切ってしまった。

彬は受話器を耳に当てたまましばらくぼんやりしていたが、やがて我に返り、急いで新聞置き場に向かう。

なにかが起きたのだ。

社長の突然の退出。三津彦からの意味深長な電話。

恐らく、あまりよくないことが起きている。

嫌な予感に駆られながら新聞のページをめくっていくと、社会面にでかでかと掲載されている写真に行き当たり、彬は眼を疑った。文林館の週刊漫画雑誌が、戦記漫画の読者懸賞にナチスの軍旗や、鉄十字章を含む賞品を出している。

しかも、「かっこいい！」という煽（あお）り文句つきで。

まさか――。

彬は瞑目する。

最近、少年漫画雑誌で太平洋戦争を舞台にした戦記物がブームになっているのは知っていたが、こんな軽はずみな懸賞が堂々と行われていたなんて。

記事を読み進めていくうちに、彬は自ずと唇を噛み締めた。

〝一番、敵に回しちゃいけないのを、怒らせたんだ。これで、なにもかもがぶち壊しだよ〟

先刻の三津彦の言葉が、頭の中に鋭く響く。

この懸賞に対し、賞品の撤回を求めて激しい抗議を表明しているのは、児童文学者団体を代表する、君嶋織子だった。

# 令和三年　夏

「各学年の学年誌には横のつながりがあったけれど、それ以外の編集部のことは、正直、本当になにも分かっていなくてね……」

手元のコーヒーカップに視線を落とし、野山彬が回想する。

新聞への掲載後、君嶋織子以外の児童文学作家たちからも続々と抗議の声があがり、やがて文林館が記者会見を開くまでになったと聞き、メモを取っていた市橋明日花の手も自然ととまった。雑誌編集者にとって〝炎上案件〟ほど恐ろしいことはない。

それは、今のようなＳＮＳがない当時にしても同じことだろう。

文林館の元取締役である野山彬へのロングインタビューは、時間を忘れるくらい興味深いものだった。ときに笑い、ときに驚き、ときにいたく共感しながら、明日花はチーム長の徳永と共に、野山の話に耳を傾けていた。

「六〇年代は、文林館に限らず、戦記物が大ブームでしたからね」

明日花の隣でボイスレコーダーを回している徳永が、嘆息まじりに眉を寄せる。

「テレビアニメにまでなりましたし」

戦後からおよそ十五年が過ぎ、一部の漫画家たちが太平洋戦争を娯楽活劇として描き始めたのだという。主役はゼロ戦、紫電改といった陸海軍の戦闘機や、連合艦隊の軍艦だったそうだ。

「とはいえ、この当時の戦記物は、史実からは程遠い。ほとんどが架空戦記みたいなものでしたけどね」

戦争を単なるアクションとして楽しむ世代が台頭してきたのだろうと、徳永は分析した。

「あの時期、連合艦隊の軍艦のプラモデルや、ゼロ戦のメンコが大流行りしていたのは私もよく覚えてるよ」

コーヒーカップを持ち上げながら、野山が続ける。

「私も子どもの頃は、ご多分に洩れず〝飛行機乗り〟に憧れていたから、どの時代であっても、男の子が戦闘機や軍艦に憧れる気持ちは分からなくはないけどね」

コーヒーを一口啜り、野山は微かに眉を寄せた。

「でも、私はやっぱり、戦記漫画はどうしても好きになれない」

実際に起きた戦争をエンターテインメントとして扱うことには頷けないと、野山が眼差しを強くする。

「しかもナチスの軍旗を懸賞賞品にするとは、あまりに軽率だ」

野山の話を聞きながら、「頼もしいドイツ国防軍」という見出しと共に、双眼鏡を覗くヒットラーを紹介していた昭和十四年の学年誌のことを、明日花は思い出していた。

〝五〟の上一本線を取り除き、自由に伸びていく教育を目指した文林館創業時から、軍国主義が日本中にはびこっていくまで、たった二十年。

なにが時代の流れを変えるきっかけとなるのかは、誰にとっても予測しがたい。だからこそ、メディアに関わる人間は一層慎重になる必要があるのだろう。

野山の沈鬱な面差しに、改めてそう思わずにはいられなかった。

「非常識を素直に認めて謝ればいいものを、当時の担当者が変に強弁したことから問題がどんどん大きくなってしまった」

結局、文林館は当選者に賞品を送付する際に解説を添付し、懸賞賞品が戦争推進の材料とならないように充分な配慮を行うと公式に表明したが、その回答は、賞品の撤回を求めていた児童文学者たちを納得させるものではなかった。

当時の野山の心痛を思い、明日花の視線も下を向く。

「野山さん、もう一杯いかがですか」

コーヒーカップが空になっていることに気づき、徳永が声をかけた。

「それじゃ、今度は紅茶をいただこうかな」

明日花はすぐにウエイターを呼んで、紅茶を三人分注文した。

「だけど、戸塚治虫先生は、野山さんが編集長になることを、随分前に予言されていたんですね」

場の空気を軽くするように、徳永が話題を変える。

若くして自分を担当した人は、皆編集長になっている――。戸塚は、新人時代の野山にそう告げたという。

稀代の天才漫画家のエピソードには、明日花も大いに心惹かれた。

「あれは単なる冗談だったと思うけれど、戸塚先生には、本当に驚かされることばっかりだったよ」

暗かった野山の表情が、ふっと和らぐ。

「でも、なにより驚いたのは、戸塚先生が年齢を二歳上に公称し続けていたことだ」

一九二六年生まれ。生前の戸塚治虫のプロフィールには、常にそう書かれていた。しかし実際には、一九二八年の生まれだったという。

この事実を、野山は戸塚の通夜で初めて知った。

「なぜ、そんな公称をしたんでしょう。若くしてデビューしたので、後輩の漫画家たちからは、もっと上に見られたかったんでしょうか」

徳永が首をひねる。

「そういう意見もあるけれど、私はそれだけではないと思う」

もし本当にそうなら、二歳などではなく、もっとサバを読むことだってできたはずだと、野山は持論を述べた。

敢えて一九二六年生まれだと言い続けたのは、それが昭和の始まりだったからではないかと。

「そして、先生が亡くなられたのが、一九八九年。まさに昭和が終わった年なんだ」

まるで、自分の人生が激動の昭和と共に終わることを知っていたかのようだ。

「そう聞くと、戸塚先生の生涯そのものが、昭和史と共にあったように思えますね」

徳永が深い息を漏らす。

なんとも不可思議な符合に、明日花も感じ入らずにはいられなかった。

「戦争、公害、自然破壊、環境汚染……。実際、戸塚先生の漫画のテーマは、昭和という時代が抱える問題を鋭く突くものが多かった」

ストーリー漫画、社会派漫画、反戦漫画——。あらゆる漫画の分野において、戸塚治虫は常に先駆者だった。

「本当に、大変なフロントランナーでしたね。漫画のアニメ化——今で言う、メディアミックスもそうですし、戸塚先生が中心になって始めた『ＣＯＭ』誌上の『ぐら・こん』は後のコミックマーケットにもつながっていくんですから」

「え、そうなんですか」

徳永の感嘆に、明日花は思わず声をあげる。

「実はそうなんだよね」

うんうんと徳永が頷いた。

「ぐら・こん」ことGRAND・COMPANIONは、『COM』誌上の読者投稿コーナーとして、多くの同人漫画家の商業発表の場となった。そこでの交流と活動が、後に漫画同人誌の売買を目的とする催し、すなわち「コミックマーケット」の開催に発展していったのだという。

日本のオタクカルチャーを代表する〝コミケ〟と、戸塚治虫の間にそんな関係があったとは、明日花は今の今まで知らなかった。

「戸塚先生は、いつか絵本を描きたいと言ってくれていてね」

運ばれてきた紅茶を受け取り、野山がしんみりと呟く。

「それを実現できなかったのが、今でも心残りなんだ」

漫画とはまた違う表現が見られたのではないかと、野山は少し悔しそうに目蓋を閉じた。

「戸塚先生と野山さんの作る絵本かぁ。それはぜひ読んでみたかったなぁ」

徳永の言葉に、明日花も頷く。

野山は目蓋を閉じたまま、温かな紅茶に口をつけた。暫し、三人とも無言で紅茶を飲んだ。窓の外はよく晴れて、マスクをつけた人たちが汗をふきながら通りを歩いている。

「……それで、懸賞問題は結構長引いたんでしょうか」

ティーカップをソーサーに置き、徳永が話題を戻した。

「一応、三月末の公式発表が、文林館としての表向きな最終見解ということになったのだけれどね」

野山が目蓋をあけて、徳永と明日花を見やる。

「社内的に、その後、どんなことがあったのかは、まだ若手だった私にはよく分からなかった。ただ、当時の部長も編集長も左遷させられたというのは覚えている。文則社長は対外的には文林館の体面を保ったけれど、現場には相当きつい制裁を与えたということになるね」

現社長の父である文則氏のことを、明日花は知らない。明日花が入社したときには、文則氏も、その母の〝アキさん〟も、とうに逝去していた。新入社員のときに配布された社史で、初代社長の横に並ぶ顔写真を見たくらいだ。

あのときは、歴史上の人物を眺めるような遠い気持ちで、モノクロ写真を見つめていた。

けれど今は、写真でしか知らないその人たちが、それぞれの時代を懸命に生き、親族経営の小さな会社だった文林館を、日本有数の大手出版社の一つに発展させてきたのだということをひしひしと感じる。

その百年の歴史の一部に、自分の祖母のスエもまた、なんらかの形で関わっていたのだろうか。

介護ベッドで、小さくなって眠っている祖母の姿が脳裏に浮かぶ。

「実は僕は新入社員時代に、文則社長に挨拶をしたことがあるんです」

徳永の言葉に、思いにふけっていた明日花は我に返った。

現在の文林館では取締役にでもならない限り、社長と直接会話をする機会はほとんどないが、徳永の新入社員時代、社長への質疑応答の時間が特別に設けられたのだそうだ。

「そのとき、僕の同期の一人が、〝文林館のような大きな会社を経営するとはどういうものなのか〟という趣旨の質問をしましてね」

「ほう……。それで、文則社長はなんと答えたのかな」

野山が興味深そうに眼を瞬かせる。

「少しの間沈黙した後、ぽつっと呟いたんです」

〝大きい会社に、なってしまったんですねぇ……〟と。

完全に、独り言の語調だったという。

そのときの物憂げな表情がなんとも印象的だったと、徳永は語った。

「当時は僕も若かったんで、社長がなぜあんなに物悲しそうにそんなことを口にしたのかさっぱり分からなかったんですが、今の野山さんのお話を伺っていると、なんとなく、理解できるような気がしてきますね。会社の規模が大きくなればなるほど、当然その分、様々な問題が起きることにもなりますから」

「会社に限らず、物事が大きくなれば、必ずどこかに死角が生まれるものだからね。ましてや文則社長は、戦中は特攻訓練に明け暮れていたわけだ。実際のところ、思うところがあったのかもしれない」

紅茶を一口飲み、野山が頷く。

「だが、結局、児童文学者たちは文林館に対し、執筆拒否という態度を取ることになってね」

「執筆拒否かぁ……。それは、きついですね」

野山同様、長年学年誌畑だった徳永が同情の表情を浮かべた。

「当時の児童文学作家たちの中には、人気漫画の原作やアニメの脚本を手掛けている人たちがたくさんいてね。そうした人たちからの協力が、なかなか取りつけられなくなってしまったんだ。児童相手の雑誌編集部としては、かなり難儀な状況だよ」

この問題は文林館から飛び火して、その後、ほとんどの漫画雑誌から、太平洋戦争を背景にした戦記物が消えていくことにまでつながった。

「野山さんは、当時、『学びの一年生』での創作童話連載を目指していたわけですよね」

徳永が、ボイスレコーダーを改めて野山のほうに近づける。

「私としては、とにかく説得するしかなかったわけだけれど……」

嘆息しつつ、野山は続けた。

「懸賞問題以来、どこの雑誌からも戦記物の連載がなくなり、それと連動して、兵器の図解のページや付録も姿を消した。これがまた、少年向け雑誌にとっては大きな問題でね」

「図解は少年雑誌の人気ページでしたからね」

「そこで、史乗社(しじょうしゃ)の少年漫画雑誌は、図解を兵器から怪獣に切り替えて、これが大成功を収める」

「この頃から、怪獣ブームは本格化しますからね」

徳永の声が熱を帯びる。

怪獣旋風を巻き起こした「グレートマン」のシリーズ、「グレートセブン」の放送が始まり、怪獣人気はますます盛り上がっていた。

「兵器に代わって怪獣を詳細解説する怪獣図解や怪獣図鑑が、あらゆる児童向けの雑誌で大きく特集されることになっていく」

当時は史乗社が「グレートシリーズ」の掲載を独占していたため、怪獣のほうがまだ掲載権の融通が利いたこともブームを助成する一因だったと野山が説明する。

〝我ら怪獣チルドレン〟

井上(いのうえ)と迫崎(さこざき)が、声を合わせて整理していた付録の「怪獣大図解(かいじゅうだいずかい)」が、明日花の頭に浮かんだ。

「しかし、まさかこの怪獣図解ブームが、あんなことにつながっていくとは、私も思っていなくてね」

野山が首を横に振る。

「懸賞問題の波及によって新たに編集された各社の怪獣図解が、巡り巡って別の問題をもたらすことになるとは……」

話の続きに、明日花と徳永は再び耳を傾けた。

# 昭和 Ⅳ

## 昭和四十五年（一九七〇年）

ジャズが低く流れる薄暗い店内で、野山彬は一人煙草をふかしていた。

原宿セントラルアパートの一階にある喫茶店。独特の雰囲気を纏った人たちが、今日もそれぞれのテーブルでコーヒーを飲んだり、打ち合わせをしたりしている。初めてきたときには臆した店内の空気に、いつしか彬はすっかり馴染んでいた。

今なら分かる。これは、マスコミ業界のムードだ。

文林館に入社して早四年め。自分もいっぱしの業界人になってきたということか。

否。こんなのはただの場慣れだ。

相変わらず眼が回るほど忙しいが、本当に業界人らしい仕事なんて、ほとんどできていない。

毎月の誌面を作るだけで精一杯だ。

『学びの一年生』で、創作童話の連載を始める。

入社一年目に思い立った目標を、彬は未だに果たせていない。編集長の畠田を説得することはできた。〝恐怖の付録会議〟へ代理出席しただけではなく、先輩たちを味方につけ、分厚い企画書を作り、ことあるごとに畠田をつけ回して了承を得た。

それでも、実現に至っていない。

苛立ちを紛らわすように紫煙を吐きながら、彬は窓の外に視線を移す。五月も半ばに入り、通りのケヤキ並木の新緑が色濃くなっていた。

ぼんやり通りを眺めていると、入り口に黒いシャツを着た人影が立つのが視界に入る。彬は慌てて灰皿を引き寄せた。

「悪い。待たせたか」

「いえ、僕もきたばかりです」

近づいてくる佐野三津彦に会釈し、彬は煙草の火を揉み消す。

「なんだよ。吸ってろよ」

彬の前の席に腰を下ろし、三津彦が脚を組んだ。彬は「いえ」と、居住まいを正す。

戦災孤児という出自にかかわらず、佐野三津彦は煙草を吸わない。この事実を知ったとき、正直、彬は意外に感じた。ラジオドラマ「鐘の鳴る丘」やニュース映像の影響か、〝浮浪児〟というと、子どもながらに煙草を吹かしているという印象があったのだ。ひょっとすると、三津彦には煙草に関するよくない記憶があるのではないかと、余計なことまで考えた。

「遠慮することないのにさ」

相変わらず眼にかかりそうな前髪をかき上げ、三津彦が含み笑いする。

「別に遠慮じゃないですよ」

元々彬もそれほど煙草を吸うほうではない。手持ち無沙汰に吹かすくらいだ。

コーヒーを注文し、彬は改めて三津彦と向かい合った。

「で、いかがですか」

「無理だね」

三津彦がすげなく首を横に振る。

「一応、山中にも話してみたが、さすがのあいつも今の文林館とは仕事がしづらいと言っている」

彬は肩を落とした。一匹の子犬を巡る圧巻の長編児童小説を書いた山中人志は三津彦の朋友だが、紹介も儘ならないようだった。

周到にしてしつこいプレゼンの甲斐あって、編集長の畠田からは、「そこまで言うなら」と、十六ページという特例のページ数を約束してもらった。しかも単発ではない。連載が前提の企画だ。

それなのに、肝心の児童文学作家たちが作品を提供してくれない。

一昨年、漫画週刊誌が起こした懸賞問題が尾を引いているせいだ。

「だけど、それはあまりに乱暴じゃないですか」

こらえ切れず、彬は反論に出る。

だって、そうではないか。

同じ会社に勤めているからといって、全員が同じことを考えているわけではない。ある雑誌の主張が、そのまま会社の思想であるわけでもない。なのに、一人一人の編集者までが十把一絡げに扱われるのは、どう考えてもおかしい。

そもそも児童文学作家こそが、それぞれの思想信条に則って行動をするべきではないのだろうか。いくら協会があるからといって、全員が右へ倣えとばかりに執筆拒否するなど、それこそ全体主義ではないか。

彬は自分の気持ちを、率直に三津彦にぶつけた。

「まあ、そうだよな」

ところが三津彦は、涼しい顔で運ばれてきたコーヒーを啜っている。

「俺もお前の言う通りだと思うよ」

「だったら、協力してくださいよ！」

「そう、怒鳴るなって」

口元をゆがめ、三津彦がコーヒーカップをソーサーに置いた。

「ありゃあ、対応の問題だ。文林館は、懸賞賞品を即刻回収するべきだった」

そう言われると、彬も返す言葉を失う。

向かい合ったテーブルに、沈黙が流れた。彬は膝の上で拳を握り、三津彦は目蓋を閉じて店内に流れるジャズを聞いている。

子どもとはなにかを考えることは、今後の自分たちの行く末を考えることにつながる——。

ふと彬の頭の中に、初めて出会ったとき、三津彦が口にした言葉が浮かんだ。

一昨年、佐野三津彦は、なんとも野心的な児童文学を上梓した。

タイトルは、「ピカピカのぎろちょん」。

ある日突然、「ピロピロ」が起き、町中のあちこちにバリケードが作られる。主人公の「アタイ」と弟の「マア」は、「ピロピロ」の謎を解こうとするが、大人たちは、「世の中が変わる」と言うだけで、誰もその実態を説明できない。「ピロピロ」の正体を突きとめるべく、「アタイ」は弟を連れてバリケードを越えようとし、やがて町の中央にある噴水広場に、ギロチンが設置されていることに気づく。一体、なんのためのギロチンなのか。さらなる謎を解明するため、「アタイ」は侵入を試みるが、いつの間にか広場は黒くて高い塀に覆われてしまう——。

果たして「ピロピロ」とはなんなのか。ギロチンはなにに用いられるのか。全てを覆い隠そうとする、黒くて高い塀は、一体誰によって作られたのか。

安保闘争や大学紛争が脳裏をよぎるが、読み終えてもその意味は判然としない。けれど、「ピロピロ」に背を向けて閉じこもる大人たちとは裏腹に、正体を突きとめようと仲間を引き連れて商店街のアーケードによじ上ったり、一目見たギロチンの印象を頼りに、自分たちの「ぎろちょん」を作って野菜を「死刑」にしたりする、「アタイ」たちの異様な熱気が妙に心に残る。

いつかおまえを、たおしてやる。せいぜいそれまで、いばっておいで。

後書きには、「アタイ」の黒くて高い塀への挑戦的な言葉が綴られる。

これまで読んだことのない、不思議な魅力に満ちた児童文学だった。

やっぱり、この人と仕事をしてみたい。

彬は改めて、眼の前の三津彦を見つめる。

三津彦の言葉を信じるなら、近代的子ども観を考え抜くことによって、一つもいいことのない争いや虐殺を飽きずに繰り返してきた人類百万年の歴史に、初めてようやく小さな革新をもたらすことができるかもしれないのだ。

いつかおまえを、たおしてやる――。

そこに、「アタイ」の挑戦を重ねるのは、穿ち過ぎだろうか。

一般的に戦後は八月十五日から始まると言われるが、自分にとってはそうではない。両親と姉を一度に奪われた三月十日こそが、自分にとっての敗戦の日だと、自伝的小説の冒頭で、三津彦は語っている。

両親を奪われたら、その後の戦況がどうなろうと、子どもにとっては「完敗」なのだと。

これほど実体験の伴う痛切な敗戦の記憶を、彬はそれまで読んだことがなかった。

四半世紀前、日本が世界中を相手に勝てるはずもない戦争を始めたことを、彬は今でも理解できない。しかし理解できないことと、放置することは別だ。

彬の目蓋の裏側に、炬燵に当たる父の丸い背中が浮かぶ。

三津彦と違い、彬は戦争の辛酸を知らない。空襲で家や身近な人を失ったわけでもない。それでも、打ち解けられない父への気まずさを、しこりのようにずっと抱えて生きている。

発色の悪いクレヨンで描かれた『学びの一年生』の表紙。

あの正月、絵日記を母が持ち出してきたのは、単なる偶然ではないように彬には思われるのだ。

「正直に言うと、僕は文林館をすぐに辞めるつもりでした」

気づくと、絞り出すように口にしていた。

「でも、佐野さんと出会い、児童文学を知ってから、目標ができた」

三津彦が薄眼をあけて彬を見る。

「十六ページ……十六ページ、用意します」

彬は粘り強く訴えた。戸塚治虫をはじめとする人気漫画家たちでさえ、『学びの一年生』の割り当ては八ページだ。その倍のページ数を勝ち取ったのだ。

「だから、書いてください。佐野さんだけでも」

三津彦はしばらく黙していたが、やがて大儀そうに口を開いた。

「勘弁してくれよ」

これだけ言葉を尽くしても伝わらないのかと、彬の心に失望が湧く。

「それは俺を買いかぶりすぎだ」

しかし次に響いたのは、意外な言葉だった。

「連載だろ？　創作童話の掲載を長く続けたいんだろ？」

コーヒーを一口飲み、三津彦がぐいとテーブルに身を乗り出す。長い前髪の下の眼が、ぎらりと鋭い光を放った。

「だったら、一回目は人気作家を持ってこいよ。しょっぱなから、俺みたいな一般受けしない作家を出したら駄目だ」

「だけど」

「だけどもへちまもあるか。こんな分かり切ったことを、当人の口から言わせるんじゃねえよ、バカ野郎」

大きく鼻を鳴らし、三津彦が腕を組む。

「そもそも俺の作品は、『学びの一年生』なんていうマス向けの雑誌用じゃないんだ」

その迫力に、今度は彬が押されてしまう。

「で……でも、僕は、佐野さんにも書いてほしい」

『学びの一年生』の読者にだって、「ピカピカのぎろちょん」のような、刺激的な作品を好む子がいるはずだ。

「おうよ。いくらでも書いてやるよ。お前の企画が、本当に人気企画になるならな」

三津彦が彬をにらみつける。

「そのためにも、最初は人気作家の作品を載せろ。お前、以前、俺に言ったじゃないか。君嶋織子（きみしまおりこ）の原稿を取ってみせるって」

「そ、それは……」

この企画を思いついたときはそのつもりだった。しかし、今は状況が違う。

事実、彬はこれまでに何度も君嶋織子のところへ電話をかけていたが、「文林館の」と名乗りかけただけで、「お宅と仕事をするつもりはありません」と、けんもほろろに拒絶されていた。話を聞いてもらえる雰囲気は微塵（みじん）もなかった。

「君嶋さんはうちに抗議をしている作家の代表ですし、新聞でもそれを表明されてますから」

彬が口ごもると、

「だからだよ」

と、三津彦は畳みかけてきた。

「君嶋を説得できれば、ほかの作家も協力するだろう。良くも悪くも、そんなもんだ」

ソファにもたれた三津彦の口元に、皮肉な笑みが浮かぶ。

「戦後すぐに、公職追放G項に抵触した出版社への執筆拒否をした作家連中だって、結局なし崩し的に、条件のいい連載に飛びついていったわけだ」

ふんと鼻を鳴らし、三津彦は身体（からだ）を揺すった。

「第一、戦争を賛美した面々を、本当に批判できる作家がこの世にいるのか、俺は疑問だね。まあ、俺のように特殊な出自を持つ作家はともかく、山中なんかは、もし自分が戦中の作家だったら、請われるままに戦争礼賛をやってたんじゃないかって、よく話してる。俺はそれを、真っ当な感覚だと思う」

その条件を満たさなければ「書かせない」と追い込まれれば、多くの作家は筆を折るより、「書く」ことを選ぶ。

「表現者は皆同じだ」

画家は絵の具ほしさに〝彩管報国〟の道を選び、役者や歌手は演じ歌い続けるために〝前線慰問〟に励んだ。それが表現者の業だと、三津彦は呟くように言う。

「だから、今回だって、どうせ似たような結果になるだろうよ。児童文学作家たちとて、タイミングを計ってるだけだ」

三津彦の見方はどこまでも冷ややかだった。

しかし、どうやって君嶋織子を説得すればいいのか。

「君嶋さんは、何度手紙を書いても、何度電話をしても、まともに話を聞いてくれないんですよ。一体、どうすれば……」

「さあね」

言いかけた彬の前で、三津彦はあっさりと肩をすくめる。

「そんなことは、てめえで考えろ」

三津彦が、自分の頭を指さしてみせた。

「一人で学ぶ楽しさを身につける——それが、学年誌の理念なんだろ。だったら、学年誌の編集者であるお前がまずは自分の頭でみっちり考えて、それを示してみせろよ」

一息にコーヒーを飲み干し、

「じゃあな」

と三津彦は立ち上がった。店を出ていくまで、一度もこちらを振り返らなかった。

一人席に残された彬は、しばし、ぼんやりとしてしまう。

自分の頭で考える——。三津彦に投げつけられた言葉を反芻しながら冷めたコーヒーを口に含むと、すっかり酸っぱくなっていた。

このままここにいても埒が明かない。

とりあえず、彬は勘定を済ませて店の外に出た。初夏めいた陽光が降り注ぎ、ケヤキ並木の緑が眼に染みる。並木道をぶらぶらと歩くうちに、彬の足は自然と、表参道の子ども調査研究所に向かった。

古い雑居ビルの四階に入ると、相変わらず、若い人たちが事務所を自由に出入りしている。所長は外出中のようだったが、彬を見咎める人は誰もいなかった。大学のサークルのような雰囲気に、懐かしさが込み上げる。

「こんにちは」

広いテーブルにボードゲームを広げている学生風の人たちに声をかけ、彬は窓側の書架に向かった。たくさんの児童書や絵本に交じり、『現代子ども調査資料』という冊子が並んでいる。子ども調査研究所が、独自に発行している冊子のようだった。

興味を引かれ、彬はその数冊を手に取った。ぱらぱらとめくってみると、学者や知識人の論説のほか、子どもの生活習慣や食の嗜好など、様々なデータが載っている。なかなか充実した内容だった。

これは、購読すると学年誌の編集にも役に立つかもしれない。

編集者の顔になりながら、最新号に手を伸ばす。ふと開いたページに君嶋織子の名前を見つけ、彬はハッと眼を見張った。

後進の児童文学作家育成のため、この夏から君嶋織子が連続講演会を開催するという情報が載っている。

彬の心臓が、どくんと大きな音を立てた。

これだ——。

眼を皿のようにして、彬はそのページを隅から隅まで精読した。

その日は土曜日で半ドンだったが、彬は『学びの一年生』編集部の島で一人仕事をしていた。隣の『学びの二年生』編集部では、今年入社したばかりの新人二人を含む若手社員が、蒼い顔をして割付と格闘している。少し前までは、自分もあんな感じだったのかなと、彬は時折ぼんやり彼らの姿を眺めた。

十月に入り、ようやくよい気候になっていた。

今年の夏も暑かったが、隣の島の若手たちは、冷房なしの残業の洗礼は受けていない。昨年の春に松永トメが定年退職し、総務は新しい課長を迎えていたからだ。新課長は男性で、良くも悪くも鷹揚なタイプのようだった。

もっともこの夏、彬はあまり社内にいなかった。大阪で開催された日本万国博覧会で担当の戸塚治虫が、ロボットをテーマにしたパヴィリオンのプロデューサーを務めていたからだ。お供ついでに彬も万博を見学し、ビジネスホテルでレポート記事を書いて会社に速達で送ったりしていた。

そんな慌ただしい日々の中でも、彬は隙を見つけて君嶋織子の講演会に通い続けた。子ども調査研究所——通称子どもセンターで見つけた冊子の情報通り、この年、君嶋は児童文学作家育成のため、定期的に連続講演会を行っていた。

手紙や電話はもちろん、直接事務所を訪ねても、『学びの一年生』の……と言いかけた途端に、門前払いを食らわされる。

しかし、講演会であれば、潜り込むことは可能だ。

これまでの意固地とも言える反応を鑑み、今回、彬はより慎重に君嶋に近づいている。

できるだけ前の席を確保し、食い入るように講演を聞き、質疑応答では何回も手を挙げた。無論、文林館の編集だとは名乗っていない。しかし、しつこく通い続けるうちに、君嶋もこちらの顔を覚え始めているようだった。

前回の質疑応答のとき、彬が勢いよく手を挙げると、「また、あなたなの」と言わんばかりに君嶋は眼を丸くした。半ばあきれているようだったが、口元には微かな笑みが浮かんでいた。悪くない反応だと信じたい。

何度も講演会に足を運ぶうちに、もう一人、顔見知りができた。しかもその女性は、子どもセンターで、一度見かけたことのある人だった。

正直に言えば、顔を覚えていたわけではない。

けれど、その女性がいつも胸元に小さな花束を持っていたことが、記憶とつながったのだ。

キンギョソウ、コヒマワリ、コスモス……。

君嶋織子に贈るのであろう花束は、いつも素朴な花たちだった。生花店で売っている切り花とは少々違う、いかにもお手製の花束が珍しく、ちらちら眺めているうちに、ふと視線がぶつかった。

にっこりと微笑み返され、彬ははたと思い当たった。

子どもセンターで、花瓶に菜の花を活けていた、春風の人だと。

以来、彬はその女性を密かに〝春風の君〟と呼んでいる。若くはないけれど、ハッとするほど清々しい雰囲気の人だった。

「編集長は、今頃ドイツだろ？　いいよなぁ」

「ブックフェアの後には、ヨーロッパを回るとも言ってたよ」

ふと、隣の『学びの二年生』編集部の新人たちの会話が耳に入る。彬はなんとなく聞き耳を立てた。

「そんな機会、俺たちにも訪れるのかな」

「編集長クラスにならないと無理だって」

「一体何年、漫画家さんの原稿を待ったら、編集長になれるんだろう」

「俺、それまで絶対もたないよ」

新人編集者たちがぼやいている。待っている原稿がなかなか上がらず、割付が思うように進まないらしい。

そう言えば、『学びの二年生』の井波編集長は、現在、フランクフルトで開かれているブックフェアに出張しているのだっけ――。

彬は『学びの二年生』編集部のホワイトボードに眼をやった。

出張前、海外保険のことで、井波は総務の新しい課長と随分やり合っていた。なにやら、色々と不備があったらしい。

〝松永さんなら、こんなことはなかったのになぁ〟と、井波はぶつぶつこぼしていた。

松永トメに続いて内村静子も定年退職し、総務と経理は二人のベテラン女性社員を失った。

あの二人が社内にいるうちに、もっと戦後の『良い子のひかり』のことを聞いておくべきだったかもしれないと、彬は今更のように考える。もっとも二人は事務畑だ。一番当時のことを知っているのは、編集長だった堀野のはずだった。

ところが、その堀野相談役は、正直、あまり頼りにならなかった。

戦後すぐの『良い子のひかり』で、名作再話を君嶋織子に頼んだのは誰か。

役員会に出席する堀野を捕まえて勢い込んで尋ねたところ、なんとも曖昧な返答しか戻ってこなかった。

なんでも、戦後直後の名作再話は、戦中に臨時職員として働いていた若い女性の紹介で、或る女学生に書いてもらっていたらしい。その臨時職員が強く推薦するので習作を読んでみたところ、学生とはいえ文章も達者でなかなか面白かったので、依頼したということだった。

ただ、その女学生は君嶋という名前ではなかったと、堀野は記憶していた。

〝君嶋織子なら、僕だって知っているけどねぇ。君、なにか、勘違いしてるんじゃないのかい?〟

堀野はそう言って、頭を掻いた。

佐野三津彦が、覚え違いをしているということなのだろうか。

確かめようにも、戦争直後の編集現場を知っている人は、もう文林館にはほとんど残っていない。トメや静子も退職したし、そもそもあの二人が、編集の内情に詳しかったとも思えない。頼みの綱は、やはり堀野だけだったのだが。

なんとか思い出してもらえないかと食い下がってみても、推薦者である臨時職員は戦後すぐに文林館を辞めて郷里へ帰ってしまったので、連絡先も分からないということだった。

どうしたものかと、彬は肩で息をついた。

スケジュール帳を開き、君嶋織子の講演会のスケジュールを確認する。来月の講演会が、数か月に亘って続いた連続講演会の最終日だ。それまでにできるだけ情報を収集しておきたかったのに。

最後は質疑応答で食い下がり、君嶋の楽屋にまで乗り込むつもりでいる。

これだけ熱心に通ったのだ。門前払いを食らうことはないだろう。

そこで初めて、自分が『学びの一年生』の編集者であることを打ち明ければ、君嶋がどれだけ頑固者だったとしても、聞く耳くらいは持ってもらえるかもしれない。

どこかで三津彦が「甘い」と嗤っているような気もしたが、とにかく当たって砕けろだと、彬は腹をくくった。

それにしても、女性社員というのは、皆、跡形もなく会社を去っていく。

定年まで勤め上げた、大ベテランのトメや静子ですらそうなのだ。女性誌の編集部には若干の女性編集者がいるが、皆、結婚や妊娠で退職していく。

定年になっても、実績のある男性社員なら取締役になったり、相談役になったりという活路を見出すことが可能だが、女性はどんなに優秀でも副編集長にすらなれない。

仕事の仕方を見ていれば、松永トメや内村静子やほかの女性編集者が、男性社員たちより劣っていたとは思えないのだが。

まあ、男と女は違うからな。

いつもの思考回路に戻りながら、彬は心のどこかでなにかが引っかかるのを感じた。

職場における男と女は、本当のところ、なにがどう違うのだろう——。

ふいに電話が鳴り響き、考え事にふけりかけていた彬はびくりと肩を弾ませる。

隣の『学びの二年生』編集部の電話だった。受話器を取り、一人の編集者が歓声をあげる。待っていた原稿が上がったらしかった。

「先生、ありがとうございます。今すぐ伺います！」

受話器を置くなり、編集者は荷物をひっつかんで編集部を駆け出していった。どうやら、現在、学年誌で連載中のネコ型ロボットの漫画が完成したらしい。

それは、以前井波が担当していた二人組の漫画家の一方が描いている漫画だった。

互いの苗字をもじったコンビ名を使ってはいるが、その実、二人はほとんどの場合、それぞれに違う漫画を描いている。今でも仲のよい同郷の二人は、まったく異なる個性の持ち主だった。社交的な一人は現在青年誌に主軸を移し、今なお学年誌を中心に描いているのは、もう一人の物静かな漫画家だ。

今年のお正月号から始まったネコ型ロボットの連載は、その寡黙で穏やかな雰囲気の漫画家が手掛けていた。

この漫画に関しては、昨年、ちょっとした〝騒動〟があった。

連載開始を前に、井波がなにやらずっと考え込んでいたのだ。あまりに思い悩んでいる様子なので、一体なにがあったのかと尋ねてみると、児童の生活に密着したSFをテーマにした新連載漫画のタイトルが、どうにもまずいのだという。

その漫画のタイトルは、なんと「ドザエモン」というらしい。

〝ドザエモンって、あの土佐衛門ですか？〟

彬は仰天した。いくらSFでも、児童向け漫画に「ドザエモン」はないだろう。

ところが何度確認しても、漫画家本人が「ドザエモンです」と大真面目に繰り返すのだそうだ。冗談を言うような人でもないので困ってしまったと、井波は頭を抱えていた。

蓋をあけてみれば、富山出身の漫画家の訛りによる聞き違いで、「ザ」ではなく、「ラ」だったというのが事の真相だったが、これには編集部にいた全員が大笑いしてしまった。

現在この漫画は、男子児童を中心に、じわじわと人気を集めつつある。幼児向け雑誌に始まり、「一年生」から「四年生」までの学年誌を、年齢別の内容に分けて、毎月ほとんどたった一人で描いているというのだから大変なものだ。

なにかの理由で「二年生」だけが遅れていたようだが、明るい時間に原稿が上がったのだから、御の字と言うべきだろう。

彬の脳裏に、いかにも実直そうな漫画家の容貌が浮かんだ。

後輩漫画家と比べてしまっては申し訳ないかもしれないが、我が戸塚治虫先生にも、そろそろなんとかしてもらわないといけない。

彬は再び、スケジュール帳をにらみつける。

そうこうしているうちに窓の外が暗くなり、気づいたときには社内に残っているのは『学びの二年生』の二人の新入社員と、彬だけになってしまった。

新入社員たちが帰り支度を始めたとき、再び隣の島の電話が鳴り響いた。

「はい、『学びの二年生』です」

新入社員の一人が受話器を取る。

「えー……、それは、一体なんのことでしょうか」

途端に、口調がしどろもどろになった。

「はあ……。はあ……。えーと、よく分かりませんがぁ……」

はたで聞いていても、随分と覚束ない。

「うーん……。さあ、どうでしょう……」

あまりに酷いので、彬は途中で電話を代わろうかと思った。しかし、それより先に相手が音を上げたらしく、唐突に通話が切れたようだった。

首を傾げながら、新入社員が受話器を置く。

「一体、なんの電話だったんだ?」

土曜日の、こんな時間に。

「さあ、なんなんでしょうね。いきなり、もういいですって切られちゃいました」

彬の問いに、新入社員が不服そうに口をとがらせる。

「なんか、新聞社とか言ってましたけど」

新聞社？

嫌な予感が、彬の胸をかすめた。

「なんの問い合わせだったんだ？」

「付録に関することみたいでしたけど、本当によく分かりませんでした」

言いながら、新入社員は荷物をまとめる。

「それじゃ、先輩、お先に失礼します」

もっと詳しく尋ねたかったが、要領のいい答えが返ってくるとも思えなかった。

「土曜なのにもうこんな時間だよ」

「映画でも見にいこうか。週末だから、レイトショーやってるよ」

もう電話のことなど忘れたように肩をたたき合いながら出ていく二人を、彬は無言で見送ることしかできなかった。


緋色の絨毯が敷き詰められたロビーの人影はまばらだ。彬は扉の陰から、公会堂の様子を窺った。

文化センターの公会堂の壇上では、最終講演を終えた君嶋織子が、観客たちの要望に応え、著書へのサインを行っている。たくさんの人たちが、壇の前に長い行列を作っていた。

革張りのソファに腰を下ろし、彬は小さく項垂れる。最新刊を購入してはいたが、行列に並ぶ勇気がなかった。本当は、今日、ここへくるかどうかも直前まで迷っていたのだ。

あの土曜日の電話から、数週間が過ぎた。

彬の胸をよぎった嫌な予感が現実になったのは、先週のことだった。

〝被爆者が怪獣に？〟〝中学生が疑問を提示〟

太字の見出しと共に、『学びの二年生』十一月号の付録「かいじゅうけっせんカード」の一枚が、新聞の誌面に大きく掲載されていた。

それは、「グレートセブン」に登場するシュリル星人のカードだった。

シュリル星人が登場する回は、三年前に初回放送が行われている。水爆実験の失敗により故郷を失い、自らも汚染されたシュリル星人が、地球人の血液で血清を作ろうと、女性や子どもたちを襲う話だ。水爆実験の恐ろしさと、異星人との恋愛の可能性を示唆する大人っぽい内容だったので、彬も記憶に残っている。

番組の内容に、記事が指摘するような被爆者差別の表現があったとは思えない。

けれど、問題になっているのは番組の内容ではなく、カードに記されている「ひばくせい人」という別名のほうだった。

原爆被爆者団体からも抗議の手紙が届いていることに気づき、出張から戻った井波が大至急掲載までの事実確認に当たっていたが、文林館からの正式な返答を待たず、新入社員の覚束ない対応だけで、新聞社が先行して記事を出してしまったのだ。

「グレートセブン」の番組本体では、シュリル星人に対し、「ひばくせい人」に当たる言葉は一度も使われていない。しかし、この別名は、文林館が勝手に作り出したものでもなかった。

一昨年、文林館が起こした懸賞問題がメディアに大きく取り上げられたことで、少年雑誌から、兵器の図解のページが消えた。それに代わり、怪獣のカラー図解が「図鑑」や「写真絵本」の形で、人気を博していくことになった。

その解説の中でシュリル星人には、「吸血怪獣」「吸血宇宙人」「被爆星人」等々の様々な別名が使用されるようになったのだ。文林館の付録担当者は、それらを参考に付録を制作したことになる。

なぜ担当者が、わざわざ別名を表記してしまったのかは定かでない。しかし、その記載に、実際の被爆者への配慮はなかったのかと問われると、どのような言い訳も通用しないだろう。

週刊漫画雑誌が懸賞問題を起こしたとき、正直、彬は「いい迷惑だ」と思った。だが、今回の問題は、自分の所属する学年誌編集部内で起きたのだ。しかも、彬自身が最も信頼する編集長の下で。編集長の井波が出張中に、新聞社から連絡があったという間の悪さも、不運としか言いようがない。井波は即座に被爆者への配慮が足りなかったことを認め、『学びの二年生』の次号の誌面に謝罪を掲載した。

けれど、懸賞問題に続き、再び新聞で痛烈な批判を受けることになった文林館が〝配慮に欠ける会社〟であるというイメージは、果たしてどこまで払拭できるものだろうか。

彬が外部の立場だったら、そう簡単に納得はできない。ましてや、厳しい眼差しで現実を見つめ、それを児童文学として書き続けている君嶋織子であれば、なおさら——。

せめて新聞社が、文林館の公式見解を待ってから記事を公開してくれていればと、彬は唇を嚙(か)む。

どれだけ思い悩んでも、所詮は埒の明かないことだった。

最後まで講演会を聴いたものの、結局彬は質疑応答でも手を挙げず、サイン会が始まったところでロビーに出てきてしまった。数か月に亘り、周到に進めていたはずの計画は、まったく予期せぬ事態によって頓挫することになった。

ソファにもたれ、重い溜め息をつく。

そのとき、ふと誰かが自分の前で足をとめる気配がした。何気なく顔を上げ、彬はハッとする。

薄紫色のキキョウの花束を手にした、〝春風の君〟がすぐ近くに立っていた。

「こんにちは」

ごく自然に挨拶される。

「……どうも」

一瞬遅れつつ、彬もなんとか頭を下げた。

「今日はご質問されなかったんですね」

穏やかな微笑みを浮かべられ、思わず項垂れてしまう。

「どうかなさったんですか」

「いえ」

なんとか普通に振る舞おうとしたが、覇気のなさを隠すことはできなかった。

「もしかして、ご気分が悪いとか」

本気で心配されてしまい、少々申し訳なくなる。

「大丈夫です。体調が悪いとかではないんです。ただ……」

「ただ？」

気づくと〝春風の君〟が、ソファの隣に腰を下ろしていた。白いセーターに身を包んだ姿は、ずっと年上にもかかわらず、なんだかとても可憐に見えた。

「私に伺えるようなお話でしょうか。以前、子ども調査研究所でもお会いしましたよね」

覚えていてくれたのかと、彬は微かに息を呑む。

「あのときは、どうしてだか目蓋を腫らしていらしたけれど」

含み笑いされ、そう言えばそうだったと、彬も懐かしくなった。初めて佐野三津彦を訪ねていった日だ。

急に女性が旧知の人に感じられた。懐かしさに誘われて、つい打ち明けてしまう。

「実は……、僕は文林館の編集者なんです」

君嶋織子に『学びの一年生』に掲載する創作童話を書いてほしくて、講演会に通い詰めていたのだと告白すると、

「まあ」

と、〝春風の君〟は眼を丸くした。

「文林館は、一昨年に懸賞問題を起こして、君嶋先生をはじめ、ほとんどの児童文学者から執筆拒否をされているんです」

「それで、講演会に通うことを思いついたんですね」

「ええ。顔を覚えてもらえれば、少しは話を聞いてもらえるかと思ったんです。手紙や電話では、まったく取り合ってもらえませんでしたから」

「だったら、これから一緒に、君嶋先生のところへ参りませんか」

ふいに誘われ、彬は言葉を呑み込む。

「ちょうどこれから、君嶋先生の楽屋へお花を届けに伺おうと思ってたんです。そろそろサイン会も終わりになりそうですし」

〝春風の君〟がキキョウの花束を胸に、扉の向こうの公会堂の様子を覗き込んだ。長い行列がば

らけて、並んでいた人たちがロビーに出てこようとしているところだった。

「無理ですよ」

彬は首を横に振る。

「どうしてですか」

「最近新聞に出た『シュリル星人』問題……。あれも文林館なんです」

〝春風の君〟も、君嶋織子の講演会や、子ども調査研究所に足を運ぶような人だ。当然、事の次第を知っているに違いない。彬は恥じ入るような気持ちになった。

うつむく彬の耳に届いたのは、しかし予想外の言葉だった。

「『シュリル星人』の回は、核実験反対の内容じゃないですか」

「え……」

「私、あの回好きですよ。ちょっとロマンスの香りもあって」

「『グレートセブン』、見てるんですか」

思わず尋ねると、〝春風の君〟が可笑(おか)しそうに笑う。

「見てましたよ、本放送のときに。うちの娘は、ああいう空想SFが大好きなんです。今はもう中学生なので、さすがにグレートシリーズは卒業したみたいですけどね。彼女は科学とか生物とかに興味があって、私と違って、完全に理系なんです」

うちの娘みたいに女の子らしくない子でも、楽しく遊べるゲームを作ってくださいね——。

以前、女性がそう言っていたことを、彬は心の片隅で思い出した。

「『シュリル星人』に関しては、私はなんの問題もないと思います。ただ、多くの児童が楽しみにしている学年誌の記載に、あんな名称を用いるのは、配慮が足りなかったと言われても仕方がありませんね。日本は世界で唯一の被爆国ですし」

女性の毅然とした眼差しに、彬は頭を上げられない。

「でも」

〝春風の君〟が柔らかく微笑む。

「今はそうやって、間違ったことがあればきちんと指摘できる時代です。それは、やっぱり素晴らしいことではないでしょうか」

「素晴らしい……」

「そうですとも。文林館の編集さんなら、戦中の学年誌を見たことがあるでしょう？」

「『良い子のひかり』とか、『少國民のひかり』とかですか」

「はい。あの時代は大政翼賛会の意向に、誰も反論できなかったそうです」

確かに、並みいる有名作家を差し置いて、トップページを飾っているのは、大抵大政翼賛会による訓示だった。今では文豪と謳われる作家たちの詩や随筆や創作も、圧倒的に国策にかなうものばかりだった記憶がある。

「今はおかしいことはおかしいと、誰でも指摘ができる時代です。だから、指摘を受けて間違っていたと思えば、それを正していけばいいのではないでしょうか」

「もちろん、正していく気持ちはあります」

「だったら、いくらでもやり直せますよ」

本当にそうだろうか。

彬はぼんやりと、戦後の公職追放のG項について語っていた静子の言葉を思い出した。「手打ち」という響きが、頭の中を旋回する。

彬が考え込んでいると、女性がくすりと忍び笑いを漏らした。

「でも私、そうは言っても、実のところ『少國民のひかり』の愛読者だったんですよ」

「『少國民のひかり』を読んでいらしたんですか」

兵士を取り囲む男児と女児の表紙が浮かぶ。

「それほど熱心な軍国少女だったわけではありませんけれどね。大政翼賛会の訓示なんて、大概飛ばし読みしていました。だけど、『少國民のひかり』に連載されていた林有美子さんの小説が大好きだったんです」

林有美子——。戦前は、放浪続きの貧しい半生を赤裸々に描いて庶民の人気を博し、戦中は従軍作家としてベストセラーを連発し、戦後は掌を返したように、悲劇的な戦後小説を書き続けた作家だ。

彼女もまた、どこかで「手打ち」をしたのだろうか。

「林有美子さんも戦後色々な批判を受けていますが、戦中に活躍された作家には、多かれ少なかれ、人に言えない深い後悔があるのではないかと想像します」

戦後も精力的に仕事を続けた林有美子は、四十七歳のときに心臓麻痺で急逝した。

新聞で突然の訃報を読んだとき、一つの時代が終わったことを強く感じたと、〝春風の君〟は語る。

「深く後悔しながら、それを繰り返さないように進んでいくことも、大切なことなんじゃないでしょうか」

彼女の言うことは分かる。しかし、なにが「手打ち」になるのかが分からない。

林有美子は戦後、戦中の行いの言い訳を一度もしなかった。深い懊悩は、彼女の心と作品の中だけに封じられた。

作家ならばそれでもいい。だが編集者は、なにをもって次に進めばいいのだろう。

「だったら懸賞問題は、どこまで尾を引いていくんでしょうか」

気づくと彬は、拗ねたような口調になっていた。

「僕は、『学びの一年生』で創作童話の連載をやりたいと考えています。それなのに文林館というだけで、どの児童文学作家からもそっぽを向かれる。一体どうすれば、やり直しができるんですかね」

つい夢中で訴えてしまい、途中で赤くなった。これではまるで八つ当たりだ。

だが、〝春風の君〟は別段気にする様子もなく、端然とソファに腰かけている。

「す、すみません……」

彬が口を閉じると、二人の間に沈黙が流れた。

公会堂から出てきた人たちでロビーがにぎわい始める。最初は二人だけだったソファにも、ほかの人たちが腰かけ出した。

「君嶋先生たちが懸賞問題に厳しく対応されたのには、訳があるのではないかと思います」

喧騒の中、やがて〝春風の君〟が呟くように言った。

「私自身、戦記漫画のブームはちょっと怖かったんです。もう二度と、空襲なんて、体験したくない」

最後のほうは、完全に独り言のようだった。

そうか、この人も、東京大空襲を体験しているのか——。

伏し目がちになった女性を、彬は改めて見やる。

両親と姉を一度に奪われた三月十日こそが、自分にとっての敗戦の日だと語る、佐野三津彦の姿が重なった気がした。

「でも、問題が大きくなったおかげで、ゼロ戦乗りを主役にしたアクション漫画は、少年雑誌に載らなくなったじゃないですか」

その指摘は、児童文学作家たちの〝執筆拒否〟には、もう一つの意味が隠されていたことを示唆していた。それでは児童文学作家たちは、太平洋戦争の娯楽化への歯止めをかけるために、敢(あ)えて厳しい処置を取ったということなのだろうか。

「君嶋先生たちが本当に恐れているのは、時代が逆戻りすることだと思います。あの時代に先人たちが味わった苦しみを、自分たちは経験したくない。表現者に限らず、そう考えるのは自然なことではないでしょうか」

本当に拒絶したかったのは、時代の流れであって、一出版社ではないはずだと、〝春風の君〟は彬を見やった。

「さあ、参りましょう」

「え、でも……」

「なんでもあきらめてしまったら、そこで、おしまいですよ」

まだ若干の戸惑いが残る彬に、〝春風の君〟が微笑みかけた。

「どうせ無理だとか、なにをしても無駄だとあきらめる弱い心が、一見勢いのある流れに取り込まれ、いつしか誰も逆らうことのできない大きな時代のうねりになっていってしまうのではないでしょうか。私は、そんなのは二度と御免です」

小さく首を振った後、女性は真(ま)っ直(す)ぐに彬を見る。

「私たちはやっと、自分が本当に読みたい本を読んだり、見たい芸術を見たり、したいことを自由にできるようになったんじゃありませんか。何事も、後悔のないようにするのが一番ですよ」

　その言葉に強く促され、彬は自(おの)ずと立ち上がった。

　ロビーの混雑を避け、二人で楽屋へ続く階段を上る。〝春風の君〟は講演会のスタッフとも顔馴染みらしく、途中で誰かにとめられることはなかった。

「いつもすてきな花をお持ちですね」

　彬は後ろから声をかけてみる。

「うちの庭の花です。お店の切り花と違って見栄えはしませんけれど、君嶋先生はこういう季節の花を喜んでくださるので」

「ご自分で作られるんですか」

「はい。私は元々花卉(かき)農家の出身なんです」

　戦後、家族経営の花卉農家でしばらく働いていたが、夫の仕事の都合で東京へきたのだと〝春風の君〟は語った。

「娘も手がかからなくなりましたので、今は趣味で園芸をしています。売り物の花を作っていたときとは違って、手のかからない品種ばかりですけど」

　その花の素朴さが、女性の可憐な雰囲気によく似合っていた。

「でも、こういう野草に近い花って、本当に面白いんですよ。特別な肥料を与えなくても、日の光を浴びて、大地から養分を吸って、自分でどんどん育ちます。もちろん、売り物の切り花のように形はそろいませんが、それでも、こちらが想像していなかったような、大きく鮮やかな花をつけたりします。その生命力に、いつも驚かされます。私は、ほんの少し手助けをしてるだけ」

〝春風の君〟が肩越しに彬を見やる。

「これからの子どもたちは、そんなふうに育っていくんじゃないでしょうか」

明るく澄んだ眼差しだった。

「私自身は、女に学問はいらないと言われながら育てられた世代です。若いときには、つらい戦争もありました。でも、今は違います」

軽やかに階段を上りながら、女性が続ける。

「今や娘は、小学校しか出ていない私にはまったく理解できない難しい数学の問題をすらすら解いてしまいます。ときどき〝お母さんはなんにも知らない〟なんて言われて、ちょっと悲しくなることもありますけど」

くすりと笑い声が漏れた。

「実は私は、相当の親馬鹿なのかもしれません。でも私は、子どものほうが自分よりも優れているんじゃないかって、たびたび思ってしまうんです。だから娘には、なんの先入観も抱かず、どこまでも自分の道を、のびのびと歩いていってほしいんです。野の花を育てるのと同じく、私はほんの少し手助けをするだけ。もしかしたら、学年誌のお仕事も、同じなのではないでしょうか」

女性の言葉が、彬の深いところに落ちていく。

子どもは誰かの所有物ではない。

鋳型にはめられないように、自分の頭でしっこく考える。それが児童文学の仕事。

胸の奥で、三津彦の見識と混じり合う。

「こうなったら私はできるだけ長生きして、娘たちが作る時代を見てみたいって思ってるんです」

いたずらっぽく微笑みながら、女性が楽屋の扉をノックした。

「どうぞ」

中から君嶋織子の声が響く。

彬は慌てて姿勢を正し、背広のポケットの名刺入れをまさぐった。ここまできた以上、覚悟を決めるしかない。

しかし、第一声、一体なんと言うべきか。

ぐるぐる考えているうちに、〝春風の君〟が楽屋の扉をあけた。

ええい、ままよ。当たって砕けろだ。

女性に続いて楽屋に入り、彬は大きく眼を見張る。

楽屋のソファに腰かける君嶋の周囲に、見知った顔があった。

「いらっしゃい」

君嶋が満面の笑みで〝春風の君〟を迎える。

「あら、あなた。いつもの質問の人じゃないの」

すぐに怪訝(けげん)な眼差しを向けられたが、彬はそれどころではなかった。

「なーんだ、講演会をしつこく聴きにくる若い男って、野山君のことだったのね」

伝票を突き返しにきていた冷めた口調そのままに、内村静子が君嶋の隣で肩をすくめる。

「さっさと扉を閉めなさい。ここは本来、関係者以外、立ち入り禁止ですよ」

厳(いか)めしい表情でこちらをにらんでいるのは、烏(からす)のように真っ黒なスーツに身を包んだ松永トメだった。

なぜ、ここに――。

あまりの驚きに声が出せず、彬は金魚のように口をぱくぱくさせてしまう。

「なにをいつまで、鳩が豆鉄砲を食ったような顔をしているんですか。みっともない」

松永トメが顔をしかめる。

「ま……松永課長、どうしてここへ」

「それはこっちの台詞です。なにゆえ、あなたは君嶋先生をつけ回しているんですか。第一、私はもう、課長ではありません」

「そ、それはそうですけど」

「私と静子さんは、先生の古い知り合いです。今日は先生の連続講演会の最終日ですから、一緒にご挨拶に伺っただけです。なにか文句でもありますか」

トメから当たり前のように告げられて、彬は絶句した。

元編集長だった堀野に尋ねてみても、なんとも判然としなかった君嶋織子との関係を、総務のトメや、経理の静子のほうがしっかりと保ち続けていたとは、思ってもみなかった。

「それじゃ、やっぱり、『良い子のひかり』の名作再話をされていたのは、君嶋先生だったんですね」

堀野相談役は、〝君嶋という名前ではなかった〟と言っていたが――。

「ああ、それは私が学生時代にしていた仕事ね」

君嶋織子がソファから立ち上がった。

間近で見る君嶋はほっそりとしていて小柄だが、凜とした雰囲気に包まれている。

はたと我に返り、彬は名刺入れを取り出した。

「私、『学びの一年生』編集部の野山彬と申します。以前、原稿依頼でお手紙やお電話を差し上げていた者です」

深く頭を下げて差し出した名刺を、君嶋は無言でじっと見ている。

楽屋の中に沈黙が流れた。トメも静子も、誰も口をきかない。しんとした空気の中、彬は受け取られる気配のない名刺を差し出し続けた。

やがて君嶋が、ゆっくりと口を開く。

「問題続きの文林館とは、もう仕事をするつもりはない」

やはり、そうか。

それでも彬は、名刺を引っ込めることができなかった。名刺を差し出したまま、じわじわと絶望を噛み締める。

そのとき、傍らの影がすっと動いた。

ずっと黙って状況を見守っていた〝春風の君〟が君嶋に近寄り、耳元で囁くように告げる。

「君嶋先生。いつまでも、そう意地を張らなくても」

その瞬間、頑なだった君嶋の表情がわずかに揺らいだ気がした。

「先生だって、ずっとタイミングを計っていらしたんじゃないですか？　私は、このお若い編集さんこそが、そのタイミングだと思いますけど」

もう一押しとばかりに、〝春風の君〟が畳みかける。

「この編集さんは、先生の講演会すべてに足を運び、直接会える機会を待っていたんですよ。そして、今日も、あきらめずにここにいらしたんです。なかなかすてきな情熱じゃないですか」

〝春風の君〟は柔らかく微笑み、紫のキキョウの花束を君嶋に手渡した。

花束を胸に抱いた君嶋はしばらく仏頂面をしていたが、やがて深い溜め息を一つつく。

「もう、いいわ」

それから、大きく首を横に振った。

「こっちも、意地を張るのにそろそろ疲れてきたところなのよ。これがタイミングだというなら、確かにそうなのでしょう」

「そ、それじゃ……」

はじかれたように、彬の身体が前のめりになる。

「しかし、あなた、随分と大変な人を味方につけてきたわね」

君嶋が苦笑を浮かべて、彬をにらんだ。

「あなた、この人が誰だか知ってるの？」

言われて、彬は〝春風の君〟を見直した。白いセーターに身を包んだ可憐な女性は、変わらずにこにことしている。

「あなたをここへ案内してきたのは、作家君嶋の生みの親よ。彼女がいなければ、私は名作再話の仕事を得ることもなかったし、それをきっかけに、児童文学作家としてデビューすることもなかったでしょうよ」

「それは違います、円さん」

君嶋の言葉を遮るように、〝春風の君〟が首を横に振った。

「円さんは、円さんの力で作家になられたんです。私はほかの人たちよりほんの少し早く、その才能に気づいただけ」

〝春風の君〟がにっこりと笑った。

「そして、こちらのお若い編集さんも、円さん……いえ、君嶋先生の才能に、惚れ込んでいらっしゃるんですよ。もう少し、お話を聞いて差し上げても罰は当たらないはずです」

話を振られ、彬は鯱張る。

固くなったままの彬から、君嶋が覚悟を決めたように名刺を受け取った。

「分かった。あなたがそこまで言うなら」

「本当ですかっ！」

思わず彬は大声をあげてしまう。

「相変わらず騒々しい……」

君嶋の背後でトメが眉間にしわを寄せ、静子が忍び笑いを漏らした。

「原稿を書いていただけるんでしょうか」

背筋を正し、改めて君嶋に向き直る。

「ええ。彼女を味方につけられたんじゃ仕方がない」

頷いた後、君嶋は聞き取れないほどの小さな声で、ぼそりと呟いた。

「それに、おばさまが書いていた雑誌だものね……」

「え？」

一瞬、怪訝に思った彬に、静子が話しかけてくる。

「私たちはもう文林館を辞めているし、君嶋先生の前で公私混同をするつもりはないけれど。よかったね、野山君」

トメもまんざらでもなさそうな表情で頷いた。

「それにしても、なぜＯＧを知っていたの？」

「ＯＧ？」

静子の問いかけに、彬は一瞬きょとんとする。

「まったく……。講演会にしつこく通ってくるわ、大変な人を味方につけるわ、トメさんたちの後輩って、随分抜け目のない人みたいね」

トメと静子を見やり、君嶋が肩をすくめた。

「えーと、『学びの一年生』の野山さんでしたっけ？」

君嶋が彬の名刺を指先で弄ぶ。

「は、はい」

「野山さん、言っておきます。君嶋は夫の姓だけど――」

正面から見据えられ、彬の全身に緊張が走った。

「よく間違えられるから、注意してちょうだい。私のペンネームは、オリコじゃない。オルコと読むのよ」

君嶋織子（きみしまおるこ）が腕を組む。

「私を一番初めに文林館に紹介してくれた彼女が名付け親」

君嶋が、静かに微笑んでいる〝春風の君〟の肩を抱いた。

それではこの人が、君嶋を堀野に紹介した戦中の臨時職員だったのか。

「作家君嶋の生みの親」という言葉がすとんと腑（ふ）に落ち、彬はようやくすべてを理解する。その彬に向かって、君嶋は人差し指を振ってみせた。

「日本のオールコットになれると、私の背中を押してくれたのよ」

オールコット――だから織子（おるこ）？

まさか、君嶋のペンネームの由来がそんな駄洒落（だじゃれ）だったとは。

「悪い？　本名の円より、気が利いてると思うけど」

君嶋を中心に微笑み合う女性たちの姿を、彬は茫然(ぼうぜん)と眺める。

結婚と同時に苗字が変わり、男性配偶者の都合によっては、住む場所も環境も変わり、どれだけ優秀であっても大きな役職に就けず、会社から跡形もなく消えていく——。

そう思い込んでいた女性たちのほうが、こんなに強(したた)かなネットワークを築いていたなんて。

堀野が名前も連絡先も分からないと言っていた戦中の臨時職員と、トメや静子たちはずっと、仕事を抜きにしてつながっていたのだ。

むしろ自分たち男のほうが、会社から離れた途端に、多くのつながりを失ってしまうのかもしれない。

彬の恐れは、いつしか彼女たちへの羨望に変わる。

「ねえ、スエさん」

君嶋円に呼びかけられ、〝春風の君〟が、ハッとするほど清々しい笑みを浮かべた。

「あら、私は円さんという本名も大好き」

「まあ、ありがとう」

スエと呼ばれた女性が、円と肩を並べて笑い合う。

その睦(むつ)まじい様子を見つめながら、彬はようやく強張(こわば)っていた全身から、余計な力が抜けていくのを感じた。

これで、できる。

学年誌で、創作童話の連載ができるのだ。できるだけ長く続けて、必ずや人気企画にしてみせる。

じわじわと込み上げる覚悟と感慨を噛み締める彬の前で、四人の女性たちは、いつまでも楽しげに笑い続けていた。

# 令和四年　夏

窓の外から、セミの鳴き声が聞こえる。

プレス受付に座った市橋明日花は窓の外を眺めた。天気予報では、今日も日中は三十五度を超える猛暑日になると言っていた。

地球規模の温暖化のせいで、年々夏が苛酷になっていく。

特に今年の夏は例年に増して苛烈なことが多い。いつもなら七月半ばまでだらだらと続く梅雨が六月の下旬には明けてしまい、連日猛烈な暑さが続いた。その後、発達した高気圧の間で前線が停滞し、日本各地に記録的な豪雨をもたらした。

八月に入った今も、熱中症の警告と共に、毎日のように大雨警報が出る。朝は晴れていても、突然天気が急転するので油断はできない。この日も晴れた空には、今にも崩れ落ちそうな大きな積乱雲がいくつも湧いていた。

夏は好きな季節だが、うだるような猛暑や激しい雷雨には、いささか辟易してしまう。早くも夏負けしそうな身体に、明日花は深呼吸で風を入れた。

幸いこの一帯は木々が多く、プレス受付のデスクには濃い木漏れ日が散っている。緑があると、精神的にも清涼感が増すようだ。ちらちらと揺れる木漏れ日を、明日花は指先でそっとなぞった。

上野の森の一角のギャラリーで、明日から学年誌創刊百年記念の企画展が始まる。前日の今日は、マスコミと文林館(ぶんりんかん)社員に向けての内覧会だ。

受付開始の正午まで、あと一時間弱。

創業時の一九二二年から始まる展示を紹介する解説書(プレスシート)を、明日花は広げてみた。

Ⅰ　創業期　　学年別学習雑誌、幼年誌二誌を加えて八大学習雑誌の誕生

Ⅱ　戦時統制下　国民学校令を受けて学年誌統合へ

Ⅲ　戦後再生期　学年別学習雑誌復刊に向けて新体制へ

Ⅳ　戦後隆盛期　学年誌戦争勃発から学年別学習雑誌の大躍進へ……

いくつかの年代に分け、二階まで展示が続く。途中、復元した年代別付録で遊べるコーナーや、学年誌から誕生した人気漫画キャラクターパネルとの撮影コーナーがあり、最後には徳永(とくなが)たちが編集した学年誌創刊百年記念書籍と、『学びの一年生』の最新号やバックナンバーを購入できる物販コーナーが設けられている。

ようやく、ここまで漕(こ)ぎつけた。

大人も子どもも楽しめる、見応(みごた)えのある展示会になったのではないかと、明日花は胸を撫(な)で下ろす。展示内容の充実は、チーム長の徳永をはじめ、井上(いのうえ)と迫崎(さこざき)の長年に亘(わた)る緻密な取材と蒐(しゅう)集(しゅう)作業の賜(たまもの)だ。

オタクだなんだと随分陰口もたたいてしまったが、彼らと一緒に仕事ができたことは、これまで女性ファッション誌局しか知らなかった明日花にとって、大きな勉強となった。

チームに参加して、本当によかった。

思い返せば返すほど、明日花の胸は感銘で一杯になる。

文林館元取締役の野山彬(のやまあきら)のロングインタビューに立ち会ってから、一年が過ぎた。

私の……私の祖母です……。

野山を君嶋織子の楽屋に案内した女性の名前が分かった瞬間、明日花は思わず呟いていた。自分でも気づかないうちに思いがあふれ、学士会館のカフェのテーブルに、涙の雫がぽたぽたと散った。野山も徳永も驚いていたが、やがて二人とも巡り合わせの奇異に打たれたように、泣いている明日花を見つめた。特に、野山の感慨はひとしおのようだった。

長い間、野山たちは交流を保っていたが、松永トメと内村静子が亡くなり、君嶋織子も他界し、表参道にあった子ども調査研究所が閉鎖してから、徐々に会う機会が減っていき、やがては疎遠になってしまったのだそうだ。

それから数日後、明日花は野山を家に招いた。母の待子が反対するかと思ったが、明日花の話を聞くと、無言で承諾してくれた。

その頃、祖母のスエは一日中うつらうつらと眠っているような状態だった。

だが野山が訪ねてくると、薄目をあけてじっと相手を見つめていた。

〝スエさん、ご無沙汰しております。野山ですよ〟

枕元に座り、野山は長い時間をかけて、祖母に語りかけていた。祖母はただぼんやりと野山を眺めているだけだったが、二人が思い出話にふけっているように、明日花には感じられた。

待子はほとんど部屋に入らず、帰りがけの野山を玄関で見送るにとどめていた。

〝スエさんは、娘さんのあなたを、とても自慢に思われていましたよ〟

しかし、去り際の野山にそう声をかけられると、ハッと顔色を変えた。その晩、母は随分長い間、祖母の部屋にこもっていた。

啜り泣きのような声が廊下に漏れてきたことに気づき、明日花はそっと二階の自室に上がった。

その晩、母は一晩中、祖母の部屋にいたようだった。

年末、空が高く澄んだ朝、新しい年を迎えることなく祖母は旅立った。ただ眠ったままのような、安らかな最期だった。享年九十四。

時期が時期だけに、家族だけで小さなお葬式をした。母の待子と一緒に、庭に咲いていた水仙やクリスマスローズを棺一杯に敷き詰めた。薄紫色のクリスマスローズに囲まれた祖母の顔は、優しく微笑んでいるようだった。

年が明けるのを待って、明日花は祖父母の家を出た。

祖母がいなくなってからは、あの家にいる必要はないと判断したからだ。現在、明日花は都心のアパートで生活し、祖父母の家では、母が一人で暮らしている。

祖母が迎えることのなかった新しい年は、決して穏やかなものではなかった。新型感染症へのワクチン接種は当初の予想以上に迅速に行われたものの、それを上回る勢いで、より感染力の強い新種の株が現れた。まるで、人類とウイルスのいたちごっこのようだった。

世界的な感染が収まらない中、二月末には、多くの人たちが恐れていた戦争が始まった。

ロシアによるウクライナへの軍事侵攻は、幾度かの協議を重ねつつも、未だに停戦に至っていない。たくさんの市民が、女性が、子どもたちが、空爆の恐怖に晒されている。

両親を奪われたら、その後の戦況がどうなろうと、子どもにとっては「完敗」。佐野三津彦が言うところの悲しい敗北が、ウクライナの各地で今も続いている。

この戦争がいつ終結するのか、先行きは不透明なままだ。

七月の参議院選挙前には、日本の元首相が演説中に銃撃されて命を落とすという衝撃的な事件が起きた。法治国家ではありえない、恐ろしい出来事だった。この事件をきっかけに、政治と新興宗教の癒着が明るみに出つつある。

暗いニュースばかりが続き、多くのメディアが「既に我々も戦前にいる」という趣旨の記事を書き立てた。

明るい情報はどこにもない。新株による新型コロナ感染者数も爆発的に増えている。

先が見えないのは今も同じ。むしろ昨年より、世の中の情勢はどんどん酷（ひど）くなっているように思われる。

学年誌創刊百年企画チームに配属されたばかりの一年半前の春の日のことを、明日花は頭の片隅で思い出していた。

だけど、おばあちゃん……。

祖母が戦中文林館で働いていたことを、孫の自分に告げなかったわけが、今の明日花には分かるような気がするのだ。

「市橋さん」

ふと声をかけられ、物思いにふけっていた明日花は顔を上げる。

同期の誉田康介（ほんだこうすけ）が、マスクをつけた小学生記者を引き連れて受付へやってくるところだった。

途端に、小学生たちのにぎやかな声がホール中に響き渡る。

彼ら彼女らの好奇心一杯の様子が、暗い思いに沈みかけていた明日花の心をにわかに照らした。

「ちょっと早かったかな」

康介が、心配そうに眉を寄せる。

「もう徳永さんも、井上さんたちも展示室入りしてるから、大丈夫」

明日花は明るく応え、小学生記者用の特製プレスシートを一人一人に配った。怪獣や漫画キャラクターがちりばめられたそれを、小学生たちは歓声をあげて受け取る。

「分からないことがあったら、怪獣のバッジをつけたおじさんたちに、なんでも質問してみてね」

会場では、怪獣バッジをつけた徳永や井上たちが既に待機しているはずだ。明日花の言葉に、小学生記者たちは「はーい」「はーい」と元気に返事をする。

「それでは、早速取材させていただきます」

康介が明日花に敬礼し、ともすれば走り出そうとする小学生記者を「はいはい慌てない、走らない」となだめながら、展示室に入っていった。なんだか小学校の先生のような姿だった。

夏休みに入っているため、今日の内覧会には、家族連れでやってくる社員もいる。

〝俺も息子連れてくし〟

昨日の最終打ち合わせで、パジャマこと迫崎がそう口にしたとき、明日花は失礼なほど驚いてしまった。絶対に独身だと思い込んでいた迫崎は、なんと妻帯者で、おまけに一児の父だった。

〝あのさぁ、市橋ちゃん。結婚をできる、できないで考えるのって、後々、自分の首を絞めることにつながると思うよ。結婚なんてのはね、できる、できないじゃなくて、する、しないってだけのことだから〟

あまりの明日花の仰天ぶりに、ロン毛こと井上が、ちっちと舌を鳴らした。

〝俺はご期待通り、独身だけどね〟

皮肉な眼差(まなざ)しをくれられ、恐縮するしかなかった。

〝まあ、俺の場合、しないんじゃなくて、できないんだけどさ。特殊な蒐集癖のある人間としては、理解のない他人と一緒に暮らすのって、控えめに言ってマジ地獄〟

そこへ「それ、分かります」と割り込んできたのが、打ち合わせに同席していた康介だった。

なんでも、元カノに部屋を勝手に掃除され、苦労して蒐集した古地図を資源ごみに出されて三年落ち込んだ過去があるという。

〝それだよ、それ！〟

盛り上がる二人に、やっぱりこの男もあちら側かと、明日花はほんの少しだけがっかりした。

やがて、内覧開始の時刻になり、新聞の文化欄の記者や、文林館の週刊誌のカメラマンたちが続々とやってきた。今日は、夕方にニュース番組の取材も入る予定だ。コメンテーターとして、野山彬と小学生記者たちに登場してもらうことになっている。

暗いことばかりが起こる昨今、こうしたカルチャーが新聞やニュースで取り上げられることに、明日花は多少の安堵を覚えずにいられない。

七月、日本は新型コロナウイルスの新規感染者数が世界一になってしまったが、少なくともワクチンがある現在、最初の緊急事態宣言が発令されたときのような為す術のない恐怖感と閉塞感は抱かずに済んでいる。検温も消毒も、当たり前のことになった。

スタッフも、記者たちも、来場者は全員マスクで顔を覆っているが、それでも催しのすべてが中止になっていた時期と比べれば、ほんの少しずつ、自分たちは冷静になり、強かになっているのかもしれなかった。

木々の向こうから、色鮮やかなワンピースやマキシ丈のスカートを纏った、華やかな一団が近づいてくる。

『ブリリアント』副編集長の小池八重子と、同期の岡島里子が、カルチャーページ担当の漫画家やコラムニストを伴ってホールに入ってきた。

「お疲れさま。さすが市橋さん、すごくいい会場を押さえたじゃない」

八重子が朗らかな声をあげる。

「私だけの力ではないですけど」

「それにしても、よくここまで頑張ったわよ」

「ありがとうございます」

八重子の労(ねぎら)いに会釈しつつ、明日花は全員にプレスシートを配った。

「あ、このバレエ漫画、懐かしい！」

プレスシートに掲載された一コマに、漫画家が興奮する。

「バレエ漫画は、学年誌少女漫画の定番でしたからね」

「結構知ってる漫画ある。これも学年誌掲載だったんだ」

「バレエ、アイドル、占い、パティシエール……。すごい。こうして百年分の連載を並べると、時代が見えてくる感じがする」

「最近、嫌なニュースばかりだから、こういう懐かしい展示物を見ると、なんだかほっとするね」

にぎやかに言葉を交わす一団の中、里子だけが無言だった。

「学年誌少女漫画のコーナーもありますから、ゆっくりご覧になっていってください」

「ありがとう、市橋さん」

「また後でね」

顔馴染(なじ)みの漫画家やコラムニストを送り出した後も、明日花はしばらく受付対応に追われた。徳永も時折受付にやってきて、文林館の役員たちへの案内を買って出てくれた。

企画の立案時は、誰もがほとんど関心を示さなかったのに、こうして形になれば、やはり会社の創立百年企画のためか、それなりに反響があるようだ。

当初の心持ちのままなら白けた気分になったかもしれないが、展示会に多くの社員がきてくれることが、明日花は素直に嬉(うれ)しかった。

一時間程度で来場者の一陣が落ち着き、受付のパイプ椅子に腰を下ろす。

ニュース番組の取材を受ける野山彬が会場入りする前に、軽く昼食をとってしまおうか。井上か迫崎に暫(しば)し受付の交代をお願いしようと考えていると、展示室から戻ってくる人影が眼(め)に入った。同期の岡島里子だ。

「どうしたの。忘れ物？」

なにか置き忘れでもあったのかと、明日花は受付の長テーブルを見回す。或(あ)いは、プレスシートを取りにきたのか。だが、眼の前にきた里子は首を横に振った。

「明日花」

思い詰めたような表情で、里子が明日花を見る。

「先週、編集長と副編集長が立ち話してるのをたまたま聞いちゃったんだけど、それって私のせい？」

「あー……」

もう耳に入っているのかと、明日花は戸惑った。

「まだ、色々考え中なんだけど。どちらにせよ、里子のせいではないから」

「本当に？」

「本当だよ」

「そうなのかな。やっぱり、私があんなこと言ったから……」

里子が疑わしげに眉を寄せる。

「そんなのお互いさまだし、もう忘れちゃったよ」

考えてみれば、会社の受付前で揉めてから、里子とはきちんと話をする機会がなかった。だからこんな誤解を生んだのかもしれないが、それにしても、編集長と副編集長の八重子も微妙なことを立ち話しないでほしい。

一体どう説明したものかと視線を泳がせ、明日花は大きく眼を見張る。

ギャラリーの入り口の前に、麻のスーツを着た待子が立っていた。

「お母さん……」

思わず声がこぼれる。

内覧会の日程は一応メールで伝えていたが、まさかきてくれるとは思っていなかった。小中学校時代の参観日にも、一度もきたことのなかったあの母が。

気づくと明日花は里子を残し、母を迎えに出ていた。

「お母さん、きてくれたんだ」

明日花の言葉に、待子は薄く微笑む。離れて暮らすようになってから、母の顔を見るのも久しぶりだった。

「暑いから、入って」

待子がそのまま帰ってしまう気がして、明日花は腕を取り、ホールに案内する。プレスシートを渡そうとすると、いち早く里子にその任を奪われた。

「いらっしゃいませ」

よそいきの声を出し、里子がにっこり微笑む。プレスシートを受け取り、待子は数歩足を進めた。その背後で呆気に取られている明日花に近寄り、里子が囁く。

「受付代わってあげるから、一緒に見てきなよ」

「え、なんで……」

「あの人、明日花のお母さんでしょ」

「そうだけど」

「すごく忙しい人で、学校行事とかも、絶対きてくれなかったんでしょ」

そんなことを里子に話したことがあったのかと、明日花は驚いた。なにより、それを里子が覚えていてくれたことにも。

「でも、『ブリリアント』のほうは？」

「副編集長がいるから大丈夫。ほら、早くいきなさいよ」

里子が間近からにらみつけてくる。

「マスコミの対応くらい、私にだってできるんだから」

少し離れて立っている待子のほうに、里子は明日花を押し出した。よろけるように、明日花は母の隣に並ぶ。

「どうしたの？」

不思議そうに自分を見る母に、「案内するよ」と、明日花は眼を合わさずに言った。

「仕事があるんじゃないの」

「信頼できる人に、代わってもらったから」

ちらりと振り返ると、里子が「しっしっ」と、追い払う仕草をしている。苦笑まじりに、明日花は待子と一緒に展示室に入った。実際、井上や迫崎に代わってもらうより、抜け目がない里子に受付を任せるほうが、余程安心できる。

ひょっとして——。

里子もこんな気持ちで、自分に仕事を振っていたのだろうか。利用されていただけではなく、少しは信頼されていたのかも分からない。そう考えると、心の奥底のしこりがほんの少しほどけた気がした。

案内すると言ったものの、明日花はなにかを説明する気になれなかった。そんな必要はないと思った。ただ母と二人、ゆっくりと展示を見て回った。

待子は、とりわけ戦争末期の学年誌のコーナーを、熱心に眺めている。

昭和十九年。臨時職員として、祖母のスエが文林館に入った年だ。もう母は、祖母が〝ただのバイトだった〟というようなことは口にしなかった。

多くの人たちは怪獣コーナーや、漫画コーナーに集まっているらしく、戦中戦後の展示室は比較的空(す)いているが、おかげでゆっくりと展示を見ることができた。

「この人の本、うちに結構あるよね」

ふいに待子が、展示の前で足をとめる。「文林館こども絵本　創作童話」というシリーズのコーナーだった。

母が指さしているのは、君嶋織子の『ほたるとつきみそう』だった。

「うちにあるのは、違う版元から出た新装版だって」

「そう？」

待子が月の光を浴びる蛍と月見草の水彩画をじっと眺める。

「でも、この表紙には見覚えがある」

「それじゃ、おばあちゃんがお母さんにも同じ本を買ったんだよ」

明日花が言うと、待子はそれを否定した。

「この頃、私はもう中学生だったから、絵本を読むような年齢じゃなかった」

「じゃあ、自分のために買ったのかな」

「そうかもね。おばあちゃんは、本が好きな人だったから」

待子の声にしみじみとしたものが混じる。

「この絵本、おばあちゃんが、毎晩読んでくれたんだ」

明日花も遠い日に思いを馳せた。

光らない蛍が、夜にひっそりと開く月見草に恋をして。月見草が夜に困っている虫たちの道案内をしていると知り、やがてそれを蛍も手伝うようになる。蝶やてんとう虫のように美しい羽を持ちたいという虚栄心を捨て、無心にほかの虫を助けているうちに、いつしか自分の身体が月見草と同じ色に輝いていることに気づくという物語だ。

〝これからも　わたしのかがやきをあげましょう〟

月見草と蛍に惜しみなく光を投げかける、優しいお月様の台詞を読む、祖母の穏やかな声が耳元に甦ってくるようだった。

子ども時代、大好きだった本。

その本のオリジナルは、文林館の学年誌から誕生したものだった。

君嶋織子の「ほたるとつきみそう」を皮切りに、まだ若手時代の野山彬が『学びの一年生』で始めた創作童話の連載は、実に十年間続くヒット企画となった。

「文林館こども絵本」は、その連載を、三十二ページの絵本に仕立てたシリーズだ。このシリーズも、当時、書店の店頭にあった絵本塔に陳列されて、相当売れたと聞いている。

シリーズの中には、佐野三津彦の『ゆめのけんきゅう』という絵本があった。

いじめられっ子のムシオくんは、夢の中で大きな虫になっていじめっ子たちをやっつけたいと夢の研究を始める。まずは電話帳で夢の研究所を探し出し、電話をかける。夢の研究所の所長は、ムシオくんに「夢の中で大きな虫に変身する」方法を教えてくれる。

それは、早起きして大きな木に会いにいき、木を見上げ、両手で木に触り、しゃがんで木の根っこを見ることを、十三回繰り返すという方法だった。

見たい夢を見る術を伝授する「夢の研究所」の連絡先に、佐野はなんと自宅の電話番号を載せるという思い切った表現をとった。電話をかけるという行為が今よりずっとハードルが高かった時代だからこそ成り立った大技だろうが、野山によると、多くの子どもたちが実際に電話をかけてきたそうだ。

それだけ、佐野の物語は子どもの心をしっかりととらえていたのだろう。

一人一人の電話に丁寧に応えていたという佐野三津彦は、多くの児童文学、小説、詩、評論を残し、短期大学の助教授に就任した後、五十四歳の若さで急逝した。誰にも告げることはなかったが、長年、密（ひそ）かに体調を崩していたらしかった。

母と並び、明日花も創作童話のシリーズをじっと眺める。

創作童話の連載を成功させた野山彬は、三十代後半で『学びの一年生』の編集長となり、その後、学年誌児童出版局編集部の部長となり、児童文学の出版を手掛ける傍らで、一般小説の文芸編集部を立ち上げた。後発ながら、ついに文林館で、学生時代からの念願だった一般文芸に関わることになったのだ。

けれど、退職した現在、野山はやはり児童文学を中心に、評論活動を続けている。

「ねえ、お母さん。うちにある立派なひな人形って、文林館の二代目社長だった、創業者夫人から贈られたものだったんだね」

展示を見つめながら、明日花は傍らの母に話しかけた。

「文林館って、社員に女の子が生まれると、ひな人形を贈る習慣があったんだって。お母さんが生まれたとき、おばあちゃんは文林館を辞めていたけれど、創業者夫人のアキさんが手配してくれたみたいだよ」

野山からその話を聞いたとき、祖母が決して〝ただのバイト〟扱いされていたわけではなかったことを、明日花は改めて認識した。

「野山さんと君嶋織子さんの橋渡しをしたのも、うちのおばあちゃんだったんだって。本当にすごいことだよね」

明日花の感銘に、「そうだね」と、待子が小さく頷く。

「でも、私は、全然知らなかった」

待子の語尾が、深い溜め息に溶けた。

「私はあなたほど、おばあちゃんの影響を受けてないの。子どもの頃から、絵本にも興味がなかったし。ひな人形も、嫁ぐときに持たせてくれようとしたけれど、荷物になるからいらないって断った。文林館の話も、一度も深く聞こうとしなかったし」

その声に、微かな後悔が滲んでいる気がした。

「私はおばあちゃんに似てなかったから。あなたと違って」

呟くようにそう言うと、待子はふつりと口を閉ざした。

再び無言で、明日花と待子は硝子ケースに並ぶ絵本を眺める。表から、セミの鳴き声が聞こえてきた。

「これまでちゃんと話したことはなかったけれど……」

ふいに、待子がおもむろに口を開く。

「あなたを自分に預けるように言ってくれたのは、実は、おばあちゃんだったの」

明日花は反射的に待子を見た。

獣医師の仕事を続けるために、母は動物アレルギーのある娘を実母に預けたのではなかったのか。

「あなたが二歳になる年、阪神・淡路大震災があってね」

固く閉じられていた重い扉を開くように、待子がぽつりぽつりと語り始める。

「あのときは、本当に大変だったの」

近年例のない都市直下型の大地震に、動物緊急レスキューも大混乱に陥ったという。

「一朝一夕じゃ解決しないような問題も多かったし、経験も乏しかったし、私は幼いあなたを抱えていたし、どうしたらよいのか分からなくて……」

被災地の人たちのためになにかをしたい。自分のできる務めを果たしたい。しかし、幼子を連れてできるような仕事ではない。板挟みの待子の心情を、夫の稔はまったく理解してくれなかった。

そんなとき、実母のスエが手を差し伸べてくれたのだという。

「明日花の面倒は私が見るから、あなたはあなたの仕事をしてきなさいって、背中を押してくれたの」

待子は明日花をスエに託し、しばらく被災地でレスキュー活動に専念することにした。

「もちろん、お父さんは大反対だった。仕事と娘のどっちが大事なんだって、お父さんのご両親からも散々責め立てられた。小さな子を置き去りに、ボランティアにいくなんてどうかしてる。そんなのはただの自己満足だ。母親失格だって」

当時のことを思い出したのか、母の眼差しが暗くなる。

「仕事と娘のどっちが大事かなんて、選べるわけないじゃない……」

小声で呟かれ、明日花は思わず尋ねてしまう。

「お母さんは、仕事を選んだんじゃなかったの？」

「結果的には、そう思われても仕方がない」

開き直ったように待子は答えたが、その語尾がわずかに震えていた。

「だって、お母さん、レスキューが終わっても、私をおばあちゃんに預けっぱなしにしていたわけでしょう」

父のほうが、まだ頻繁に自分を訪ねてきてくれていたはずだ。

「あなたが、私と一緒にいるのを嫌がったのよ」

母の言葉に、明日花は絶句する。

待子が関西から戻ってきたとき、明日花はすっかり祖父母に懐き、元々不在がちだった母と共に帰ることを大泣きして拒絶した。

「お父さんからは、当然だって言われた。私も当然だと思う。嫌われても仕方のないことを、私は幼いあなたにしたんだから」

無理やり連れて帰ろうとした待子の手に、明日花は強く噛みついたという。

「……覚えてないよ」

「そりゃそうよね」

明日花の力ない呟きに、待子は苦い笑みを浮かべた。

「最初はショックだったけど、段々、これでよかったんだって、私も思うようになったの。きつい仕事の後、毎回あなたにアレルギー症状を起こされるのに、正直参っていたから」

溜め息をつくように、待子が続ける。

「でも、それからは、お父さんとは完全にうまくいかなくなってね」

ある日、明日花のことを巡って口論しているうちに稔に言われたそうだ。

「私が自己中心的になったのは、おばあちゃんに甘やかされて育てられたからだって。その同じおばあちゃんに育てられて、明日花が私みたいになったら、絶対に許さないって」

「酷い……」

そんなことを言うくらいなら、父がもっと母の気持ちを理解して、子育ての一端を担えばよかったのではないだろうか。

今の明日花ならそう思う。

「私もものすごく頭にきた。明日花のことも、おばあちゃんのことも、ほかの誰かにそんなふうに言われてたまるものかって、眩暈(めまい)がするくらい腹が立った」

待子が明日花を見つめた。

「でも、私はその怒りをぶつける先を、間違えてしまった」

ふいに母の瞳が潤む。

〝お母さんが、いっつも甘やかすからよ〟

〝そんなんじゃ、駄目だから〟

なにかにつけて不甲斐(ふがい)なさそうに自分と祖母を責めていた母の真意を初めて知り、明日花は言葉を失った。

「明日花、ごめんなさいね」

待子が深くうつむく。その肩が小さく震えていた。

「あなたのことはともかく、お父さんの言ってたことは、半分は本当。私は一人娘として、おばあちゃんからもおじいちゃんからも愛されたのをいいことに、本当に自己中心的な人間になってしまった」

休日を返上して地震や台風の被災地で動物治療のボランティアに当たっていた〝立派な母〟が、声を詰まらせている。

「関西から戻ってきたとき、本当のことを言うと、私はあなたにもおばあちゃんにも嫉妬したの。それまで私はおばあちゃんの一番だったから。あなたにおばあちゃんを奪われ、おばあちゃんにはあなたを奪われたように感じたの」

スエと明日花の睦まじさに、急に自分の居場所がなくなったような気がしたという。

「なんだか、二人のほうが、よっぽど母子に見えたのよ。あなたにせよ、おばあちゃんにせよ、私よりもずっと通じ合っているように思えてならなかった。私はあなたと違って、おばあちゃんの好きなものに関心がなかったから。絵本とか読んでもらっても退屈なだけで、じっとしていられなかったし。それにね……」

待子の声が消え入りそうになった。

「私は心のどこかで、小学校しか出ていない母をバカにしていたの。私は成績だけはよかったから、それを褒めてもらううちに、どうしようもない天狗になっていた。お母さんはなんにも知らない、お母さんはいつも人の言いなり、お母さんは自分がない、私は絶対お母さんみたいにはならないって……。ずっと、おばあちゃんに背中を押してもらってきたのに、ずっと、おばあちゃんに支えてもらってきたのに、その大きな愛情に、ちっとも気づけなかった。本当に、ただの甘ったれの我儘（わがまま）娘だよ」

野山が訪ねてきた日の晩、祖母の介護部屋から漏れ聞こえてきた啜り泣きを思い出し、明日花は目蓋を閉じる。

いつの間にか二人だけになっている展示室に、長い沈黙が流れた。

一つ先のブロックから笑い声が響いてくる。

〝学びの一歩、一年生〟というフレーズが印象的な、実際に春から一年生になる子どもたちが出演しているコマーシャルのビデオのコーナーだ。

突拍子もない行動を取る子どもたちの姿に、たくさんの人たちが爆笑している。

「お母さん」

明日花は目蓋をあけて呼びかけた。

「私の名前って、お母さんがつけたんだよね」

「……そうだけど」

待子が涙の滲んだ眼を上げる。

「おばあちゃんが花が好きだったから」

なぜそんなことを聞くのだろうと、不思議そうな顔をしていた。

でも明日花は、それで充分だと感じた。

影響を受けていないと言いながら、娘の名前をつけるときに、母は祖母を思っていた。

待子はスエの待望の子だ。

花を愛し、物語を愛したスエに愛されながら、待子は育った。

そして明日花は、スエと待子の明日に向かって咲く花だ。

それで、いい。

「お母さん、これからも自分のやりたい仕事をしなよ」

久しぶりに交わした会話の中で、母が長年密かに自分を責めていたことに、明日花は初めて気がついた。だけど、そんな必要は、どこにもないのだ。

あの家で開業するのでも、レスキューのボランティアに精を出すのでも、母が心に思うことを、目一杯続けてほしい。

「私もそうするから」

先週、明日花は『ブリリアント』の編集長に、異動願を出したい旨を伝えた。

明日花は現在、学年誌児童出版局に、もう少しとどまろうかと考えている。

まだ本格的に決めたわけではないが、今後は、児童文学の編集をしてみたいという思いが芽生えた。なにもかも、すべてはこれからだけれど。

もう母も充分に分かっているはずだが、祖母は決して、自分の意志がなく、人の言いなりになるような人ではない。

むしろ、誰よりも強い意志を持った人だ。

祖母が孫の自分に、文林館にいたことを伝えなかったのは、先入観を持つことなく、就職先を自らの意志と心で決めてもらいたいと考えていたからに違いない。

「じゃあ、お母さん。私、そろそろ仕事に戻るね」

明日花は母の背中にそっと手を添えて、心から伝えた。

「今日、きてくれてありがとう。嬉しかった」

待子の瞳に、ハッと輝きが灯(とも)る。

明日花は踵を返し、受付に向かった。通路を歩きながら、「文林館子ども絵本」シリーズの陳列を眺める。

人類の歴史は百万年。されど、子どもの歴史はたった百年。

かつて、佐野三津彦は、野山彬にそう語ったことがあるという。

〝学びの一歩、一年生〟のコマーシャルで、あれだけ天衣無縫に振る舞っていた子どもたちが、いつしか自由闊達さを失ってしまうのはなぜか。

それは大人たちが属する社会情勢に合わせて子どもを鋳型にはめていくような教育が、未だに幅を利かせているせいだろう。

五年生の〝五〟の、上一本線を取り除き、自由に伸びてゆくものに蓋をするべきでないとした文林館創業者、会田辰則氏の理想を、百年後の今もなお、我々は暗中模索していることになる。

学年誌創刊百年の記録は、近代的子ども観と格闘してきた人々の試行錯誤の記録そのものなのかもしれない。

だけどそれは、女性の場合も同じだろう。

戦後にようやく選挙権を与えられた女性の歴史は、まだ百年も経っていない。

近代的子ども観と同様に、近代的女性観もまた、赤子同然だ。

だから、傷つけ合うし、たくさん間違える。たとえ親と子であったとしても。

子どもを産んだ女性と、産んでいない女性が、それぞれの立場からいがみ合ったり、仕事に邁進する母親が一方的に悪者にされたり、自分自身を責めたりすることがなくなるには、まだまだたくさんの試行錯誤が必要になってくるだろう。

道のりは暗く、先は見えない。

しかし、子どもと女性に対する近代化が本当に実現すれば、百万年の悪しき循環に風穴があき、今を〝戦前〟とあきらめることも、必要がなくなるかもしれない。

だから、考え続ける。格闘し続ける。この先もずっと。

私たちは皆、百年の子だ。

わあっと背後で歓声があがる。

小学生記者たちが、明日花を追い越していく。

「走らない、走らない。そろそろテレビの取材だよ」

その後を、康介があたふたと追っていた。

「わーい、テレビ」「俺、怪獣について話す」「私は絵本が面白かった」

口々に言いながら、小学生記者たちが、きらきらと瞳を輝かす。その期待に満ちた小さな身体に、恥も誇りもすべてが備わっている。

もしかすると、人は生まれたときからすべてを持って、それをなに一つ損なうことなく老いていくことこそが、自然なのかもしれない。なにも変わらない。なにも失われない。

たとえ認知症になったとしても、その心はずっとある。

そんなことを考えながら、ふと窓に視線をやり、明日花は息を呑んだ。

窓硝子に、色とりどりの花々を腕一杯に抱えたおさげ髪の若い女性の姿が映っていた。こちらをちらりと振り向き、女性が清々しい笑みを浮かべる。

おばあちゃん――?

心で呼びかけた瞬間、ふっと若い女性が消えた。

そこに映っているのは、明日花自身の姿だった。

## 令和四年　夏

窓の外から八月の強い日差しが降り注ぎ、木漏れ日が、陽炎（かげろう）のように揺れている。

本作品には、現在の倫理観や人権感覚から見れば、不適切と思われる表現がありますが、過去にはそのような差別的発言が日常にあったことを描くためのものであり、著者に差別的意図はありません。

## 謝辞

本作の準備に当たり、元小学館学年誌編集者の故・林四郎さん、野上暁さんに当時の貴重なお話を伺いました。また、野上さんからは多くの資料をご提供いただきました。この場をお借りして、心より御礼申し上げます。

資料の閲覧に当たっては、小学館資料室の皆様にお世話になりました。併せて感謝申し上げます。

なお、本作はいくつかの事実をヒントにしたフィクションです。事実との相違点については、すべて筆者に責任があります。

## 主要参考文献

『小学館五十年史年表　1922-1972』小学館社史調査委員会編
『小学館の80年　1922-2002』小学館総務局社史編纂室編
『小学館90年の歩み　1922-2012』小学館社長室社史編纂室編
『少國民の友』昭和十七年九月号～十二月号「宗六の日記帖」林芙美子
『少國民の友』昭和十八年九月号～昭和十九年四月号
「宗六の日記帖」林芙美子「太平洋」小川未明
『少國民の友』昭和二十一年正月号「おとうさん」林芙美子
『小學五年生』大正十二年十月号大震火災奮闘号
『セウガク二年生』昭和十四年一月号「支那犬クロ」佐藤春夫
『小學六年生』昭和十四年二月号　生まれかはった「小學六年生」に就いて
『良い子の友』昭和十七年二月号
『小学一年生　入学おめでとう特大号』令和三年四月号
『学年誌が伝えた子ども文化史　昭和30～39年編』
『学年誌が伝えた子ども文化史　昭和40～49年編』
『学年誌が伝えた子ども文化史　昭和50～64年編』

『学年誌メモリーズ☆昭和の少女まんが』
『学年誌ウルトラ伝説　オールカラーで蘇る！　昭和ウルトラ黄金時代』
『ゆめのけんきゅう』小学館こども文庫　創作童話5　佐野美津男
『学年誌の表紙画家・玉井力三の世界』
以上　小学館

『AIとカラー化した写真でよみがえる戦前・戦争』
庭田杏珠　渡邉英徳　光文社新書
『東京大空襲・戦災資料センター図録　いのちと平和のバトンを』
吉田裕監修　東京大空襲・戦災資料センター編
『放浪記』林芙美子　岩波文庫
『戦線』林芙美子　中公文庫
『林芙美子の昭和』川本三郎　新書館
『女たちの戦争責任』岡野幸江、北田幸恵、長谷川啓、渡邊澄子共編　東京堂出版
『戦場を発見した作家たち――石川達三から林芙美子へ』蒲豊彦　新典社
『太鼓たたいて笛ふいて』井上ひさし　新潮文庫
『康子十九歳戦渦の日記』門田隆将　文春文庫

『田辺聖子十八歳の日の記録』田辺聖子　文藝春秋
『少女たちの戦争』中央公論新社編　中央公論新社
『あの日、ぼくたちは』飯島敏宏　角川文庫
『小学館の学年誌と児童書』野上暁　論創社
『手塚マンガの共生する社会』手塚治虫　野上暁解題　子どもの未来社
『井川浩の壮絶編集者人生』中島紳介　トイズプレス
『手塚治虫とトキワ荘』中川右介　集英社文庫
『ガムガムパンチ』「手塚治虫文庫全集」手塚治虫　講談社
『COM傑作選上　1967〜1969』中条省平編　ちくま文庫
『浮浪児の栄光　戦後無宿』佐野美津男　辺境社
『童話感覚　漫画論と偉人伝』佐野美津男　北斗出版
『児童文学セミナー』佐野美津男　季節社
『普及版　ピカピカのぎろちょん』佐野美津男　復刊ドットコム
『戦時下の絵本と教育勅語』山中恒　子どもの未来社
『戦時児童文学論　小川未明、浜田広介、坪田譲治に沿って』山中恒　大月書店
『赤毛のポチ』山中恒　理論社

信州言葉指導　野上暁

本作品はフィクションであり、登場する人物・団体等は
実在するものとは一切関係ありません。

本書は書き下ろしです。

彫刻　西浦裕太
装丁　鈴木久美

古内一絵（ふるうち・かずえ）

東京都生まれ。『銀色のマーメイド』で第5回ポプラ社小説大賞特別賞を受賞し、2011年デビュー。17年『フラダン』が第63回青少年読書感想文全国コンクールの課題図書に選出。第6回JBBY賞（文学作品部門）受賞。他の著書に『鐘を鳴らす子供たち』、『星影さやかに』、『山亭ミアキス』、『マカン・マラン』シリーズ、『キネマトグラフィカ』シリーズ、NHKでテレビドラマ化された『風の向こうへ駆け抜けろ』シリーズなどがある。

編集　片江佳葉子

百年の子

二〇二三年八月八日　初版第一刷発行
二〇二四年一月十七日　第三刷発行

著者　古内一絵
発行者　石川和男
発行所　株式会社小学館
〒一〇一-八〇〇一　東京都千代田区一ツ橋二-三-一
編集 〇三-三二三〇-五八二七　販売 〇三-五二八一-三五五五
DTP　株式会社昭和ブライト
印刷所　大日本印刷株式会社
製本所　牧製本印刷株式会社


ISBN 978-4-09-386686-6